From Interest to Taste

以文藝入魂

讓過去成為此刻　臺灣白色恐怖小說選

胡淑雯　童偉格　主編

卷一

血的預感

郭松棻
吳濁流
葉石濤
邱永漢
李　渝

目次

◎序

寫在《讓過去成為此刻：臺灣白色恐怖小說選》出版前

國家人權博物館館長　陳俊宏

在臺灣邁向民主的道路上，滿布著人們的受苦、抵抗與勝利的故事，這些故事曾經被忽略，甚至已被遺忘；如今，為了確保這些故事能被我們的後代與世界聆聽、記憶並流傳，歷經多年的籌備，國家人權博物館終於在二〇一八年正式成立，下轄白色恐怖綠島、景美紀念園區，將歷史傷痕遺址轉化為紀念的地景。做為亞洲第一座結合歷史遺址，闡述威權統治斲傷人權歷史的博物館，國家人權博物館肩負著重要的使命與任務。我們期許人權館能成為面向臺灣歷史與民主人權的「觀景窗」，從博物館這個小窗望出去的風景，既能像顯微鏡頭一般，瞥見歷史最微小陰霾的角落，又能轉場成為廣角鏡頭，以啟發性與多元思考，拓展民主、人權的開闊視野。在此，我們將得以讓一代又一代的臺灣人持續追問、辯論與創造，去思考自己想打造什麼樣的社會、想成為什麼樣的公民。

轉型正義做為文化反省運動

如何克服過去的歷史傷痛，將過去的負債轉化為未來的共同資產，是轉型正義的重要目標，也是人權館當前的重要任務之一。如何讓白色恐怖斲傷人權的歷史成為社會的集體記憶，讓過去所發生的「永遠不再」發生，我們除了體認威權統治時期國家暴力對人性尊嚴的侵害，同情受難者的遭遇之外，更需反省體制性暴力的本質，時時提醒著我們，民主不能走回頭路，不能再重蹈覆轍。因此，轉型正義的工作不只是加害者與被害者之間有關究責與賠償的問題，也不只是法律與制度的改革，而是臺灣社會必須互相對話學習、共同嚴肅面對的一場文化反省運動，藉助對過去的反省來建立民主文化。唯有對過去錯誤加以理解、以及基於理解而來的反省，才是防止暴政在未來再度發生的重要機制。

在這樣的信念驅使下，人權館持續嘗試透過文化介入的方式，邀請社會各界透過藝術媒介共同參與對話，藉由直視過去，尋找未來的道路。南非憲法法院前大法官奧比．薩克思（Albie Sachs）曾經在參訪人權館後，分享南非透過藝術媒介打開對話空間的經驗，他甚至認為藝術是南非「後種族隔離時代」中最重要的工作之一，透過藝術可以打開思辨與對話的空間，和厚厚的總結報告書一樣有力量。近年來人權館除了邀請藝術家以「不義遺址」主題進行視覺藝術創作之外，也規劃人權繪本、人權戲劇、人權音樂等各類創作，擴大社會連結，探索藝術創作在記憶工程中的各式可能性。而白色恐怖文學書系的規畫，正是藝術介入途徑的另一個嘗試。這些文學作品蘊藏深層真實，反映人的視域、感知與關懷，我們期待透過這些跨越不同年代的文學作品，「讓過去成為此刻」，讓讀者感同身受小說隱藏的歷史，深觸時代的樣態與記憶。新文化史學巨擘林．亨特（Lynn Hunt）在探討「人權」這個概念究竟如何被發明的書（《人權的發明》〔*Inventing Human Rights: A History*〕）曾經指出，人權觀念的興起，與十八世紀書信體小說的發展，有很大的關係。這種全新體驗類型的小說閱讀形式，藉由小說中對平民主角飽受不平等之苦的內心情感細膩的呈現，讓讀者得以超越性別、階級、信仰的界限，意識到「他者」和自己一樣，擁有共同的內在情感，促進了平等觀念在廣大讀者中的傳播。換言之，同理（empathy），讓「在差異中想像平等」成為可能。我相信讀者們，特別是未曾經歷過這段歷史的年輕讀者，在閱讀本書系的作品之後，必能理解壓迫年代的社會氛圍與個人處境，探詢體制性壓迫的本質，思索人權的核心價值。

本書系的出版，對人權館而言，意義非凡，這是臺灣社會首次以「白色恐怖」為主題所進行的文學選集。特別感謝胡淑雯與童偉格兩位主編，以人權館所建置的「白色恐怖文學目錄資料庫」為基礎，從眾多作品當中挑選三十位作家的作品，並搭配他們的深入導讀，讓讀者們得以藉由小說體認戰後威權統治下，臺灣社會的特殊樣貌與歷史傷痕，感受在那些苦難的年代裡，人們的現實處境與生命經歷。其次，為了突破以往政府出版品的通路與行銷的種種限制，讓此書系能夠打開更大的社會對話空間，我們很榮幸能與春山出版社一起合作，藉由莊瑞琳總編輯所帶領的專業團隊，讓本書未上市即已獲得高度的重視。而在編輯過程中必須分別聯繫出版社與作家，取得作品出版的同意授權，想必相當繁複，實屬不易，由衷感謝。唯有擦亮歷史的鏡子，才能照見現實與未來，我們期待此書系的出版，能開啟更多的社會對話，創造和解的可能性，我相信只有透過記憶、理解、超越的過程，我們才能真正從歷史當中獲得反省。

倒退著走入未來

◎編序　胡淑雯

曾經，面對白色恐怖，如同面對一座廢墟。廢墟裡有死傷，有監獄，有恐懼，斷垣殘壁裡迴盪著震耳欲聾的沉默，卻也閃爍著微微跳動的光點，只是，那些光點覆滿塵土，很少人伸手去撿。

二戰結束，日本帝國戰敗，臺灣送走了殖民政權，迎來了新的祖國。但是，這個祖國，就像馬奎斯筆下的「草葉風暴」，是一場沒完沒了的，內戰的遺物。他們像一陣暴風刮到這裡，在島嶼的中心扎下根來，尾隨其後的是「枯枝敗葉」。先是二二八事件，與其後的清鄉，再來是戒嚴，白色恐怖，美蘇冷戰與韓戰。「枯枝敗葉冷酷無情。枯枝敗葉臭氣熏天，既有皮膚分泌出的汗臭，又有隱蔽的死亡的氣味。」*在這群暴風般襲來的陌生面孔之間，最早與較早的居民反而成為違建般的存有，在自己的故鄉就地流亡。

動員戡亂（一九四八～一九九一）與戒嚴令（一九四九～一九八七，金門馬祖則遲至一九九二年才解除戒嚴），將「戒嚴」這樣的「例外」變成常態，將「臨時」（動員戡亂時期「臨時」條款）無限拖延成半個永恆，將「非常時期」化為「日常」，以殘酷的「律法」（《懲治叛亂條例》，《戡亂時期檢肅匪諜條例》）炮製政治案件，將威權體制鞏固成國家體質，從而造就了臺灣的「國民體質」。恐懼吞噬心靈。在政權對肉體對反抗對言論與思想的鎮壓中，人民以沉默求得自保，遁入舒適的遺忘，安定向上，明哲保身。四十幾年過去，我們迎來了解嚴，但解嚴超過三十年，戒嚴的遺緒至今依舊，禁錮著這座島嶼。這之中最突出的「國民精神」之一，大概是，「去政治」的政治性格。許多人成為恨政治的人，一講到政治就反感，以「政治很髒」來迴避政治。然而，這種「去政治」的過程，弔詭地，正是一種高度「政治化」的過程，是幾十年教化的結果。它的政治效果是，讓人民懵懵懂懂，幾近無知，卻以這樣的無知為常，甚至引以為傲，以為乾淨。於是，開口談論政治的人，拒絕無知的人，往往被視為偏激，可笑，討人厭。白色恐怖不但鎮壓了反抗者與異議者，也將彷彿無關的所謂大眾，調教成某種方便統治的精神與形貌，從而傷害了文學與藝術，傷害了幾代人的創造力。

如此說來，《讓過去成為此刻》這套小說選的出版，或許可以是某種，以虛構抵抗現實的方式，抵抗威權統治的「教化虛構」，讓政權及其暴力的每一場勝利，都變得可疑。思考白色恐怖，如同書寫政治小說，恰恰在拒絕政治（尤其政權）對藝術的傷害。以小說的創造性擾動那些曾經，擾動那段均值，布滿「同一性」，因而空洞化了的時間。向「過去」借道，是我們邁向未來，或許不是唯一，但絕對不枉此行的一種方式。這條路或許比較遠，但是比較美，而小說所能提供的美學經驗，包括認識醜陋，認識惡。

然而，書寫與閱讀都不是容易的事。我們對威權統治的記憶何其空泛，直到今天，民主化超過三十年，我們依舊在澄清與爭論著，威權統治下被槍決與監禁的確切人數。特務，眼線，抓耙子的身分與數量，跟政治案件的數字同樣不明不白。數字是謎。無解的謎足以造就各種扭曲。記憶的扭曲，道德的扭曲，人性的扭曲。於是這套書，某種程度可以被視為，「島嶼的肉體與精神傷殘史」。這是小說此一文類，給人性最獨特的禮物。它為我們留存了那一段，無論有無政治意識，都可以成為匪諜與叛亂犯的生活，「不要亂說話」，「囝仔人有耳無嘴」，彷彿就連夢話也能告了自己的密。沒說出口的思想，心裡的苦悶，房間裡的祕密，夢中的恐懼，也要面對特務的盯梢，與「軍憲警」三合一的戶口檢查。小心日記，小心與某某的合照，小心同事同學與朋友，小心你的抽屜，小心「知情不報」。在強迫告密的「連保連坐」下，在鼓勵告密的獎金制度下，人們在相互猜忌裡相互監視，官僚參與其中，基層公務員參與其中，學校老師也參與其中。就連即將出獄的政治犯，也要簽下這樣的切結書：「保證絕不洩漏案情等一切坐監經過否則願受法律制裁」，借用作家陳列的話，這形同配合政權嚴厲遂行社會控制的權力，協助掩飾加害者的罪行。「假如我們沉默不語，我們的心裡會覺得不舒服。假如開口說話，我們又變得可笑。」†但文學收容了一切的曲折，與看似中立理性的成見決裂。文學抗拒媚俗，尤其抗拒「黨國」，「信仰」，「主義」，「領袖」施加的心靈獨裁。在黨國威權的媚俗裡，兩蔣的屍體不能下葬，他們的屍身不容腐爛。這對父子被幽禁在黨國神話的教化虛構之中，浸泡於防腐劑的惡臭裡面，活埋在銅像的微笑裡，一日無法步下神壇，就一日無法得到安息。

在解嚴後社會力爆發，本土化與自由化的浪潮下，白色恐怖逐漸受到研究與重視，並且在大眾化的學習熱情裡，出現了各種通俗的面貌，卻也冒著被「新的政治正確」抹除面貌的風險。這當中最顯著的現象是，「冤，錯，假」與「英雄敘事」的風行。在編選這套小說的過程中，我們捨棄了這一類，略顯理所當然的申冤喊痛之作，過分化約的歷史意識，也繞開了英雄與烈士崇拜，而試圖以美學為尺度，給「內省」較多的空間，讓差異擴增，讓複雜性留存。這套小說無意為昂揚的「主義」服務，不論它是左是右，保守或是進步。不服務於舊的國家神話，也不服務於另一種，與之對反的，新國家想像的建構。小說維持它的叛逆，讓差異——政治的差異與差異的人性——復活，這是小說的無用之用。於是，在這套小說選當中，我們可以讀到出賣與背叛，讀到「政治轉向」，讀到「不重要的受難者」所遭遇的生存艱辛，家人的冷待，對信念的疑惑，讀到告密者的自剖，行動者的思想貧困，與思考者的行動軟弱。以及，中共在臺地下黨員的理想與挫折。

最後，讓我改寫小說家珍奈・溫特森（Jeanette Winterson）的話：文學是公有地，它無法由國家或商業利益完全把持，也不像流行文化那樣，被資本驅動著進行大面積的露天開採，它是由想像力所開展的一方，空曠不羈的空間。‡書寫是強敘事。閱讀，則是強記憶。頑強地走下去，並非常人所稱許的所謂勇敢，反而，這是一件幸福的事，即使幸福裡布滿蹣跚。

在蹣跚的幸福裡，有班雅明的新天使守護著我們。祂抵擋著一切裹脅著逼祂背向過去，面朝未來的風暴，凝視著歷史災難的廢墟，明智而堅強地，面向過去，背對未來，以倒退的姿態，向未來邁進。

*出自《枯枝敗葉》，加西亞．馬奎斯著，劉習良、筍季英譯（北京：新經典文化，二〇一三）。
†出自《呼吸鞦韆》，荷塔．穆勒著，吳克希譯（臺北：時報出版，二〇一一）。
‡請參考《正常就好，何必快樂》，珍奈．溫特森著，三珊譯（新北市：木馬文化，二〇一三）。

空白及其景深

◎編序

童偉格

忝列本書共同編者，以一年多的時間，閱讀相關文本，我個人最確切的感觸，是在臺灣，以小說書寫白色恐怖的誠然不易。也許，這首先是因白色恐怖自身，已是虛構設想的大規模落實：許多探討現代政治的論著，都可為我們陳明，國家的恐怖治理，對抗的，與其說是真實威脅，不如說是威脅的幻影。簡單說：國家對抗的主要敵人，正是國家自製的「國民公敵」。

或者，一如哲學家阿甘本的分析：當強力建構某種「假想圍困狀態」論述，國家統治者，即可藉保衛國家主權之名，一併創造出一種凌駕一切律法，以行使治理的所謂「例外狀態」。在這種狀態中，統治者對「國民公敵」的計畫性逮捕、偵訊、審判與刑罰等，每一道儼然法治化的程序，事實上，都反證了統治者，是以絕不受任何程序節制的法外威權，來遂行制度化的迫害。更簡單說：白色恐怖的法治核心，正是絕對人治。

發生在臺灣的國民黨白色恐怖治理，原則上不脫上述反證，且也如我們在歷史中的既驗：黨國統治者，將對「國民公敵」的監控，藉連坐懲治或密告獎掖等設計，以系統化地轉嫁給國民全體的做法，具體說明了這種治理邏輯，曾如何細密、經濟且高效地，將所有人，牽制在同一個共犯結構裡相互偵防。於是可知：白色恐怖自身，是一種臨場催發真實的強虛構。

由此看來，白色恐怖為什麼不義，其實毋須更多辯證，也無法藉各種說辭，來為其權宜迴護——對我而言很明白，從前提假設到細節落實，關於白色恐怖，沒有一處堪稱符合正義。它最弔詭的創造，是執法者必以僭法，來汲取、並維繫威權。它對社會造成的最大破壞，是共同體成員，必以恐懼彼此，來做為共同生活意識。它加諸這種生活的更虛偽粉飾，則是切身經受它的成員，不被允許提及它。也就是說：它一面無處不在，滔滔訓講自己的絕對光明，一面卻極端猥瑣地，一路埋證滅跡，令人自承感它的當下起，即難以明確記述它。

人人浸漬其中，但人人皆知，最好不要聲張這種浸漬。它之禁制個人表達，並將這般禁制深化為集體生活共識，使得多年後，我們不僅無法確知它造成的死亡實數，連用「白色恐怖」一詞，來實稱這種生活的顯在恐怖，好像都顯得太過驚動了依然潛在的集體禁制。這種難能實說，正是在臺灣，以小說書寫白色恐怖的不易其二：至少一世代的創作者，或自那制度化迫害的現場寂滅，或在其後，更漫長噤語，僅將真實的空闕，留白為「恐怖」的如實臨陣。

面對上述留白，小說選《讓過去成為此刻》，採取不無矛盾的編選方針。一方面，因上述雙重不易，我們珍視任何直擊現場的文學表述，敬佩這些小說家，對集體記憶責任的果敢承當。就此而言，我們銘感吳濁流〈波茨坦科長〉（一九四八），與邱永漢〈香港〉（一九五五）的深刻在場。這兩部原初皆以日文書寫的小說，前者既直陳終戰以來，黨國官僚對臺灣社會資源的「劫收」情況，也為我們，穩確留影了政權輪替的動盪彼刻，臺灣的「零年」地景；後者，則以臺灣白色恐怖治理最嚴峻的一九五〇年代當下為背景，栩栩再現出自由香港，這一寶重避禍處，描述避禍之人，生活在其中的奮鬥或淪沉。

另一方面，對嚴峻年代之後、自一九七〇年代起，始大量出現的白色恐怖相關小說書寫，除了銘感與珍視，我們也有更大空間，在選編作業時，斟酌這些作品的文學價值。這是說：我們不以重構那已然湮沒的歷史現場，做為小說創作的最重要目的論，而更希望在這基礎之上，小說做為一種文學體裁，能寄存更豐厚的思索或體驗，也能更扎實地，收納現場以來的歷史蹤跡。會這麼設想，原因其一，是因做為編者，確實，在密集閱讀大量以重構歷史現場，做為主要意向的小說作品時，我感到記憶與經驗的雙重疲乏：非常可能，當許多作者，沿用對歷史現場的同一刻板印象，且再一致複寫時，這些寫作總體成就的，不是現場重構，而是對現場重構之可能性的重複抹消。

如此設想原因其二，是因做為小說寫作者，我私心期許小說作品，不應總被看待為是遲來的歷史證言，而應正好相反：小說，將以小說能為的方式，自當下此刻起，為我們前引集體歷史想像。就此而言，抗拒簡化思考，正是事關小說的前瞻性，小說家們，能為小說所做的最好說情。

於是，本書四卷架構，原則上，即依上述前瞻訴求，力圖延展一個已然留白之歷史現場的多重可能景深，以求相對完備且深思地，解構昔時至今的噤語。如此，本書卷一，「血的預感」所錄篇章，著重白色恐怖治理，從起點前刻，直至最冷峻年代的直接體驗描摹。卷二，「眾聲歸來」，複現多年以後，記憶者或聆聽者，對那同一冷峻體驗，多元而活絡的重述。卷三以「國家從來不請問」為題，反詰國家體制的無所不能為，與是否應為。卷四「白色的賦格」，則對位式顯影再更長久以來，在我們集體履歷中，遭體制選汰之邊緣人等的從來實存。

也因本書主要意向，是在寄存關於白色恐怖，小說家們各異的豐厚體驗或思索，於是，一種深沉而內省的詩學，成為總體看來，本書所錄作品的核心共徵之一。關於這個共徵，讀者可將全書開篇，郭松棻〈月印〉（一九八四）做為代表，且再就本書各卷所錄篇章，來延伸審視。某種意義，這般以內向視角，在多年以後，將集體創傷，重新封印於主角一身的詩學實踐，既確證了白色恐怖自肅殺現場起，再更綿長的結構性後效，也透露了小說家們筆下的孤絕人等，對修復生活共同體的深願——若非因為集體連帶感，主角的深切自咎將顯得憑空無由；而所有這些篇章，事實上都不需要寫出。也於是，我們當然亦盼望所有這些篇章，果能共同集成一個重新的「此刻」，幫助讀者，更明晰檢視在臺灣，竟已顯得像是毋須被具體記憶的一段集體歷史。

我個人認為，這正是這部嘗試以文學文本自身的複雜度，抵禦一切簡化之政治思維的選集，最直白的一種政治性：它引領我們，對抗種種太過輕省的遺忘，特別，是緣於真相未明的遺忘，與終究，連同「真相未明」此事本身的一併遺忘。以「白色恐怖」之名，實稱我們歷史中，確曾存在的那種黨國治理方式，僅是關於這項記憶與反省工程，一個重要的起點。因透過坦然實稱它，我們獲得立場，開始據實理解它。透過據實理解它，我們將不允許自己，將政權犯下的嚴重罪行，簡單託言為是社會結構必然，或歷史的不得不然。這是說：透過據實理解，我們可望消解這般恐怖罪行，在我們集體未來中，重複再臨的可能性。

最後，在本書編選過程中，聶華苓《桑青與桃紅》（一九七六）、陳映真〈山路〉（一九八三）、張大春〈四喜憂國〉（一九八七），及蕭麗紅《白水湖春夢》（一九九五）等四部作品，因未能取得授權同意，所以無法收入本書。胡淑雯《太陽的血是黑的》（二〇一一），也因作者是為共同編者，故亦不收錄於此書。為稍減遺憾，我謹題記上述五部佳構於此，做為推薦閱讀索引，以饗各位讀者。

血的預感〔導讀〕

胡淑雯

「人就像淺灘上的魚，口裡不斷吐出膠質，來黏補分離的親人，有時膠質稀薄了，再也黏不上了。」父親說。

父親成了數學教員是光復以後的事。歷史教了兩年以後，因為國語實在太差，經常詞不達意，或則心中的一番話無法如意吐出來感到焦慮而痛恨自己，於是改教起代數和三角來，一身的熱情漸漸被架空的幾何圖形和方程式的符號緊緊鎖住。他戴上了冷峻蕭瑟的表情。起先以為那是一個面具，母親說，可到後來脫下來後面的臉也是一樣的嚴冷。人要變成另一個人是多麼容易的啊……

——郭松棻〈驚婚〉，二〇一二

《讓過去成為此刻》第一卷收錄的，並非郭松棻這部未完成的遺作，而是解嚴前，於一九八四年發表的〈月印〉。一九八四，喬治歐威爾的發明，一個飽含象徵意義，時而意義超載，於是不斷更新靈魂的數字。在一九八四之前的一九八一，臺灣發生了「陳文成命案」，再前一年的二二八紀念日，「林宅血案」。將近四十年過去了，懸案依舊是懸案，亡者的血早已乾了，謀殺依舊是「無解釋」的謀殺。人人都無從得知內情，但人人都知道那是怎麼一回事，這就是白色恐怖。在一九五〇年代大殺大捕的高峰期，槍決了多少人？關押了多少人？至今依舊是一個模糊不定，彷彿有數，卻無法蓋棺論定的謎題。我們只知道，被槍決者，至少有一〇六一人，在獄中死亡者，大概是五十四名。至於戒嚴時期的政治犯總數，國防部在二〇〇五年呈給總統府的一萬六一三二人，可能是比較接近，然而保守的數字，但其中只有九千多人有刑度，另外六千多人簽結或不起訴，這還不包括那些「未經審判程序」，被送往「反共先鋒營」進行思想與勞動改造的，數百名海軍受害者。*

威權政體帶來的傷害，遠大於它所欲防止的危險。為了「反攻」，「反共」，為了一場即將發生但始終沒有發生的戰爭，人民首當其衝，成為國家的戰犯。本書裡收錄的五篇作品，為我們寄存了二戰之後，國民黨政府來臺接收至五〇年代，白色恐怖高峰期，傷殘與抵抗的精神面貌。

〈月印〉銘記的是「罪」，一個少女由初戀的至貞至純，走向告密與背叛的罪。不同於陳映真筆下俊朗的革命少女，〈月印〉中的少女文惠，是一個被革命事業排除，孤寂而心生黑暗的少妻。陳映真的少女千惠，其形象，封存於當年「那截曲曲彎彎的山路上」，終究失敗卻不忘初衷，呼喚著「請硬朗地戰鬥去罷」。而郭松棻的少女文惠，其形象，則失落在「她逐漸感到，生活或許本來就是這樣寂寞的」心事裡。付出的青春無法兌換成世俗的幸福，她也曾經想要趕上大家，趕上她的摯愛，趕上那吸納了丈夫身心的新人物，新思想，與新時代，「把病中那段空白的日子補回來」，但猜疑的心讓她不由自主提早做了行動，她告發了丈夫的祕密，本以為可以把生活要回來，卻無法預料，這小小的個體行動，引致了一連串的死亡。在那危險的關頭，被歷史選中的人其實，並不知道自己的命運。在那大逮捕剛要啟動的歷史時刻，革命的參與者與旁觀者，還來不及覺察國家暴力的殘酷，就硬生生撞上了它。直到九〇年代，各種口述歷史出土以後，身為後人的我們，在受難者的陳述中恍然驚覺，怎麼，被特務帶走的許多人竟然以為，自己「去一趟問話就會回來」。

〈月印〉中另有一個女性角色，楊大姐，是一位從事地下工作的外省女性。她總是穿著旗袍。那一身旗袍，標誌了革命女性動盪中依舊雅致的女性魅力，她高尚的人品，也召喚著文惠學習「漢民族」的認同，是文惠曾經嚮往，繼而嫉妒的女性形象。吳濁流的〈波茨坦科長〉，則帶領我們回到戰後接收的歷史時空，以「學穿旗袍」這樣的「光復姿態」，描寫了臺灣人對新政權的困惑。這篇小說，在緊接著二二八事件後的一九四八年，以日語發表，在當時造成極大的轟動，身為讀者的我們，可以在這份中文的譯本中，讀到日語句法輾轉新鮮的趣味。這是一個外省籍特工，改換了名字與身分，來臺從事接收工作，搜刮圖利的故事。也是一個本省女性心向「祖國」，努力學習國語，婚嫁於外省官僚的風采與氣勢，進而瞭解「劫收」之內情，於日常中緩緩頓悟的過程。借女主角玉蘭的話說，那是一種獲得國家，獲得婚姻之後，發覺「所得者並非所求」的徬徨。小說在批判省籍情結的同時，試圖理解並超越省籍情結，為臺灣社會至今未解的政治矛盾，提供了第一手的觀察。

接續著〈波茨坦科長〉的心理與物質寫真，迎來了葉石濤的四個短篇，取自《臺灣男子簡阿淘》這部帶有自傳性質的小說。這是政治犯書寫的白色恐怖小說。在鐵窗中度過一千多個日子的小說家，以素描般輕快的質地，描繪了獄中的生活，一幕接著一幕，簡直目不暇給：囚禁的歲月中，一方可以得到日照的角落（可以免除皮膚病）。觀看女犯從牢房前走過，所得的撫慰與快樂。「臺灣民主自治同盟」的傳說。「鹿窟案」爆發的一夕之間，單一囚室湧入的三十幾個新囚，那一張張農民與礦工的，文盲的臉。發霉的美援奶粉，也算是一種新奇的食物。獄中種種，葉石濤寫來輕盈幽默，那是一種歷劫歸來，倖存者獨有的豁達。除了出獄後謀生的艱辛，他還為我們記錄了一間，偽藏於妓女戶的特務訊問所。最後，在〈邂逅〉這則短篇中，他偶遇了過去的戀人，「他向來連她的手也沒摸過」，然而他記得，「他曾經傷過她的心」。幾年後重遇的女人，已然成為一個「老公被槍決，大哥被抓的『不吉祥』的女人」，即將再嫁某個喪偶的男子，當兩個孩子的後媽。而小說是這樣走入尾聲的，「在她堅毅的告別裡，藏著挽救不了的脆弱與某些躊躇。」是的，就算心有渴望，他們不可能再回到從前了。

而那些逃出去的人呢？他們逃到了香港。

一九五五年，邱永漢以日語發表了〈香港〉這部中篇，並獲得同年的「直木賞」。這本小說在臺灣的視野中一度閃現，又消失，如今，這部作品在長期的沉默之後，重新呼吸，並且加入了此刻，當前，全世界目光爍爍凝視且深情關注的，香港的抵抗運動。以虛構逼近真實，豐富了此時此刻，「由當下所充盈的時間之中」（借用班雅明的句子）。為了保有原作剛出爐的光澤與氣息，也為了讓讀者跟隨角色的命運，一路陪著他們走到最後，親臨政治的創傷與生命的頹敗與韌性，我們決定遵從藝術的「任性」，全文收錄。這可是一九五〇初期的，逃犯的香港啊。然而，這並不是一部關於「成功」的小說，它關心的是挫敗。挫敗是現實所能給予的，無可迴避的真實。這說明了自由的艱困。自由從來都不是飛翔般天馬行空的「天賦」，自由的艱困，展現在生存的艱困之中，而生存的痛苦，體現在尊嚴的失敗裡。優秀的小說無意成為革命文宣，那不是藝術的責任。流亡者之精神潰敗，本身，就是「野蠻與欺騙的實錄」。

至於那留下來的人呢？他們「戴上冷峻蕭瑟的表情」，如郭松棻筆下的父親，再也無法黏補分離的親人。女人則無名無姓無面孔，流落在市井間，在李渝的〈夜琴〉中永恆地勞動著，也許在麵店擦桌子，問你，「要不要來盤小菜？」也或許，在某個公寓打掃，在附近的教堂裡打雜。你只當她是個沒讀過什麼書的婦人，無從發現她的身世：「父親沒有再回來，丈夫又是不見了的。」此後僅剩餘生。女人在宗教的寬慰中，「第一次明白了安定感是什麼。」在下工後的課禱中，學習，「不離棄自己的終向，不失落超性的生命，不隱瞞自己的存在，不背棄自己的過去。」這是一篇不容易解讀的小說，角色通過意識滲流至字句的回憶，有的像夢，有的像幻，男人回來過嗎？怎麼好像又不在她身邊？創傷記憶本就帶著如此曖昧的「不穩定感」。這篇小說發表於一九八六年，下一年，臺灣解嚴了。然而直到今天，許多人依舊並不知道，小說家告訴我們的事，「黑暗的水源路，從底端吹來水的涼意。聽說在十多年以前，那原是槍斃人的地方。」

* 參見《記憶與遺忘的鬥爭》卷一清理威權遺緒，臺灣民間真相與和解促進會著（新北市：衛城出版，二〇一五），第一二四頁。另，根據周婉窈所著的《轉型正義之路》（新北市：國家人權博物館，二〇一九），一九八八年時任法務部檢察官陳守煌，曾在立法院答詢時指出，戒嚴時期的政治案件高達兩萬九千多件，魏廷朝據此預估受難人數約達十四萬。但這個數字至今無法證實。

月印

郭松棻

◎一九八四年七月二十一日至三十日首次發表於《中國時報》人間副刊

1

終戰後，鐵敏從六三部隊遣散時，是躺在擔架上被抬回家的。

因為這樣，文惠的母親對他們兩人的婚事，倒猶豫了起來。

然而文惠自己，早已忍不住心中的歡喜。

一談起敏哥，她總是高興得整個人都要跳起來。

從疏散的鄉下回到臺北，文惠又穿起第三高女的學生制服。

一個人癡癡地望著鏡中的自己，陷入種種美麗的遐想，半晌都醒不過來。

母親叫了一聲，她才如夢初醒。

然後戀戀地離開了鏡子，挽起菜籃，走到市場去。

她一個人戀戀地走在街上，思念著未來的結婚生活。

戰時鬱鬱不樂的樣子一掃而空，如今想得高興了，她還會飛起小碎步，背後帶著一陣風。

每次文惠走在路上，總會咦地一聲叫出來。

沒想到臺北被炸得這麼厲害。

戰前和鐵敏一起走過的一些街道和房子，現在再也看不到了。

三月，最後一批獨立混成旅開往南洋，其中就有許多臺灣兵。裡頭還有相識的親戚和同學們的哥哥呢。

儘管鐵敏病得不輕，然而能夠拖到戰爭結束，而不被送往前線，還有比這更令人感到欣慰的嗎？

久久苦於等待的她，如今只要把病弱的敏哥攏在自己的身邊，再怎麼樣的痛苦都可以化為幸福的。

好像只要有了信念，他們兩人就可以隨時展開幸福的生活。

文惠走在炸毀的街道上，想著想著胸口就湧起一股甜蜜的滋味。

她竟藏不住內心的雀躍了。

戰亂未定，做母親的看到這種景象，心頭無端增加了一層無奈的悲哀。

現在，早晨的天空總在白頭翁的啼叫中發白。

接著太陽來到文惠的蚊帳裡。

她自己也像病人一般甦醒了過來。她睜開了霧濛濛的雙眼，身子懶懶地窩在床裡。

她擁起被來，回味著這幾天滿滿脹到胸口那份突然來臨的幸福感。

戰爭最後一年，從南洋傳來的消息，一次險似一次。

文惠不知暗中許下了多少心願，只求敏哥能夠安然無恙，留在臺灣。

那時到處聽到說，臺灣是日本防衛的最前線。而所有的中學生，都是防衛的預備軍。

學校已經變成訓練所了，統統叫六三部隊。

再下去恐怕就要變成後備部隊的兵營了。

文惠一心想著，只要自己能夠和敏哥廝守終身，再怎麼樣的痛苦她都準備忍受的。

而且，如果自己愈受苦，就愈有機會得到敏哥的話，那麼她是下定了決心，準備迎接最大的痛苦的。

有一回，她聽到大人談起，有一個遠房親戚的男孩，夜裡從松山精神病院逃走，第二天發現死在基隆線的鐵軌上。

大家說現在的精神病院管理不善，都讓病人逃出來了。

病院裡也正缺著護士，因為護士學校的畢業生都不願到那種地方去。

「病人還會無緣無故毆打護士呢。」

我去，我去。

文惠一旁聽到了，心裡就這麼自忖著。

沒想到自己竟真地叫了出來。

「那我去好啦。」

這麼大聲叫出來，連自己都吃了一驚。

文惠自己還甫驚未定，大人早在那裡一陣笑開了。

十月，戰爭終於來了。

天上的飛機俯衝下來，一隻隻從屋頂上掠過去。

響了解除警報以後，發現高射炮臺被炸了。

不久，B－29出現在臺北的上空。

高高飛在雲端裡的機群震撼著屋裡的每一片玻璃窗。

聽說中學生都要入伍了。

只待徵兵令一下。他們就統統是紅磚兵。

文惠人躲在防空壕裡，心卻在外頭，她可再也見不到敏哥了。

現在，街上到處都是敞篷的軍車、摩托車。佩著軍刀的騎兵也把馬騎到街上來了。

第一次B－29轟炸後，鄰街組成的「婦人團」被集合起來。

她們每隔幾天就要在街上做一次消防演習。

從兵營裡來了一個佩長刀的日本少佐。

他坐在摩托車的側座裡，套著白手套的手緊緊握在刀柄上。人還沒有到，臉早就板起來，如臨大敵。

少佐站在關閉的郵便局門前，向「婦人團」訓話。

他一手還握著刀柄，一手不斷在空中飛舞起來。

文惠站在隊伍裡面，大顆大顆的汗粒在厚厚的防空面巾裡流著。

她耳朵裡嗡地一聲，整個人昏眩起來。

她再也聽不見少佐激昂的訓話了。

近來每戶傳閱的「迴覽板」上經常提到「玉碎」的說法。

玉碎塞班島、玉碎關島、玉碎琉磺島。

到時候，南洋的那些島可真也要一個一個玉碎下去了。

剛剛聽到少佐提到誓死保衛臺北橋。不知到時候是不是也要將它玉碎？

聽說敵人就要在八里鄉登陸了。

翻過年，在鄉下海邊的深夜裡，文惠驚叫了一聲，從床上跳起來。

她傻愣愣地坐在床上，滿身滲出汗水。

接著聽到自己的胸脯撲通撲通一陣急跳。

睡在旁邊的母親也給驚醒了。

等著老人家翻過身再睡時，就夢囈似地說了女兒一聲憨。

「鄉下地方不會有警報的。」

「不是警報，是鳥。」

文惠昏沉中自言自語起來。

過了一會，她只聽見海邊傳來凶猛的浪濤。

海，很遠，很恐怖。而夜是那麼安靜。

那時，她們母女兩人剛剛從臺北疏散到梧棲的海邊。

然而，文惠並沒有真正聽到鳥叫。

難道自己做了惡夢？

倒下去再睡時，她就想起了遙遠的臺北。

想著快要當新兵的敏哥，不知還會不會咯血？

離開臺北的一個月前，敏哥從學校放假出來。他們在太平町的第一劇場看了夜間最後一場電影。散場，敏哥站在風口上，按著瘦弱的胸膛，連連不斷深咳起來，接著就咯出血。

敏哥暗夜裡的咳聲，就像現在聽到的海嘯。

浪頭一捲一捲湧上來，湧上來，停都停不了。

文惠偷偷留下了敏哥用過的那一塊手帕，上面血印斑斑。

記得第一次約會，也到第一劇場看夜戲。

那一天，他帶著發燒的身體從家裡出來，一個人站在戲院對面的亭仔腳等著。

她遠遠看到了他，就一路跑了過來。

最後一場電影已經開始了。她跑過來時，劇場前面的燈火剛好熄滅。曾經那麼輝煌地燃燒著銀光的空間，頓時被黑暗的馬路占據。

他站在溝邊，看到她急急跑過來，在昏暗的馬路邊迎著她笑了起來。

這一笑倒露出了他的病容。

她喘著氣問道：

「身體不舒服？」

他們進了戲院，坐在無人的角落。

她握住了他發燙的手心，但是那時卻不懂得他已經病了。

她在黑暗中小聲問他：

「後不後悔？」

那是指他犧牲了夜間的寫作時間，跑出來和她一起看電影。

他拿出手帕摀住嘴輕輕咳著說：

「不後悔。」

文惠離開臺北的那一天，拿著疏散的包袱，站在月臺上東張西望，就是找不到敏哥的影子。事先答應會來的，卻沒有來。等火車開動了，還是見不到他的人。

一定是部隊不放人，不准請假外出。

聽說他們就要被派到宜蘭的飛機場去當工兵了。

那一天回營時，倒是他回過頭來，遠遠喊著，叮囑了一聲：

「不要忘了來信。」

火車裡，文惠一直把那塊染血的手帕捺在手心裡。

那原是鮮紅的血跡，現在已經褪色。照在火車的窗暉裡，宛如一片片枯落的花瓣。

火車沿著海岸線，一路不停地呼嘯著，正奔馳南下。

火車一站一站把她帶離了臺北，帶離了敏哥。

窗外映著海光的日照正劇烈地打在她昨夜失眠的臉上。

敏哥愈離愈遠了。最後分手時站在那沉暗的雨街，昏黃的路燈把他的臉照得那麼生怯。
「鐵敏是個怕生的孩子。」
母親才看到他，就有了這個印象。
文惠第一次遇見他，他坐得遠遠的，把自己藏在一個角落裡。
那是在佐良先生的家裡，記得那天客廳裡擠滿了辦雜誌的朋友。
大家談得愈熱鬧，鐵敏躲得愈見不到人影。
他始終沒開口說一句話。後來問他那一天為什麼一句話也不講。
他只說，那時候一直想咯血。
「那是第一次有了咯血的預感。」
「為什麼？」
在爬向阿里山上的五分車裡，他終於笑得那麼開心，帶著幾分稚氣。
「聽聽那海聲。」
有人在車裡叫起來。
「在海拔兩千米的山上？」
大家笑起來了。
「莫非天生就是一對順風耳。」
「那是樹葉的聲音。」

火車爬上山頭時，紅檜木起了一陣陣嘩嘩的響聲。在阿里山上，日出以前，他穿得那麼單薄，一個人在木屋外做著晨操。

說那是中學即將畢業，正準備進預科的人，任誰也不相信。

她也不相信看起來還這麼小的人，已經寫出了一篇讀來令人感到蒼老的劇本。

有一天，佐良先生跟文惠提起，臺北一中有個學生寄來了一篇獨幕劇。

「簡直是一篇傑作。」

說到「傑作」兩個字時，先生日本話的咬音顯得那麼鏗然。

過了一會，先生從籐椅裡忽然坐立了起來。

「怎麼，認識認識這個〈奔雲〉的作者罷？」

先生換了一種怡然的口氣，微笑對著文惠說。

那時，文惠一個人在先生的家裡，正替《臺灣新文藝》整理著文稿。

紙門外一抹西天的紅霞映在她身邊鋪得滿滿一地的稿紙上。

聽了先生這句話，眼前突然掠過了什麼，晃了一下。

然而她的的身子卻一動也沒動，繼續埋頭整理著稿件。

佐良春彥，是文惠第三高女的國文先生。由於文惠作文課上作了一點小品文之類的東西，而為先生所賞識。後來她經常被先生請到家裡，為雜誌做一些整理文稿的工作。

「為什麼？」

文惠仰視著他蒼白的臉，「為什麼那天有了咯血的預感？」
鐵敏滿臉迷惑，不知如何回答。
久久，他才含含糊糊地說：
「或許因為不喜歡談政治的緣故罷。」
「可是你一句話也沒說啊。」
那天，說得最多的還是佐良先生。
「且看這一回的南進政策罷！」
客廳裡本是熱熱鬧鬧的，突然給先生的這一句話打斷了。
一霎時，客廳裡的空氣變得凝重起來。
大家轉過身去，望著先生。
先生說完了那句話，就端起他那杯英國紅茶，湊到兩撇花白的短髭下。一邊抿著，一邊綻出了一抹犬儒的微笑。
這種時候，大家總是替佐良先生擔憂。
這是什麼時候了，還發這種議論？
就在這時，文惠看到藏在角落裡的鐵敏臉一下子鐵青下來。
有日本人在的場合，談起這類政治問題，總是令人不自在的。
難道因為這樣，鐵敏才有了咯血的預感？

佐良先生並沒有再說下去。好像那短短的一句話，就是他對日本軍部的全部意見了。

佐良先生帶著雜誌的同仁從阿里山旅行回來後，他就接到了總督府的撤職令。

夏天已經過去，新的學期就要開始。

先生被迫離開臺灣，已是幾天之內的事。

學校一開學，國文課換了一位新的先生。下課後，同學們紛紛議論起來。

佐良先生是一名危險分子。

這樣的話，文惠也聽到了。

她每天一早打開報紙，急著看有沒有先生被撤職的消息。

兩年前，南方作戰研究部有一位名叫北村孝志的日本人，是研究亞洲熱帶作戰的名家。後來以金錢賙濟一位臺灣作曲家，涉嫌同情臺灣人，而被軍部勒令離臺返日。

記得當時報上指責這個日本人是偽開明分子。

不料離開臺灣的前一天，這個人突然自殺在自己的寓所。離臺的前夜，北村邀請了他心儀的音樂家到家裡會晤。

青年作曲家依約前往。當他來到門口時，只聽得屋裡傳來斷斷續續的胡琴聲。他在外面一再敲門，也不見有人出來。

待他推門進去時，琴聲戛然而止。

這位著名的《熱帶作戰方法論》的作者，整裝端坐客廳，手裡抱著一把中國胡琴。在客人甫到的那一瞬間，盤腿端坐的身子徐徐向前傾去，沒有開口說一句話，就倒死在蒲團上。

死者身邊留下了一封絕命書，表示要以死向當局抗議。

文惠下課回家，突然接到了佐良先生一封匆匆草就的便箋。約鐵敏和她做最後的晤別。

文惠手拿著先生的信，全身早已冰涼。

信紙上先生那一筆飛舞的字跡，看來竟遙遠而陌生了。

她和鐵敏忙著趕到城內去。

然而剛剛踏進約好的那家咖啡室，就看到先生神態自若，一個人坐在僻靜的角落裡。一見他們進來，馬上微笑招手了。

先生一襲漿洗硬挺的白亞麻文官服，儼然是剛從什麼慶典才回來似的。

白衣襯著一頭花白的三分頭。

後來文惠一直為那一次的晤別感到不解。

那是先生來信邀請的，可是在咖啡室裡先生自己卻一直緘默不語。

夕闇的咖啡室內，老人家只一逕微笑著，然後一口一口地喝起他的英國紅茶。過分的沉默，反倒露出了他內心的焦急。

他們兩人都為先生當時的處境而擔憂。也不知該向他說些什麼才好。

直到結了婚的現在，文惠才突然恍悟過來。

那一天的晤別，先生看來有一番話要說，然而到頭來還是未說，等到最後離別時，也還是藏著沒有說出來。

莫非先生在離開臺灣以前，急切地想充當他們的媒人而苦於無法開口？

「先生如果知道了我們的婚事，不知要怎樣地高興啊。」

現在，文惠正坐在結婚新居的一棟日本屋子裡，由於驀然的領悟而興起了這樣的感嘆。

九月，文惠匆匆從海邊奔回臺北。

第一次重見敏哥，看到他失血的臉孔，斜斜靠在枕頭上，她真想把自己的血奉獻出來。

戰爭快到臺北，他們兩個人都在腰間掛起一個A字的血型牌。

佐良先生看到了，竟笑了起來，怎麼會那麼湊巧，兩個人一個血型。

那時，她和敏哥私下說定，戰爭來的時候，誰失了血，誰就可以輸對方的血。

文惠為了他們有共同的血型，對未來的幸福也有種種奇妙的聯想。

戰後重逢，敏哥臥躺病床，一見面就從他虛弱的胸膛裡，那麼費力地發出了呀的一聲驚喜。

難道敏哥也看到了展開在他們眼前的幸福生活？

記得母親說：

「人家是急著做新娘，妳是急著當護士。」

每當眼睜睜看著沉睡中的敏哥無端盜出汗來，她就想起母親這句話。

母親是什麼意思呢？

現在她不也做了新娘嗎？

至少，現在她是整個人浴在新婚的快樂裡呀。

她坐在榻榻米上，不時拿起消毒過的面巾，小心翼翼地拂去敏哥臉上的汗粒，唯恐驚醒了午後就陷入昏睡的他。

十二月的細雨落在這棟日本房子的屋頂上。她懷著愉悅的心情癡癡地望著窗外。不久，失修的屋檐就積下不規則的雨漏，蒙蓋了短牆外大塊大塊的天空。

母親交代，因為家裡有了這樣的病人，地板和榻榻米最好能夠每天擦洗，免得結核菌到處隱藏繁殖。

現在文惠的兩隻手，經常給消毒水泡得通紅浮腫。

她從來沒有這樣辛苦地工作過。

然而，她也從來沒有這樣感到幸福過。

她的雙腳，在剛剛擦洗的榻榻米上輕步蹓走，來來回回忙個不停。心頭一陣宛如滑過冰層一般的舒坦。

敏哥從六三部隊來信曾經提到「肺病患者嗜冰」的話。

他常說，他最渴慕的是朔北的大風雪。

「如果被派遣到熱帶的南洋去作戰，那真叫天公有意懲罰。」

母親帶著她從梧棲回到臺北時，火車又奔馳在海岸線上。

她一路心焦口乾，第一次體會到敏哥胸口灼燒的心情。

火車才過板橋，突然在空氣中聞到一股焦味。

大家急著把身子探出車窗外。有人說臺北還在焚燒。

火車進入臺北的近郊，火焰般的西天，照出樓房幢幢的黑影。

大家爭著看到底臺北給炸成什麼樣子。

文惠什麼也沒看到。她只聽到腳下嘎登嘎登急駛中的火車。

一到臺北，她就直奔敏哥的住處。

秋天一過，她匆匆嫁給了他。

婚禮沒有鋪張，實際上也不可能鋪張。

親友們多半還留在疏散的鄉下，還沒有回來，連通知都無法通知。

轟炸後的大稻埕，大白天都顯得很荒涼。

走在亭仔腳，好像走進了一個大防空壕，家家店面都上了排門，豔陽當空，可是街上冷冷落落，只有幾雙木屐的腳步聲，遠遠還響起回音。

文惠的母親好不容易託人買到了一些戰前的罐頭。

電路還沒有修通。太陽落下去，房裡的黑暗就浮上來。

婚禮的那一晚，他們點了蠟燭，勉強湊足了一桌酒席。

暗隱隱的燭光在席上搖晃，新娘的臉頻頻帶著喜氣。

然而新郎在終席前，身子就有點不支了。

第二天，鐵敏終於倒了下來。

從此，他就一直躺在現在這八席榻榻米的房間裡，可以說一病不起了。

大稻埕好事的鄰居在背後竊竊私語，說新郎還來不及疼新娘呢，自己就先倒了下來。

婚前，有人介紹這棟房子給母親。

說是公館一帶都是水田，雖然偏僻一點，可是空氣新鮮，對病人的身體倒是好的。

搬過來以前，母親帶她一起看過兩次房子。

文惠第一眼就看上了。

想到自己能夠離開那陰陰暗暗的古厝，和敏哥一起住在這樣寬敞透亮的地方，過著田園般的新婚生活，文惠早已興奮無比。

這原是一棟日本軍官的房子。後來文惠和母親再來看時，知道屋主是一名騎兵中佐。戰死南洋的消息幾天前已經抵達家裡。

女主人沒有兒女。現在一個人已經被編入日僑遣送隊裡，不久就將從基隆上船遣送回國。

母親和她最後決定要這棟房子時，女主人剛剛從神社趕回來。

新寡的女主人，這一次已經洗盡了鉛華，露出蕭瑟的苦顏。

一身素色的和服，質地是淡墨色的細絹，胸口上圖案式的花飾宛如秋日的寒菊。

她聽到母親說女兒準備以這棟房子做為婚後新居時，驀然若有所感。本來一直撐得緊緊的顏臉，這時終於慢慢鬆緩了下來。

在門口向她們母女兩人道別時，隨著初秋的午後流泊在長青木之間的一股庭風，她將身子徐徐向前彎了下來。那九十度般的鞠躬，比河邊的蘆條還要柔弱，頭不抬地埋著臉，以溫煦的語氣對著即將成為新娘的文惠道喜說：

「那麼，就在這裡預先恭祝妳的新婚。」

微風吹娴了寡婦的霜臉。

那一天，咖啡室離別，佐良先生在人力車上也欠起身來。後來在茶桌上一直沉默得像一幅仁丹廣告的臉，也在微風中摺軟了下來。

老先生在車上向他們兩人望過來的眼裡就汪著一片祝福。

殘暑的黃昏，蟬聲已停，城內的街道安靜無聲。車夫腳下的膠皮鞋開始在寬闊油亮的瀝青路上，巴達巴達響起來。

文惠目送車子慢慢離開而去，先生那一身白亞麻在晃動起來的車上驟然顯出已然老邁的身影。她和鐵敏站在街邊，一邊看著車子消失在街尾，一邊任由夕陽在街道展開的暮靄暖暖烘著他們的身子。

有一回，佐良先生下酒時，曾經有意無意說了一句：

「鐵敏未免太晦澀了一點。」

那是指他剛登在《臺灣新文藝》上的獨幕劇〈奔雲〉而說的。

文惠在旁聽了，馬上想到先生對她有過的一句評語：

「文惠倘能悲觀一下就好了。」

樂觀，怕是天生遺傳的罷，文惠一向這麼以為。

她就像母親。

父親剛過世的時候，大家都擔心一向順從而依賴丈夫的母親以後該怎麼過日子。

然而誰也沒想到，失去了父親以後，母親就像蟬蛹一般，脫去了軟殼，就能夠逕自飛向初夏的陽光。

母親聽從了鄰居的勸告，開始信教。

守完了七旬，她開始走上教堂。

當她手裡拿著第七日再臨團的「聖經」，跨出門檻，重新出現街道時，家裡是那麼令文惠感到溫暖。

現在，日子一天一天地過去。鐵敏的病卻未見一天一天好轉過來。

以至於結婚第二年，文惠驟然發現她那樂觀的天性，隨著自己的少女時代，在逐漸慌忙起來的看護生活中無聲無息地消失，再也撿不回來了。

2

突然，她在無聲的夜裡，聽到了啜泣的聲音。

她沒想到自己竟流出了鼻水。

「冷。」

她暗自叫了一聲。

臺北的燈火管制，七點鐘就切斷了電源。

文惠趕著在熄燈以前，把碗筷洗好。

入秋以後，天慢慢黑得早了。等到她清了水槽，桌上點一根蠟燭，照例一天的忙碌就算結束。

她一個人可以在廚房裡坐下來休息了。

然而今晚，她卻急著想離開房間，離開這到處充滿了藥氣的房子。

她點亮了蠟燭，轉身匆匆走下後院。

隨著，雞塒裡的雞就咯咯叫了起來。

西天的最後一抹晚霞已經褪去。頭頂出現了星辰，一顆顆掛在沒有摺皺的天空上。

她深深吸著屋外新鮮的空氣。

然而疲倦的身子已經很難甦醒過來，一圈一圈的酸疼包裹著她的全身。一天操勞下來——不，已經不只一天了——疲倦就一直沒有離開過她。

五點鐘的時候，電臺照例播放「起來，不願做奴隸的人們！」敏哥的午覺還沒有睡醒。於是她走過去，把電臺扭熄。這時她也到了該做晚飯的時候了。她在院子裡沿著一叢一叢的地柏，緩緩移開腳步。她低頭看著自己的影子和晃動的竹影交疊在一起。

唯有這個時候，她才暫時忘卻了丈夫的病氣，而沉醉在純淨的夜空裡，獨自幻想著正常生活的種種。

突然她又暗叫了一聲。

「冷。」

她發現自己竟在啜泣。

她趕緊用手肘擦去淚水，搶前走了幾步，走出了短牆。

她不承認自己正在流淚。

然而不能不承認的，自己一向堅強而沉著的心，近來也慢慢動搖了起來。

眼看著敏哥一天一天嚴重下去的身體，她有時幾乎束手無策了，接著整個人就慌亂起來。

「如果……，萬一……。」

這樣的問題開始鑽進她的腦際。

有時回頭一想，一直隱藏在她內心深處的，其實早就是這份恐懼了。

在無助的時刻，她幻想著突然有一天，她在街上買到了西洋的特效藥。

蔡醫生說，戰時他從日本的醫學雜誌看到西洋已經快要發明出來肺結核的特效藥了。光復以後，他反而和外界的醫學動態完全隔絕。

有時候，醫生也會自己感冒起來。

「真成了瞎子一般。」

X光片上，敏哥胸上的局部病巢已經擴大。一棵玉樹般的陰影分叉向上生長，正要沿著氣道蔓延。

蔡醫生跟文惠說，先前提到的易地療養的辦法現在恐怕行不通了。因為一旦血管受侵，演化成動脈瘤，那時就隨時會有緊急情況。

「如果大量咯血，離開臺北就不方便了。」

深夜裡，敏哥臨於氣絕的咳嗽，把她從夢裡驚醒。

接著，他斜在枕頭上，胸口一縷欲斷未斷的抽吟，流絲一般，牽動著整棟房子。

文惠再也無力一個人撐起這個剛剛築起來的家了。

長久以來，夜裡她總是漂浮在褥被上，不能真正入眠，她隨時等待著，緊急時刻的來臨。

「咯血時，血一旦侵入支氣管，因窒息而導致猝死的情況也並不是不可能的。」醫生特別關照文惠隨時注意病人的動靜。

有時，她看到自己還能夠站起來，幾乎不敢相信。真不知道力量是從哪裡來的？

現在，天完全黑下來。她站在短牆外，用手背揩去臉上的淚漬。

水溝旁邊的麵包樹落下一片葉了，掉在她的身邊。肥肥的樹葉擦在泥地上，那聲音震撼著她的耳朵。隨著胸口就撲撲跳起來。

她突然覺得天空的星星全都轉動了起來。

從晚風中的那一片竹林，成群成群的星子向她傾瀉下來。

她差一點暈過去。

再睜眼看去，天退得很高很遠。空間頓覺寬闊，她一時慌亂，感到無著無落。

一陣噁心湧上來。她趁還支持得住，趕緊轉回身去，順手在雞塒裡摸了兩只雞蛋，就跑進屋裡。

新婚以來的許多月分她都還記得。

三月、四月、五月……。

每個月都是一樣的。每個月都是空白的。

如今，她的身子也漸漸失去了血肉似的，每天虛虛晃晃，成了一棟空房子。

夏天已經過去。然而傷心積壓在她無力的胸口上，一天重似一天，好像一直要把她壓倒為止。

九月梢的晨光從板門的縫隙穿過來，細細的，斜斜的，已經斜了許久了。

今早她起晚了。她留在被裡，還感到昨夜後院的冷峭。

她任由陽光細細斜斜地照滿一身。無聲的房子裡，只聽見鐵敏昏睡中那沉重的鼻鼾。

在鏡子前面，她吃了一驚。

她幾乎不相信，看到的就是自己。

她還不應該衰老。可是卻有一隻無形的手，緊緊抓住她不放，一直要把她整個人拖垮了為止。

好可怕啊。一開始就有什麼故意要來阻攔他們兩個人的幸福。

前天，敏哥從床上爬起來，難得神志清爽，就想在太陽底下坐坐。

她把籐椅放在廊口上，敏哥拿了一本書，從陰暗處踽出來，走進了暖暖的秋陽裡。

那真是令人高興的日子。可是天卻有意捉弄。

敏哥沒曬多久，突然從書上抬起頭來，嘴抿得緊緊的，一隻手在空中比劃了一下。

她傻住了。問他，他還是緊緊抿著嘴，沒有開口。

然後，血從他的嘴裡默默淌了出來。

她失聲驚叫了起來，回頭把毛巾趕緊拿了過來。

血，那麼澎湃，那麼難以停止。毛巾還沒有拿過來，敏哥的嘴角已經洩出兩道嚇人的血柱。

他拿著毛巾，摀住了嘴。

不久，血從毛巾的纖穗裡滲了出來。一條白色的毛巾慢慢被血侵占。

毛巾已經沾滿厚厚一層血。緊緊抿閉的嘴再也包不住湧自體內的那股激流。

敏哥忍不住了。他起身踅到洗臉池，哇地一聲，好像什麼突然崩裂了。接著臉盆裡就是一灘血。

敏哥的手握在窗口的木架上，俯下身去，連連咳個不停。臉泛成了土黑色。

難得一個豔陽天，就在忙著收拾血印的慌亂中過去了。

翻過年的三月，文惠在收音機聽到淒厲嘔血般的廣播。

她驚住了。她趕緊把音量轉低。

夜裡，她把收音機拿到廚房，繼續守在那兒小聲收聽。

臺北發生事變了，聽說市街戰已發生了。

這段日子，自己關在房子裡一心看顧著敏哥，跟外面完全隔絕。沒想到戰爭又要來了。

二個月以前，突然只能買到「戶口米」，就聽說遲早會出事的。

在大稻埕的母親不知怎麼樣了？

明天一早恐怕得出去買一些黑市米。

半夜，鐵敏的熱度又回升，昏睡中嚷著一些夢話，人好像在練兵場上。

戰爭最後一年，從林口飛機場起飛的隊伍裡，聽說已經有臺灣人的志願兵充當神風隊。那個時候，有些家屬全家做惡夢，半夜鬧鬼的事突然多了起來。

收音機說，大稻埕夜裡槍聲不停。處理委員會在中山堂成立了，厲叫呼喊，要求處理這個事變，文惠跪在發著高燒的鐵敏身邊，心絞成一團。

四月初，河畔的蘆葦已經長出新的嫩芽，雜在去年的枯穗裡。不久以前，他還那麼愉快，以為戰爭已經結束，一切都太平了。鐵敏告訴她一些以前六三部隊裡的趣事，他們還哈哈大笑起來，沒想到戰爭到底又回來了。

廣播電臺吵得最凶的時候，鐵敏身上的褥瘡發得通夜睡不著覺，人在夜裡翻來覆去，全身都癢起來了。然而他還被蒙在鼓裡，不知外面已經發生事情了。

「開燈罷。」

他身上癢得受不住，半夜大聲叫起來。

不是她不敢開，而是燈火管制中哪來電燈？她只點了蠟燭，也不敢告訴他戰爭又來了。

她撩起蚊帳，藉著月色，用溼毛巾替他輕輕洗著身子。

凌晨四點鐘，遠處的田間有燭火亮起來，她才安了心。

等天濛濛亮，文惠騎著腳踏車出門，到處叩米店的門。想多屯積些。現在一條天香肥皂已經賣到二十塊了，比米還貴。

物價一漲，文惠在腳踏車上心就慌起來，眼前的路也顯得遙遙迢迢的。

幾個禮拜以來，公館一帶很冷清，路上見不到什麼行人。一切像死了一般。

再聽到教堂的鐘聲響起來時，她也有了母親的消息。

母親說：「又太平了。」

不久，跛腳的區長連踢帶拐地踽過來。

他挨家挨戶通知，傳達上面的命令。他要每一戶把家裡收藏的日本刀統統繳出來。

「不管是軍刀、刺刀、短刀、佩劍，或是擺設用的飾刀，統統不能留了。」

區長強調說：「這是命令。」

文惠問區長說：「事變過去了？」

「過去了，過去了。」

鐵敏在夢裡被吵醒。他從枕頭上轉過頭來，奄奄地問是誰。

「沒有，是換藥袋的。」

文惠隨便回了他一句。

初夏的黃昏，天氣一下熱了起來。文惠臉上冒出豆子一般大的汗粒，把家裡日本遺孀留下來的軍刀一把一把放進浴盆的火爐裡。等到刀刃烤紅了，她從炭火中抽出來，拿到廚房外邊，用鐵鎚敲打，直把筆挺的軍刀敲得捲成一團。

天色暗下來，文惠在牆角下，挖出一個一個深洞，然後把一把一把變得捲捲曲曲的軍刀統統埋下去。

文惠背著鐵敏，花了三天的時間，完成了這個工作。

她和母親商量。母親也說把它燒掉埋起來的好。免得繳出去，官廳看到藏了這麼多大刀，反倒起了疑心。

文惠好像做賊一般，燒著軍刀的時候，一顆心吊得高高的。到了夜裡，她四肢癱軟，口腔發乾，她就自己喝酒壓驚。

現在，軍刀一把一把都埋到地下去了。她一個人坐在廊口，腳棲在石階上，手裡拿著一碗米酒。刀刃在炭火裡燒到全身通紅時，就像天上的一條彩虹，突然被點燃了生命。然後敲過了再用冷水一澆，化成一股白煙，往藍空裊裊升去，好似折夭的小孩升上了天。

黑夜替她遮蓋罪行。酒澆入胸裡，她心安了。

如今事情臨到頭上，她得一個人撐起來。

不容猶豫，不能害怕，她身邊還有一個病人要照顧呢。

這段時間，她把自己鍛鍊成另外一個人了。

現在日本人留下來的東西，除了一個螢火蟲的籠子以外，什麼都燒了，連上釉的神龕也劈了當柴火。

晚風吹來。

她用灼燒的臉頰迎上去，夜的曠空突然變得熙良而和睦。

夏蟲還沒有來以前，牆外的田野一片安靜無聲。

不久，遠處的小學傳來了軍號。

聽久了，她知道那是寄駐在學校的憲兵團開始要睡覺的熄燈號。

「文惠，文惠。」

有一天，她在後院的菜圃裡鬆土，聽到屋裡的鐵敏叫得很急。

待她放下鋤頭，忙著跑過去，卻也沒有什麼特別的事。

鐵敏退了燒以後，沒有入睡，在被褥裡精神顯得很昂奮，他要她在身邊躺下來，一起看天花板上大塊大塊的雨漬。

經他這一指出，她才第一次看到家裡居然有這些白色的大塊霉斑。

鐵敏說，想了好些日子，他終於把所有的這些雨漬連成一個故事了。

現在，她躺在他的身邊，內心正高興著冬天已經過去。她可以把棉被拿出去，讓太陽曬去上面的藥氣。

前天，她替他洗了一個頭。現在枕頭上還留著一股茶枯的寒香。

鐵敏說，洗完了頭整個人好像不是自己的，輕飄飄的，連站都站不穩。但是洗完了以後，似乎鼻子也通了。他聞到空氣裡帶著橄欖燉里脊肉的香味。

鐵敏講完了天花板的故事，接著又說了一句什麼。文惠沒有聽清楚。

到底是說白白走一趟，還是說不能白白走一趟。

文惠只覺得這是病人的喪氣話，因此也就沒有追問下去。

鐵敏又說，不知怎地燒退了卻常常在睡夢裡看見戰前自殺的那個日本人北村孝志。

「嗯，能夠心滿意足地死去，完成怡然的一生，再年輕也是值得的。」

夜裡，鐵敏竟說出這樣的傻話來。

文惠聽了，不由得把他的頭攏了過來，抱進自己的心口，然後勸慰著說：

「病都快好了，這麼胡思亂想做什麼。」

幾天前，蔡醫生來到家裡，一進玄關，文惠第一次看到醫生臉上有了笑容。

醫生忙著告訴文惠，鐵敏的病巢看來大致可以穩定下來了。肺葉上那棵玉樹的陰影沒有再擴大。

「好消息。」

文惠聽了心中暗喜。如果不用開刀……，那簡直算是奇蹟了。醫生坐在榻榻米上，笑臉迎著慢慢從被褥裡坐起來的病人說：

「唷，春天來了，你這隻蚱蜢可得跳跳看呵。」

然而，鐵敏的病還一時穩定不下來。燒退了以後，心情反而起落無常。白天他從手上的書突然抬起頭來，她看到帶著驚駭而蒼白的臉，一顆心就吊上來，怕又是要咯血。夜裡他伸出熱辣辣的手把她拉進被窩裡，然後無邊無際地講個不停。

蔡醫生跟文惠說，病巢並不難安撫，最難安撫的是，醫生指著自己的腦袋說：

「這個地方。」

初診之後，醫生勸鐵敏戒菸，他馬上戒了，但是醫生說，療養期間不宜多看書，這鐵敏就一直沒有做到。

佐良先生離開臺灣之前，鐵敏從先生家裡抱回來兩大捆書。

先生指著有島武郎、武者小路實篤等人的書，關照鐵敏說，軍部雖然拉攏這些白樺派的健將，其實是極端仇視這些人的思想的。

「所以看這些人的東西還得格外留意。」

先生又指著兩三本英文雜誌說：

「這並沒有什麼好文章，不過現在英文既然成了敵性文字，也不得不謹慎。」

晌午的陽光穿過竹梢，斜斜照耀著，文惠扶著鐵敏走到迴廊，讓他坐在籐椅裡，膝蓋加上一條薄毯，靜靜地在陽光中看他的書。

前幾天看完了《第三隱者的命運》，夜裡躺在床上就全身亢奮，不停地講給文惠聽。第二天起床，兩腿發軟，好似虛脫了一般。

現在他手裡又拿起《人間萬歲》的戲劇來了。

蔡醫生勸鐵敏不要多讀，然而他們兩個人一見面格外投緣，不就是因為這些書嗎？

醫生知道了鐵敏是登在《臺灣新文藝》的那篇〈奔雲〉的作者之後，兩個人之間其實已經不止於醫生和病人的關係了。

做為醫生，他要鐵敏放下書本，但是做為一個文藝思想的愛好者，他又經常引出鐵敏的話題。鐵敏的病稍有了起色，醫生就無休無止地談起來，而忘記不久以前眼前的病人還是一個第二期的肺病患者呢。

然而文惠明白，家裡的陰鬱，因為蔡醫生的到來而掃淡了不少。

醫生在時，文惠可以暫時卸下看護之責，把病人交給醫生，自己走下院子，從屋裡充滿消毒水的濃臭裡解脫了出來。

蔡醫生高趒的個子，因為不胖，頭就顯得格外碩大。一出診，身上總穿一套戰前的老西裝，窄窄瘦瘦的。

談起閒話時，他會不時用手去梳理那頭豐美的長髮，大頭上花白的髮絲，起伏成浪，自自然然垂到兩邊，蓋到耳輪上。他眉梢緊鎖，苦於內心的思索，手裡夾著紙菸，偶爾偏過頭去，卻會綻出一抹羞赧的微笑，你想不到那高大的人會笑出那樣稚氣的笑來。

文惠就喜歡看醫生那種笑顏。長久的看護生活中，醫生已經成了她的親人一般。

她想起鐵敏病重時，醫生和她兩個人，背著病人頻頻商量對策的那段日子。

父親的影子逐漸淡化了，不知不覺文惠在醫生的身上找到了溫煦而可靠的力量。

醫生自己常常會半開玩笑地說，他應該算是明治維新的產兒。

「雖然自己生為漢民族。」

他提到早年從日本再流浪到德國去留學時，被當時風行一時的威爾遜主義感動得幾乎把醫學荒廢了。

「差一點棄醫從政，去搞民族自決運動了。」

鐵敏私下裡常說，「蔡醫生不是一個普通的醫生。」

他是個有思想的人，帶著一雙病理學家的眼力，能夠隨時找出生活的病原體。

「是個犀利的社會批評家。」

鐵敏的身體一天一天有了起色，醫生來到家裡，診視之後放下聽筒，談起題外話的時候也一天一天多了起來，兩個人——醫生與病人——經常談得淋漓痛快，不知黃昏之將至。

醫生一看天已經黑了，就匆匆收起醫包，臨走在玄關穿鞋，還會意猶未盡，嘴裡興奮地掛著「托爾斯泰主義……」之類的話。

醫生捧了一堆舊雜誌來到家裡。

兩個人又興致勃勃，在迴廊口坐下來，翻著這堆微微帶著菌味的舊書。

蔡醫生指著其中那套「新村」說，那還是託人從佐良春彥那裡買到手的。談起這位老先生，醫生話裡還帶著幾分嗒然，被迫離開臺灣以前，沒有機會認識他，醫生覺得是他一生中的一件憾事。

「算是戰時被總督府撤職的最後一位開明分子罷。」蔡醫生為佐良春彥下了這句評語。

醫生說最近輾轉聽來，佐良先生回到日本以後處境淒涼可悲。老人家孤單單一個人住在北海道的鄉下，追隨著托爾斯泰，試著過簡單的耕讀生活。

醫生和病人，各自一杯茶，對坐春天的廊檐下，就這樣慢慢談開了。

他們從佐良先生談到白樺派，從人道主義談到托爾斯泰的晚年生活。

一提起托翁，醫生的興頭全來了。

「活到八十二歲的高齡，對生活還感到是一團謎，困惑不解，鬱鬱不樂，最後離家出走客死嚴冬的小車站，十足表現了一顆不肯安定下來的心靈。」

一旦離開了人體病理，談起精神生活來，醫生變成了一匹脫韁的野馬，心神搖蕩，一道奇異的光芒凝在他的眼前。他整個人從興奮盪到興奮，從夢想盪到夢想。

「那是堪稱『偉大』兩個字的。」

鐵敏手上挾著他的半截菸，聽了醫生的話，滿臉亢奮，心早已蕩到遠遠的地方。

在這種場合，醫生總會破例讓病人抽上一根菸的。

鐵敏一直伸長了脖頸，沉默無言。

他等待著醫生再說下去，可是他突然聽到一列火車的聲響。在他一向夢寐渴望的北方，火車由遠漸近，滾滾響了過來。

醫生又滔滔說了起來。

然而鐵敏現在聽不到醫生的話了。他的頭一陣灼熱，人有點暈，好像發了病一樣。

現在，病人的眼前展開了冬天俄羅斯一片茫茫無垠的大草原。

欲雪的鉛空，重重壓迫在枯褐的平野上，火車筆直奔馳過來。

火車來到寥無人煙的小村落，停了下來。一個為了不肯再擁有自己產業而離開妻女的老人，就以這個荒涼的小車站做為自己一生的終站。斷氣時那顆心還在滾動不停，怎麼也不肯安息下來。

堆在他們兩個人面前的舊雜誌裡，就有一篇文章，題目叫著〈阿斯塔波瓦車站〉。

最後的生命奔向俄羅斯的荒野，把一則謎一般的訊息投在車站，然後自己撒手而去。

醫生還記得，俄羅斯荒村中那座小火車站也曾經占據了他留學時代的整個心思。

現在他微笑起來了，因為眼前他隱約又看到托爾斯泰死前在北方留下的那一星半點的火苗，三十年後在這南國的島上復燃了，此刻正熊熊燃燒著一個青年病患的胸臆。

「唷——，」醫生真地高興了。自己還想說下去時，卻抬頭看到鐵敏正脹滿了臉，哽咽似地發出了乾澀的一句：

「噢，偉大。」

那是呼應著醫生剛才的話。

才脫出口，鐵敏就感到這話太突兀而幼稚了。於是輕咳了一聲，準備改用一種平淡的口氣糾正一下。可是嘴巴竟不聽使喚，冷不防說出來的還是一句：

「噢，是偉大。」

「難得一個反抗著自己的老戰士。」

醫生看出了病人的窘迫，就這麼說著，有意附和。

晌午的春陽斜斜從廊檐下照下來，照暖了兩人盤腿而坐的身子。醫生談起自己的行醫，在看完了《戰爭與和平》以後，心情上發生了激變。

「那是……？」

有什麼叫著真理的東西，好像正要從醫生的口裡說出來。鐵敏抬起頭來，直望著醫生的臉，急切等待著。

醫生問鐵敏還記不記得《戰爭與和平》裡，彼埃爾在前線被俘而被判死刑的那一幕。在審判庭上，法國的軍法官和俄國的俘虜彼埃爾，無意間四眼相對，激發出來一道人性的眼光，而致使判官悠然改變初衷，從輕發落這個囚犯，彼埃爾也因此撿回了一條命。

「是的，那麼……？」鐵敏仍然急切等待著答案。

「後來自己行醫時，就常常想起托爾斯泰描寫的這一道人性的眼光而無端受到干擾，」醫生若有所思起來，「簡直就不能以純粹專業的態度去對待病人而深感苦惱。」

「那是經常在病人的臉上遇到那種眼光？」

鐵敏脹著臉，試探著去尋求答案。

「不。」

醫生剛這麼回答，就感到他把空氣弄得有點緊張了。

於是他試著以自己也參與探討的口氣這麼說了下去：

「或許應該這麼說罷……，恰恰相反，恐怕還是因為難以遇到這種眼光的緣故罷。」

「嗯。」

一時兩人都寂然。

「人性的眼光……。」醫生又開口了，好像在自言自語。

「病人的眼光，那倒容易瞭解。」醫生喝了一口茶繼續說，「我遇到的大抵只有兩種，一種是貪婪的，一種是斷念的……。」

他突然又停了下來。

「其實我不應該在你面前這麼說，不過我知道你不會責怪我，我們是在談問題啊。……對於病人的眼光我可一向不苛求。倒是因為自己常常不能用人性的眼光來注視病人而對托爾斯泰產生了懷疑，甚至愈想勉強自己去實踐，就愈懷疑判官和犯人那一幕或許只能存在於小說裡……，那不是真實的，在現實世界裡是難以找到那人性的眼光的……，這樣一想，也就常常對托爾斯泰感到憤憤然了，而對自己不具有這種眼光也常常憤憤然起來……。你看看，一個醫生對自己生起氣來，還能醫得好病人嗎？」

後院的日照已經有了初夏的訊息。陽光照遍了短牆外的田野，綠色的稻子在風中低頭，鐵敏深深吸了一口新鮮的空氣。

這時文惠出來問說：「中飯好了，要不要開到這裡來？」

就這樣，醫生與病人經常放下結核菌的問題而漫天蓋地談到別的地方去了。

說也奇怪，鐵敏的病在這樣高談闊論中，居然能夠一天好似一天。

病人好像突然被遙遠的某種東西吸引住了，而把自己眼前的病體忘記了。

夜裡，鐵敏的熱度不復再來。

白天文惠從菜圃上看到鐵敏從屋子裡走出來，他的臉頂在屋檐下已經有了一層亮光。

現在，文惠一早抱著菜籃出去時，她會悄悄彎下身子，讓自己的影子投入斜斜放在屋角的梳妝鏡裡，然後端詳一下自己。

從菜場回來，她會在廚房的這裡那裡弄出一些輕快的聲音，……。生活走進了逐漸令人目眩的日照裡。

「喏，」她會急急從廚房裡奔出來，然後高高舉起一把又白又肥的筍子讓他看，然後說：「這是戰後第一次看到的茭白筍。」

早晨，鐵敏從顫抖的聲音裡醒過來。他在蚊帳裡睜著雙眼躺著，半天那細細顫抖的音樂還留在屋子裡。

在枕頭上，他看到文惠留下來的一張字條：

「買菜去了，廚房裡有一樣東西給你看。」

在飯桌上，鐵敏看到了一只大湯碗。走近一看，裡面游著一群剛剛孵出來的大肚魚。小魚兒一見人影就在瓷碗裡箭也似地衝刺起來，有的跳出水面，沾在乳白色的碗面上，小小的肚白被陽光照出堇色的鱗光。

鐵敏明白過來了。剛剛要醒未醒，在帳裡聽到細細的顫音，絮繞著屋子，原來就是這些小東西碰到瓷碗發出的聲音。

前幾天，他躺在被裡，從文惠的背後看到鏡子裡的她，驚豔一般發現自己的太太居然美麗有如日曆上的美婦人。

「牆外的水溝生出來一大群大肚魚。」

文惠對著鏡子這麼說，沒注意到他正看著她。

現在她不在家，他還躺在被裡，想著她是怎麼赤著腳，撩起裙子，走進水溝去撈這些小魚的。

「去年這個時候，她是什麼樣子？」

他突然想起這樣一個問題，一時連自己也難以想像。

時序更番推移，他似乎在長年的昏睡中，於今第一次甦醒了過來，下午烏雲籠罩，妻剛剛擦過的榻榻米蒸發著一股藺草香。躺下來，好像躺在流水上。天空雷電閃閃，他一個人悶在空房裡，想著妻子的身體。

近來，尤其是文惠一出門，他就不斷有了色念。他盼望春天，春天來了。可是不知怎地，人卻還是昏昏沉沉的，總醒不過來。

「春天對病人是最不好的，得格外留心。」蔡醫生說。

這難道是春睏？文惠這麼想。黃昏時，雨停了。院子裡泛成了一片澤國，才發出嫩芽的芥菜全埋在泥水裡。

「哪天釣魚去罷。」

他在這邊大聲叫，房子很安靜，文惠卻沒有聽到。

她正在廚房外搬那些被淋溼的柴火。

鐵敏走到廚房來，又大聲說了一遍：「哪天釣魚去罷。」

「好呀。」文惠手裡忙著，就只這麼應了一聲。

現在文惠為了生活而加倍認真工作。

首先，新的生活展開在那一畦菜園上。

檐沿上，晨霜已退，太陽昇起。昨日翻過一次的泥塊，仍然油亮滋潤，她站在泥地上，握著鋤頭的手飽滿而有力。她的頭高高頂住了那一大片為她舒展的藍天。

她挖土的動作，和在屋裡走動的節奏是一致的，都被一種生活的意念支配著，安詳、穩定的而又充滿了迎接的熱望。

晚飯後趁天還沒黑，她又下了菜園，鐵敏站在迴廊上也忍不住了，就說讓他也來挖挖看。

然而，當他們兩個人並肩站著，在菜圃上，她的臉竟羞脹了起來。

她一時連自己的聲音都感到陌生。

多久了？他們兩個人不曾身挨身站在一起過。

結婚以來，除了病，他們幾乎就沒有談過別的話。

現在，兩個人又重新站在一起，談的竟是菜園的事。

橘紅色的黃昏，照著她仍然不自然的顏臉。

夏天來了。

那年夏天，他們騎著腳踏車，沿著奔流的溪水，駛過小鎮的街道，風穿過晨霧而撲到他們的臉上。

那年夏天，他們常常一早起身，就駛向碧潭去釣魚。

貝殼砌成的防坡堤閃出陽光，照花了她的眼。

她赤腳站在暖暖的漂石上，手上的洋傘遮住了她的臉。

她看著鐵敏涉在急湍裡，當他把魚竿刷地一聲甩出去時，她悠然感到少女時代重新回到自己的身邊。

時間平空溜轉了一圈，又回到他們做學生時的那種生活。

母親那一天來說，遠房親戚家有人從南洋回來，談起臺灣兵被吃的事情。她站在水邊，看著他的身子，心裡突然激動起來。

一陣河風吹過，她用手壓住了頭上的草帽。

他赤腳蹽水過來。大草笠，重重壓在剛剛病癒的臉上。

釣竿的尖端，因為他的邁步就在空中顫抖起來。

汗浸溼了他的襯衣，而風吹來時他的皮帶就發出溼皮革的氣味。

她想起了他戰時去當二等兵的樣子。

夏日煦麗的午照灑滿河岸，她接過來鐵敏手上的魚簍。

她的手心可以感覺到簍裡的魚跳。她心裡還在想著那些臺灣兵……。

3

鐵敏被文惠的腳步聲驚醒。

他的臉在枕頭上轉過來，看見她手裡端著一碗什麼，躡著腳步走進來。

「什麼東西？」

「外面來了胭脂擔子，搭了一碗茶油。」

後院的天光刺痛了他剛醒的睡眼。

她手上端的好像是盛得滿滿的一碗陽光。

三月，新娘的月分。

晌午時分，文惠聽到門外一陣鼓咚咚的聲音。在巷子口，由遠而近。

她奔了出去，把門打開。
她看見了胭脂擔子。
紅紅綠綠的貨櫓，一晃一晃地搖過來。挑擔的手上還不斷搖著小皮鼓。
怎麼，這種田莊所在也來了叫賣的？文惠一喜，跑進房間。
回頭再出來，手裡就拿了一只碗。
鐵敏一邊刷牙，一邊從洗臉池的窗口望出去。
她就著午後的陽光正在院子裡梳著剛剛洗好的頭髮。
他噗嗞噗嗞刷著牙，穿過窗格子癡癡地望著她。不知不覺滿口的牙粉泡沫從口角溢了出來，沿著手腕滿滿流了他一條手肘。
廚房的水龍頭已經打開了，等著傍晚的水來。
水還沒有來的時候，水龍頭就一直發著「嘍——」的空響。
第二天，他仍然可以聞到滿屋子的茶油香。
現在，她坐在蒲團上，在打開紙門的廊口，正低著頭補他的一條騎馬褲。
針線從褲管裡扎出來，然後慢悠悠地抽上去。線很長，她的手拉到了耳邊。陽光把她細細的鬢髮照出煙草色來。
初春的後院，滿地焚燒的陽光，空氣裡好像還留著早上彈過棉被的灰塵，灰濮濮的一片，然而吸起來空氣又那麼新鮮。

陽光偏了，牆外的整片田間就格外安靜起來。

病後，鐵敏總喜歡遠遠地望著她。

每一次眼前總出現著不同的面貌，他暗自驚奇，感到和病時躺著看成了完全不同的兩個人。

如今她沉靜中總帶一點憂愁。新洗的頭髮，柔軟而厚實，髮捲一波一波連續著，好像款款地在那兒敘說一則故事。

鐵敏從背後攏過來，滿滿摟住了她的腰身。

然而，他是羞澀的。一場病下來，他更加內向了。

這擁抱，其實是強迫自己做出來的。

他一股作氣攏了過來。

沒有一點色念的驅使，那也是不可能的。

只是肌膚的最初接觸，另一種衝動立刻取代了欲念。

那動作帶著不自然的語言，在空曠的田野，訴求些什麼。

此刻，無聲的空間本身就是一種允諾，立在鐵敏的眼前。

他知道自己內心領受過恩情的一番話，不可能由他的口中直白說出來。

上個星期，在刮臉時他從小方鏡裡看到自己頦下萌出了一片青色的鬍渣。

那一片刻他突然對屋外這片無聲的田野喜愛若狂。

他暗自對自己說再也不能生病了。

文惠並沒有放下針線。她只感覺到他頦間那一簇新生的力量一直在她的面頰笨拙地鑽磨著。

現在，他們兩張臉闔在一起，沒有一句話。

偶爾廚房裡的水缸傳來鯽魚游上來吐沫的水泡聲。

那是鐵敏在後山的荷塘裡釣回來的。她一直用飯粒養在水缸裡。

太陽再往西斜的時候，他們就可以聽到遠處的牛吽。那是牛要回家的時候了。

最近她心裡唯一想著的是：什麼時候應該回到故鄉去看一看。

這個念頭放在心上已經有些時日了。現在夜裡寂然無聲的空間不再使她害怕。她也不再感到孤單。

鐵敏病好以後，每天午後的寂靜總喚起了她心中一串火車的長鳴，從遙遠的那頭嗚嗚地叫過來。

高女還沒畢業，臺北已經進入臨戰體制。母親帶著她疏散到靠近梧棲的海邊，還是三嬸婆的好意。

故鄉的夏日，她在蚊帳裡總被林間的蟬噪吵醒。

她從晾著衣服的竹篙彎下身去，然後穿過一片松林，就可以看到整片的海。

每天吃過早飯，跑向海灘時，海還很安靜。

到了晌午，海風吹來了生蠔的氣味。

黃昏，她變得落落寡歡，她會一個人靠在海邊的那棵鳳凰木下，思念著臺北。

火車是在唧滿了潮氣的山洞口停下來的。

母親領著她，兩個人雙手都滿滿拿著疏散的包袱，踏上了那溼漬漬的月臺時，她萬萬沒有想到日後這個地方就成為她懷念的故鄉。

穿過花岩石的山窪，火車緩緩進入隧道前那一片松林的樹光，就是她對故鄉的最初記憶。

故鄉的車站只有老站長一個人——他還兼售車票。

火車快到了，他就戴起紅滾邊的制帽，拿著煤油信號燈走出站來。

年老傴僂的站長，站在月臺的一頭，紅色的帽緣襯著一頭白皓皓的短髮，前後搖擺著手裡的煤油燈，在寂寞的海霧中引導火車入站。

車站的玻璃窗，貼滿了防震的棉紙條，圖案美麗。

然而戰爭並沒有來到這裡。

冬天的月臺上，漁夫挑著滿簍滿筐的魚，等著北上的火車。

他們總是那麼悠閒，蹲在月臺上扯談，每個人口裡都呵著一條白色的氣團。

夜裡，她和母親在一張床上躺下來，壓在枕頭上的那隻耳朵就鳴起了火車的聲音。母親早就睡著了，剩下她還張著雙眼，瞪著牆壁，想像火車把她帶回敏哥的身邊。

住在鄉下才半年多就光復了。

然而三嬸婆家的那一片海她卻一直忘不了。

現在，在她的腦子裡，火車仍然沿著那海岸，飛奔在松林裡。

山陰的汽笛偶爾也會在夢裡響起來。

她沒有跟鐵敏提起這些。她還沒有時間告訴他。

她只默默地把它放在心裡，就像剛剛初孕的女人，滿心喜悅，但是又不想輕易將它說出。

在回憶中，故鄉是那麼遙遠，而她發現自己已然是一個成熟的女人了。

現在她已經能夠高高興興地向她的少女時代告別。

生活雖然不是無憂無慮，然而自己付出的心血既有了報酬，她就產生了勇氣和信心。

生活迫使她撐起這個家，她就毫無猶豫將它撐了起來。

她為自己感到自豪，也為這個家感到高興。不知什麼時候，她竟成為一家之主。

她像火車頭一般，引導著生活向前奔去。

是的，曾經那麼嚴重病過的鐵敏，需要有人引導，領他走回正常的生活，她這麼以為。

每天，她領著他洗澡換衣，領著他走下後山散步，也領著他一起上市場。

有一天，她也要領著他回到自己的故鄉去，就像前天那樣，領著他上了公共浴室。

那天在路上，她牽著他的手，就像牽著自己的弟弟一般。

八月突然缺水，自來水的管制更緊了。他們一連有好幾天沒有水洗澡。當自來水再來的時候，她已經等得有點不耐煩了。於是她說，到公共浴室去洗罷。

然而剛給領進了浴室，鐵敏就呆住了。因為看門的老人問他們要大眾池還是個人池。

鐵敏整個人變成了啞巴似地，只傻愣愣地站在那裡。後頭的文惠就代他回答說：「個人池。」

浴室裡蒸騰著水氣，迷迷漫漫，到處乳濛濛的一片。

因為是上午，即便大眾池，人也不多。隔著木板聽到水潑聲也是稀稀落落的。水打在水門汀上，在室內發出清脆的聲音。

鐵敏因為水的潑濺而感到一陣目眩。文惠扶著他，望著門號，走到他們自己的個人池去。因為白天沒有電，掛在兩個人池隔板上共用的燈泡沒有亮，給予這狹隘的空間以光線的是來自池上小窗的陽光。

文惠開始在池裡放熱水。太陽斜斜照過來，水珠子在一條一條的光束裡跳躍。

鐵敏才脫下衣服，在這八月天裡，竟打起牙關來。

他在池外不斷用盥盆沖著身子，然後用肥皂洗起來。他深怕自己身上還帶著病菌，隨時都要用肥皂擦拭著。

文惠在池裡，看他蹲在木條板上，身子捲成一團，像一隻瘦小鴨子。

「還是先進來罷，」文惠說，「著涼了可不好。」

在開始騰騰熱起來的小屋裡，她的聲音聽起來很空曠，好像隔著一個山谷，產生了迴響。

鐵敏還蹲在那裡，穿過蒸漫的白霧，他望著池裡的文惠。

蕩漾的池水，一波一波隨著水龍頭的水注（按：可能為水柱）擴散。水紋弄皺了她皙白的皮膚。窗暉傾瀉下來，池裡的她突然顯得光耀而奪目。

平日在衣裳裡端莊能幹，出出進進沒有片刻休息的她，除下了衣服竟是這麼纖弱而美麗。

想到冬天，她為他摺疊被褥，從被櫥裡拿出拿進。那疊起來像小山一般的棉被，被她有力地抬起來，高高越過了她的臉孔。

春天，她又把它高高抬起來，抱出後院，放在竹篙上打曬。

水龍頭的水還不斷隆隆流注。現在滿屋子裡都蒸滿了水氣。池裡的她被隱在霧裡。

他聞到一股浴室的清香，那是木器泡在肥皂水裡蒸發出來的氣味。

驀地，他感到她的眼光。

屋裡的空間突然鑠亮了起來，他才醒過來似的，感到害怕。

撲撲跳起來的胸口，使他無力舉起一盆水來。

她的眼睛，穿過騰騰的水煙，來到他的跟前。

他躲開了那眼睛。

腳下的木板，被熱水沖洗出來的樺色肌紋，蜿蜿曲曲發出了明豔的木澤。

她的雙肘靠在池緣上，整個身子好像就要從池裡傾了出來。

「還不進來？」

她的聲音已經來到了山谷的這一邊。

他感到冷峭。

他的身子抖索了一下。手裡的盥盆抬到肩上，又滑出了手，嘩啦一聲落在木條板上。

木與木的相擊聲，鈍鈍的，聽起來心裡反而有了著落。

他仍然蹲在木板上，他沒有撿起木盆。

一霎時他愣住了。

接著，他靠攏了她，仍然是跪著沖洗的姿勢。

他在池外抱住了池裡的她。

他承受著她的重量而感到木板上的膝蓋很虛弱。他的胸口燃燒起來，好像又要發病了。他被臂彎緊緊圍抱起的胸口突然很想咳嗽。

難道血又要湧出喉嚨，他想。

然而下一個瞬間，他的胸臆有一塊暗鬱的石頭突然從頂上崩裂了下來。

於是他用更大的熱力把她抱住。

他整個人浸入了水聲潑濺的快意裡。

他還是把臉斜了過去，避開了她的。

他緊緊抿閉著自己的嘴，好像不這樣，病菌就會從自己的嘴裡飛出來。

而她，看到這一切，心裡都明白了過來。

她看到他病後仍然那麼笨拙而帶著稚氣的動作，一時也將他緊緊地抱住。

最後，她整個人被水煙哽住了似地，期期艾艾地抱著他說，

「真高興已經終戰了。」

天空已經很藍，抬頭望不見一片浮雲。

被熱水泡腫了兩腳的鐵敏，走起路來像醉漢一般，歪歪斜斜的，連木屐都穿不好。他們走在回家的石子路上，文惠一手端著臉盆，一手還得像扶著小弟弟那樣扶著他走。

夜裡，文惠又引著他喝了一點酒。

晚飯時，那無聲的水田還透著西天的霞影。

鐵敏只喝了幾小口就昏起來。他用手肘支著頭，半躺在榻榻米上，望著牆外慢慢隱沒下去的日光。

樹梢開始在晚風中微微擺動起來，不久，榻榻米就薄薄印出了一層跳動的樹影。

現在天空完全黑下來，電又停了。

文惠把蠟燭點起來。她一邊望著鐵敏半躺在桌邊的榻榻米上，一邊對著燭芯獨酌起來。

文惠能夠喝酒，還是鐵敏病倒以後，自己一個人養成的習慣。夜裡獨飲，算來是結婚第二年的事了。

首先，在消毒家裡的器皿時，她吸進空氣中的酒精，整個人就會從疲勞中突然甦醒過來。久而久之，這就變成了她為自己提神的辦法。

夜裡，等鐵敏入睡，木板套窗拉上以前，她喜歡坐在廊口歇一歇。把發疼的兩腳歇在粗水泥的臺階上，一邊聽著田間的蛙鳴，一邊獨自喝起酒來。

第一次看到鐵敏把血咯在臉盆裡，她自己差一點昏厥過去。那可怕的記憶，後來藉著酒把它沖淡了。

想到那時，黑夜一攏過來，她就感到孤單害怕。有時，連人都快要發瘋了。什麼都落空了，什麼都抓不住。

光復時候的天空、雲、街道，還有母親，在她半夜的微酡中，一樣一樣離她遠去。最後只剩下她自己，連丈夫都抓不住了，他隨時將要離她死去。

她頂著沉沉的頭倒下去睡。這個時候，酒精淹沒了她。她什麼也不想，什麼也想不了，一切都暫時移到明天去。

酒，她喜歡喝到幾分醉，讓一片薄雲浮到眼前來，什麼都看不清楚，這樣什麼都美滿一些。就像現在，眼前的鐵敏，躺在榻榻米上，漂漂蕩蕩的，好像游在水上。燭光下的臉俊得像個中學生。母親總是說，鐵敏看來那麼小。

「好像是妳的小弟弟。」

鐵敏轉起身，又回到桌邊來。

她驀然回到了他穿著臺北一中制服的年代。

而真正醉了的是鐵敏。

他毫無酒量，剛才只喝了幾口，現在還在天旋地轉呢。

他猛地坐上來，才拿起筷子，整個人竟呆了。手裡拿的筷子停在空中，眼前掠過一片光影。桌上的蠟燭突突地焯著，自己的胸口也跟著跳了起來。

他醉了，她想。

他顫了一下。打出一個酒嗝。

此刻他正從桌子的那一頭癡癡地望過來。他望著自己的妻，突然感到那麼陌生。坐在自己對面的好像是別一個女人。

白燭的火舌在晚風中焯動。光跳在她的身上。

對襟開的洋衫，當胸一排海貝的小圓扣。銀堇的貝紋在燭光下一熠一熠的，閃在他的眼前。

這一身平日看慣的印花布洋裳，今夜看來格外新奇。

衣裳包著一起一伏的呼吸。他想起後山那一片荷塘。

塘裡的花苞，枝枝挺向天空，抖抖地撐著即將爆開的鼓脹。

他的眼光倒使文惠從酒裡醒了過來。

等到兩個人躺進蚊帳裡，文惠整個人已經像白晝一般清醒了。

歲月在鐵敏身上倒退了。他必須從頭開始，他變得太孩子氣了。

今早在浴室裡，他雙手舉起盥盆時，胸口張著兩排瘦弱的筋骨，看了真會教人哭出來。

一場病幾乎把他拖垮，就連身子也還是一副未成熟的少年的軀體一般。

一想起來，她在帳裡抱住他，眼淚偷偷流出來。

他觸到她手上的玉鐲子，感到一陣冰涼。

在結婚的宴席上，蠟燭的微光把這只玉燭照成了沉綠色。他在親友的面前把它套進了她的手腕。

那天，文惠的母親還特地在賽璐珞的肥皂盒上放了一塊戰前的香皂。

新郎把這只鐲子套進新娘的手裡時，母親還站起來，幫著把香皂抹在自己女兒的手背上。

母親把女兒的整隻手都抹滑了，然後就把它放到新郎的面前來。

然而那鐲子口是那麼小。即使有了母親的幫忙，環口還是很澀，不容易滑進新娘的手裡。

新娘已經盡量把五個手指都併攏在一起，鐲子還是澀在她的骨節上，進退不得，而弄痛了她。

在一桌親友們的注視下，他感到難為情了。他的手有點不聽自己的使喚。他只好使力把它套進去。

新娘沒有喊痛，她仍然落落大方，微笑地把手伸在新郎的面前，迎接著那即進不進的手鐲。

那時，他內心是多麼感激著她。

受過高等教育的她，懷著諒解的心情，把手伸出來，高高興興地接受了他的東西。

這只玉鐲子式樣實在太老氣，完全不配年輕貌美而又受過新式教育的新娘。

然而，這卻是他戰後唯一拿得出來的信物。

他還記得那天在宴席上他終於把它套進她的手裡時，自己怎麼地沁出一身汗來。

結婚後的一段時間，文惠還會舉起手，望著這已經成為她身體一部分的玉鐲子，而感到新鮮不已。

現在她躺在蚊帳裡，全身熱燙燙的，還浸在酒醉中。他一邊用手搓著她手上的玉環，一邊還在沉於遐想。

不久連她的鐲子也被他搓熱了。帳裡只有躺在身邊的她還是全身涼爽。貼過去，有如浸在水潭裡。

她躺在那裡，也正沉於遐想，她想到別的地方去了。

驟然她從夢裡驚醒似地，叫了一聲。

一霎時蚊帳裡很寂然，一切都戛然而止。

午夜的整條巷子，再仔細聽時，早已沉入睡眠，靜悄悄地一無聲晌。

她剛才叫了一聲「不行」時，連自己都嚇了一跳。她發現他已經在她的身上了。

等她恢復清醒時，黑暗的寢室好像突然被燈光照得通明似的。

她從他身下斜出身來，轉身對著他說，

「再過一陣子罷。」

然後憐愛地摟住了他。

「先把身子養好了再說……。」

此刻她的憐愛早已溢出了區區一方蚊帳。她脹得滿滿如海一般的心胸，不但包裹了身邊的他，同時也包裹了她自己。

等到她再抱住他時，她耳裡聽到的是故鄉風裡的那一片松林。

太陽落在海的那一邊，海風總把松林吹得嘩啦嘩啦響。風停下來，晚蟬的鳴叫就升起來。

那時，孤單而憂鬱的少女的心，對著漸闇的天色不知暗中許下了多少與海一般廣闊的心願。

剛才對著身邊的鐵敏說等把身子養好的話，其實也是對自己說的。

她自己拖延著自己，這是她隨時隨刻都意識到的，也是她自己心甘情願的。

在鐵敏病重的日日夜夜，令她憂愁的自然還包括了那眼睜睜看著自己的歲月徒然流失的無奈。

已然成為少婦的她，何嘗不想無憂無慮地展開自己，走向健康正常的生活。

然而免於毀滅的念頭，在看護鐵敏的生活中，已經堅實地建立起來。已經成為她的意志，已經成為她身體的一部分。

現在她躺在蚊帳裡，正有千言萬語要向身邊的鐵敏傾述。

然而她知道他們兩人之間早就有了契許。那是最安靜的時刻，那是連一句話都嫌多的時刻。

正如現在，她的心安靜一如故鄉晨光中的那片海。

有一陣子她想著，帶領鐵敏踏上康復之路的第一步，或許就是有一天帶他去梧棲看一看她的故鄉。

一場重病折磨下來，整個人猶然失神的他，或許應該由她帶領，一起奔向那海。

讓故鄉強有力的海風，把他從恍惚中吹醒。

4

然而他們並沒有去梧棲，倒是去了蔡醫生的家。

只是文惠領著鐵敏出門時，模糊懷著同樣的心情，好像一起去看海似的。

三輪車在雨路上飛奔，油布簾子發出一股嗆氣，坐在車子裡身子一路搖晃。十二月的雨打在帆布頂上，像油珠子在煎鍋裡鑽跳。

病後第一次出遠門，又是大雨天，鐵敏神情倉惶，心存恐懼，不時撩開簾縫，覷著車外。車外的小刀風很尖，咻咻往縫子裡鑽進來。他的手窩在她的手裡，大半天暖不過來，手心還盜著冷汗。

「難道人力車真沒有了？」

「早沒了，」文惠說。「在你臥病時，就改用這種三輪車了。」

「真叫不到一部人力車，我不相信。」

慢慢他無話可說了。在雨中他自家懷念起以前那美好的人力車，想著想著，倒暗自怨嘆了起來。

「這一向可病得夠久了。」

簾縫外陰雨晦晦，飛灰似的一陣風，雨點密集，直打到車帆上，街上的電線垂垂掛下來，就要給吹斷似的。

冬至前夕，蔡醫生來了一封便箋，邀他們兩人過去看花。

說是大陸來的朋友送來了一株老盆梅，放在家裡含苞待放，已經幽香滿室……。

「晚間留在舍下便飯，介紹幾位大陸朋友認識，也是慶賀鐵敏君康復的意思。」

冬天一來，文惠就愁著不能出去釣魚，不知如何是好，看了醫生的來信，她在連綿的愁雨中笑開了臉。

車子駛進鬧區，雨霧中閃出幾塊霓虹燈光，不久彩色巨幅的電影廣告就逼到眼前來。《月宮寶盒》、《羅賓漢大盜》、《血濺虎頭門》……樓房上一片刀光劍影，在雨中廝殺。鐵敏光復後第一次出門，人躲在簾子裡，看得目瞪口呆，彷彿進入了另一個世界。

母親說，街上又可以買到幾年不見的糖炒栗子了。

經過大世界，文惠吩咐車夫彎一下路，在戲院門口就買了一包，拿在手裡還暖烘烘的。

「聽說栗子還是天津來的呢。」

文惠打開新聞紙包，一股戰前的焦糖香在車帆裡直冒了出來。車子顛顛晃晃，他們暗摸剝著栗殼。高女時代和敏哥出去看電影不就是這樣的麼？

如今回味，有如前世。沒想到鐵敏會病成那樣子。病中自己忙得慌慌張張，倒也不覺得日子長，如今他死裡重生，撿回了一條命。回頭再看，以前的日子一下子成了一捆舊書，早已不知是何年何月的了。

鐵敏的精神，那天從蔡醫生家回來以後，可就慢慢恢復了起來。

現在不但精神爽朗，而且簡直還變了一個人。

整整一個冬天，他們兩個人都在蔡醫生家走動。起先是一起去，後來鐵敏可以一個人出門，她就留在家裡，由他一個人去。

每次回家，鐵敏的話就多了起來。虛虛壑壑的胸膛，如今塞滿了一堆話，鼓鼓脹了出來。

文惠看在眼裡，心中暗自高興。

她安安靜靜坐在一邊，聽著他沒完沒了地談著。

偶爾她也會插上一句話：「你可要變成一個健談家了。」

鐵敏滔滔不絕，竟談起大陸來。

他談起金沙江、西北、塔里木河。

還談起柴達木盆地、塔克拉瑪干沙漠……。

青海、拉薩、吐魯蕃……

奇奇怪怪的一堆名字，掛在他的口上，生硬、奇妙、可愛。一聽眼前就喚起了一幅遙遠而美麗的圖畫。

記得敏哥從六三部隊寄來的信總說，他渴望見到一片冰封的北方，那也是一幅遙遠而美麗的圖畫，只存在夢中。

「呀！」

第一次去蔡醫生家看見了那襲重重鑲滾，煥然奪目的旗袍，文惠不禁暗中驚叫起來。

「這不就是夢中的圖畫嗎？」

炭火熊熊，火缽上烤著烏魚子，一陣陣鯡香瀰漫在客廳。

圍坐在火盆四周的是一伙剛剛認得的朋友。

夜慢慢深了，大家酒興正酣，生澀的空氣早已一掃而空，現在個個海闊天空，無所不聊。然而整個晚上沒有一句話溜進文惠的耳裡。

她整個人被那件美麗的旗袍給呆住了。借著缽裡的炭火，那暗鬱的絨質不時閃耀著豔郁郁的布色。

長在臺灣的文惠第一次看到這種款式的衣服。

這件美麗的旗袍，正穿在見面時由醫生介紹為楊大姐的一位少婦身上。進門以後，文惠的眼睛就始終沒有離開過這位標緻的楊大姐。

她愛看楊大姐閒閒地坐在一邊，也愛聽她講話的聲音。楊大姐身子稍稍一動，旗袍就閃出鴿子頸的顏色。窗外的雨愈下愈大，屋頂上一陣轟轟然，屋子裡楊大姐的聲調悠悠緩緩，不急不躁，雨聲一下子反而退遠了。

客廳裡只聽到她一個人在說話。文惠聽了只覺心裡舒坦愉快，像夏天裡赤著腳蹚進碧潭的河水，胸口為之一寬。

文惠不免愈聽愈感到驚訝。沒想到一個女人的口中能夠說出那麼慢條斯理的話，全房子都靜悄悄聽著她的。

那一天，楊大姐的眼睛不時望過來，漾著大姐般的親切，也不時換過位置，坐到文惠的身邊，兩個女人自己就私下聊了起來。

離開蔡醫生家的歸路上，文惠突然慶幸自己有了一位大姐。

第一次見到這麼多陌生人，虧得有楊大姐，文惠一下子就不感到局促了。

「我們一樣都是漢民族啊。」

那是鐵敏從蔡醫生家學來的口吻。在家裡他就拿著這些朋友的話轉過來跟她說。

冬去春來，晴麗的天空又掛在竹梢上，楊大姐那一身旗袍還不時閃到文惠的眼前，熠熠作色不已。

「是的，那一身旗袍一樣也成為漢民族的打扮。」文惠心裡每每這麼自語起來。

在雜誌裡，文惠偶爾翻到上海來的一些紫羔和銀鼠的披肩，各式各樣的鑲滾袍叉，還有閃著水鑽般的大襟，薄暮乍寒，看到這些眼花撩亂的圖片，益發叫人想起一個溫暖而古老的國度。

小時候在家裡的照相本上，文惠也看過祖父和祖母穿著重重鑲滾的唐裝在相館裡合照，可那是什麼年代啊？

十二月的雨在窗外窸窸窣窣，客廳的談笑聲偶爾停下來，瓦楞上的滴漏就答答響起來。蔡醫生的家是一棟寬敞而樸素的日本房子。

文惠從闢為診所的一對百葉扇門走進住宅，頓時被敞亮的客廳懾住了，想不到這分隔開來的別室儼然還是棟深宅大院呢，從巷子口進來，「蔡內科醫院」的大招牌壓在屋頂上，反倒把屋子壓小了。

蔡醫生愛花。平日從診所退下來，就在院子裡挖挖鏟鏟，種植花木。

那天醫生一身線呢長袍，一反平素西裝的打扮，看來俊佻文雅。鼠褐色的一襲長袍，托著頭上兩邊花白的鬢角，像空中的兩朵飛雲。走動起來，長袍的下襬從榻榻米捲上來，像一波一波打到巖岸上的浪濤。

從來沒看過蔡醫生好客的一面。他整個人在興頭上，彷彿要人明白，這才是他的專業。他領著大家沿著深深伸出花園的雨檐，指指點點，不厭其煩，解說起他心愛的花木來。

牆角闇闇鬱鬱，一棵綠色細皮果樹，順著雙開叉的枝幹在濛濛細雨中伸向天空，他說那棵樹簡直要了他全部的心血。那是一棵青柿，每年結出不少的果實，但是摘下來放在米缸裡再怎麼孵暖，都熟不過來，青澀難吃，不知應該……。

關於植物，醫生一談開來，和談起托爾斯泰主義一樣，沒完沒了，充滿興致，全心投入。談到後來，嗓音就起了沙。

「今年的西伯利亞寒流來早了，」醫生的信上說，「烏魚子已經上市。遠道從上海來的朋友久聞魚子大名而未嘗親品……」

今晚醫生有意饗客，讓這些大陸朋友飽饜寶島名產。火架上必必剝剝，一片燥響，魚子香早已溢滿全室。大家借酒暢談，談起大陸的戰事來。

大家又談起不久以前的「二二八」、臺灣的戒嚴、三民主義……。有人提起德政會。不久話題又轉到近日報上的熱門新聞——盜林事件。想到什麼談什麼，無拘無束。客廳裡一片豪興，壓過了屋外淅淅瀝瀝的雨聲。

文惠從榻榻米上站起身來，炭火烤熱了她的身子。

她把身邊的鐵敏留下來，暫時默默離開了團團圍坐的大伙兒們，懷著烘得滿滿一身的愉悅，獨自起身出來透透氣。

紙門外雨聲小了，突然一陣清香拂面而來。

她來到壁龕裡那盆梅花面前。

壁龕上一盞燈光，頓覺格外燦亮，好像山谷裡一輪明月來相照，月光輕撫著安靜無聲的盆花。這凹進去的壁間竟然自成了一個小天地，雖在客廳，卻不染喧鬧。

文惠初見這花，只知它好，現在再看自己倒覺得有幾分懂得了。剛剛上海朋友解釋說這是現今不易多得的名種。蒼瘦的老枝。枯乾曲扭，然而枝上卻是千朵依偎，朵朵含苞蓄蕊，一湊近，淡幽幽的一陣香。

「已經開始吐香了。」

行家朋友剛才說，這正是上好的花信

「這種花不宜讓它爛漫，開足了反而沒有意思。」

想不到大陸上的人對花有這般講究。相較之下，自己簡直一無所知，反倒成了鄉巴佬。

文惠第一次親眼看到梅花。只感到這花還懂得體會人意，湊合著大家的興頭，一簇一簇垂枝展立，絳紅的花瓣配著白皓皓的粉牆。

然而花簇雖是熱鬧，仔細再看卻又帶著幾分羞澀。一分恬靜包藏在自己的世界裡。

「煙雲中風情內斂，這才算是鐵骨紅梅的妙處。」

經這一指點，文惠有了一點領略。真不愧是來自秀麗山川的花木。

花簇相對，文惠無端念起了佐良先生。

老人家索居北海道，這個時候一定是萬里冰封，草木皆枯的雪季了。

幾年前，雜誌的酒宴上，文惠知道了佐良先生原也是一位烏魚子的大品家。先生學會了臺灣人的做法，先在魚子上扎上無數小孔，然後泡在酒裡。烤熟了他還不忘配上一段蒜白。

他說蒜白那股刺鼻的沖嗆，總讓他想起大陸性的剽悍，比起日本的芥末，更富有土腥的生命氣息。

那次在佐良先生家，烏魚子同樣也放在火缽上烤，同樣也是一個冬天的雨夜，而在必必剝剝的爆聲中同樣也藉酒聊起政治。

臺北，那時正忙著慶祝總督府公布臺灣拓殖株式會社法的七週年紀念。

「臺北帝大居然也出了紅色的……。」

又是佐良先生帶頭提起來。

「沒想到這次就出在軍部的核心部門——南洋歷史研究室，哈哈。」

文惠不喜歡烏魚子，或許就是那一次養成的。大家談起日本憲兵怎麼追獵那個紅色地下小組時，她的喉嚨突然泛出一股腥膩，噁心欲嘔，一個人趕忙衝到盥洗池去。

第二年寒流再來的時候，文惠卻沒有忘記請梧棲的三嬸婆寄來一些上好的魚子，準備送給佐良先生。

然而沒等東西寄來，先生就被撤職離開臺灣了。

幾個月以前，收到了先生輾轉送來的一封長信。

那也是遲來的賀信。老人家不久以前才知道他們的婚事。

「未能親自參加婚禮，乃此生憾事……。」信上這麼說。

先生還提到戰時和軍部合作的白樺派，筆下充滿了譴意。說這群作家「言論上宣揚托爾斯泰主義，而行動上卻背叛了托爾斯泰先生……。」

信上還說，武者小路實篤已經背負戰罪而被剝奪了公職，也辭去了貴族院議員的身分。

最後，老先生以平靜的口吻提到自己的兒子在戰爭的最後一個月死於中國東北的事。

「做為沒有能力向軍部提出異議的國民，兒子的戰歿或許還可以減輕自己一份責罪的痛苦罷。」

「只是想到自己的親生兒，匆匆結束了徒然的一生，在皓雪紛飛，山道行人絕跡時，於自己形將謝世的軀殼裡，偶興悵然而已。」

文惠踞坐遐想，眼前花影橫斜，暗香浮動，心裡卻想著哪一天應該想辦法給老先生寄一些烏魚子去。

「唷——，中國的女性……，」

文惠回到火邊，又覷見楊大姐時，突然記起了佐良先生對中國婦女的一句評語：

「……總帶著大陸性的體面，堂堂亮亮行走在大眾群中。」

這時，楊大姐身邊火缽，施施款款，談起自己在大陸上一連串逃難的學生生活。隱隱的炭火映著她微醺的臉孔，美麗一如夏日的傍晚。

眼前，文惠好像也親歷著一幕一幕發生在那塊大地上的事變。
從華北到華中，從華中又深入內地，後來又蔓延了整個江南。
土匪、蝗蟲、日本鬼子……。
還有饑荒、旱災、內戰……。
最後秀麗的山河變成一片焦土。
文惠愈聽愈是驚訝。沒想到那種顛沛流離的日子，竟出得來像楊大姐這樣脫俗的人品。
突然有什麼東西哽住了楊大姐。
隨之沉默來到了客廳。
「那地方……是我們大家的。」
突然的一句話，大家感到奇怪了。
下一個片刻又是沉默無語。
現在楊大姐的眼光落在文惠的身上，文惠頓感一陣子不自在。
「文惠，妳不認為那塊地方是我們大家的嗎？」楊大姐換了口氣，這次卻是閒閒地問著。
「是妳的，也是我的，是我們大家的。」
空氣還很窒悶，密不透風似的。文惠倒給愣住了，她撞到楊大姐的眼光，馬上移了開去，好像給燙到了。
她從來沒有過這種心思。大陸，只是她夢中一塊美麗的土地，她卻沒有想過那是誰的。

是的，是大家的，是中國人的。然而怎麼才算是大家的，她卻沒有想過。現在經楊大姐這一問，反而更加糊塗了——的確這是一個問題，她在心裡這麼想。客廳火煙蒼茫，油香膩人，文惠為了自己的無知，一時都要感到無地自容了。在楊大姐面前，自己突然變成了小學生一樣，站在先生面前，答不出話來。楊大姐卻在一邊綻出了一抹會心的微笑，然後把話題引開到別的地方去了。客廳重新熱鬧起來。文惠十分感激楊大姐，及時替她解了圍。體面、明理、美麗，而又懂得體諒別人。楊大姐此時在文惠的心目中簡直成了一個完美的婦人了。

那天文惠滴酒未沾，可在歸途上整個人醉也似地醺醺然起來。她被楊大姐迷住了。幾個月以後，楊大姐不期然出現在自家的門口時，文惠又一次愣地被迷住了。玄關的玻璃門隨著滑輪輕輕滑開。夏日的庭風徐徐吹拂。楊大姐一個人已經亭亭站在門口。她偏著頭微笑起來，晌午的驕陽灑遍了整條巷子。

文惠一開門，楊大姐如見知己，只咧了咧嘴，無聲地打著招呼。

文惠萬萬沒想到楊大姐會突然光臨，一個人來到家裡。

她正倉皇未定，門外的楊大姐早已會意，眉宇間開朗爽目，好像整卷的錦繡河山正徐徐捲開，展現在文惠的面前。反倒是由楊大姐來觀迎文惠了。

面對著這位堂堂亮亮的婦人，文惠一時傻住。手腳都被綁了似的。

今天楊大姐一身洗過的藍布衫，衣上浮著一層雪青。人從陽光裡走進來，玄關就漾起一塘湖水。文惠剛剛在後院曬鐵敏的舊書，正一本一本攤在迴廊口。現在鼻端還留著揮不走的一股溼溼的霉味。

楊大姐只站在玄關口，請她上來，她卻說：

「今天時間不多，改天專程再來拜訪。」

說起話來，還是落落大方，絲毫沒有拘束。從小看慣了日本婦人的文惠，一時有了感觸，覺得日本的女人實在未免淒楚了一些，像穿著單薄的衣裳走在秋冷的薄暮裡。

那天在蔡醫生家，文惠魂遊神蕩，癡癡盯著楊大姐那身旗袍，卻聽楊大姐說那是舊衣裳從箱子裡拿出來的。

「衣上的花哨早已過時了。天冷只好拿出來穿，哪裡還顧得。」

半夜離開醫生的家。楊大姐走到門口又披上一條銀色的絲質圍巾。她也說夜裡沒人看見，否則就笑話了，「現在哪裡是披這種東西的時候。」

「不過逃難慣了，有什麼就穿什麼，只要能暖身。」

文惠看來，雖說過時，不合時令，穿戴在楊大姐身上，卻什麼都顯得合式配搭，無拘無束，嫣然還有一番落拓瀟灑呢。

大家站在醫生家的門口道別。雨已經停了，空氣冷澈。突然一陣風刮過來，把楊大姐的絲巾颼颼地吹捲了上去，害得楊大姐差一點收不回來，惹得大家一時開心，都哈哈笑了起來。黑夜裡那圍巾就像一隻田裡飛起來的白鷺鷥。

今天沒有圍那條絲巾，楊大姐修長的脖頸露在低低的領口上，看來叫文惠感到格外親切。

「能不能借用一下鐵敏？」

玄關口上，楊大姐依然亭亭站立，只把頭又是一偏，半開玩笑地這麼說。

這句話倒把文惠弄窘了。

白花花的陽光，無數的小光點，在文惠的眼前飛過。

文惠目送著鐵敏和楊大姐走出去，一直送到兩個人的背影消失在巷口的冷杉裡。

她倒起了一片悵然。

自己未免太淺薄沒有見識了，和楊大姐一比，簡直成了一個沒有見識只會料理家事的村婦。

鐵敏為了同這些朋友來往，每天早晨對著電臺勤練國語。光復了，日本時代過去了，她自己可也得從頭學起。

「得把病中那段空白的日子補回來。」

鐵敏經常這樣說，她自己也得補一補。楊大姐不就是現成的一個好榜樣？可以學啊。

現在，鐵敏從外面回來，心神總有點不定。話少了，人卻有點恍惚，心裡好像在盤算著什麼。

有一天他突然說：

「再這樣下去可不行了。」

那是說，他不想這樣閒卻著，白白過日子。

「把街上那半爿店面租下來罷……，怎麼樣，我們可以開個租書店。」這話在他心上好像放了許久，現在說出來，早已是打定了主意的。

夜裡他忙著看中文書，還用中文把讀後感記下來，鍛鍊自己的中文寫作，才同這些大陸朋友交往一陣子，國語可進步得很快。

「不久。應該可以拿中文來創作罷。」

有時他從外面帶回來鋼板，夜裡就埋頭抄寫著什麼。

文惠先進了蚊帳，半夜裡只聽得鐵筆刮在鋼板上的聲音，沙沙沙，沙沙沙，疾走個不停。幸福的允諾，從文惠的沉睡中掠過去，那窸窸窣窣的走筆聲纏綿一如催眠的兒歌，從書房漫過來，留在蚊帳裡。

夜深了，她還聽到廚房裡灶雞仔的鳴叫，生活總算安定了下來。

多虧蔡醫生介紹了這些好朋友，現在租書店也開成了，兩個人的生活從此不感到寂寞。這些朋友開始來家裡走動。除了楊大姐，其他人也都來了。大家還是一見如故，談天閒聊之餘，偶爾也下一盤棋。待久了，文惠也會留他們在家裡便飯。

田間孤單的生活憑空多了許多熱鬧。幸福來得那麼快，那麼多，像一陣大浪捲過來，文惠連氣都喘不過來。

過了一陣子，這伙朋友慢慢忙起來，每個人手邊都有做不完的工作似的。來到家裡，逗留的時間不那麼充裕了。反而鐵敏跟著他們往外跑的時候多了起來。

夏日冗長的午後，文惠獨坐後院乘涼，偶爾想起，覺得這批朋友雖說認得，其實也不見得真正認得。

最近來到家裡，往往是一杯茶還沒喝完，匆匆跟她打個招呼，就把鐵敏約了出去。

她也還偶爾到蔡醫生家。但是大家聊起來，總變得那麼認真嚴肅，聽來又那麼不著邊際。不知不覺她就被冷落在一邊，連話都插不進去了。有一回實在坐不下去，就想把鐵敏一個人留下來，自己回大稻埕去看看母親，大家沒有留她，蔡醫生也只虛留了一下就把她送到門口。

第二天一早，鐵敏穿好衣服在廚房探了一下頭就說：

「有點事，出去一下。」

就這麼一句，轉頭就走。

接著屋子就變得空空曠曠的，悄然無聲。

文惠有點掃興了，她正蹲在廚房門口的溝邊，用她的眉毛鉗子挑著鴨毛，心想一碗糯米鴨血快蒸好了。趕著鐵敏的電臺國語課一完就可以讓他吃。

昨天，母親把自己養的這隻番面鴨讓她帶回來，就特別關照把鴨血留著給鐵敏。

沒想到他瘋成這樣子。等她洗手進了屋子，早已不見人影了。

客廳裡堆著一落一落新買進來的舊書，都還沒有編號呢。

晚上，人回來了，可心還留在外頭。問他，他乍乍忽忽，答非所問。入睡前一個人躺在帳裡吸菸，眼睛睜得大大的，望著天花板。

「這些人再用炸藥去炸，碧潭的鰷魚遲早要絕種的。」

他憤憤然冷不防一句話，沒頭沒尾的。不知在外頭怎麼聽來的。

有時直挺挺一個人站在短牆外，望著嚮晚（按：可能是晌晚）的天空。然後一轉身，就掃興落寞，從雨檐下斜進身來。一個人悻悻叨起來：

「後山的鷺鷥也會絕種的。」

「怎麼會？」

「怎麼不會？」

話裡不知在跟誰鬥氣，「這些人再亂打濫捕……。」

沒想到給蔡醫生說中了，病後的鐵敏果真變成了一隻會跳的蚱蜢，腦子裡一下跳這裡，一下跳那裡，捉都捉不住。問他「這些人」指的是誰，他倒不言語了。文惠可又擔心起他的身體了。

現在，鐵敏幾乎天天早出晚歸，把租書店整個交給了她。

不在書店的時候，她就一個人待在家裡。

她無事可做，無端瞅著牆外的天空，想起幾個月前的一個傍晚，都覺得已經非常久遠。那天一大群鷺鷥飛過他們的屋頂。

兩個人正好並肩站在檐下，抬頭看到這群白鳥歸巢。

「簡直像一群戰鬥機。」

臺北第一次被戰鬥機掃射的那一天，她和鐵敏正在動物園的山頂上。突然響起緊急警報，整個人都嚇壞了。只見大正街上行人慌恐四逃，巴士躲進科欏木的樹蔭下。一霎時整個空間寂靜下來，他們呆立在標本室的玻璃櫥前。獅子、老虎，還有那隻大狒狒……都被電死製成了標本。前一陣子就聽說戰爭快來，動物園的猛獸都要給電死，免得轟炸跑出籠子，在臺北街上亂咬人。那時聽了將信將疑，如今果然一隻隻都被製成標本了。

天空一片撲拍，鳥從他們的頭頂上掠過，然後飛過新店溪。返回後山。溪水向夕陽的方向緩緩流去，水到了石墩就戛然收煞，被一叢蒼鬱鬱的常青樹給掩沒了。天黑以前，後山那片林子裡就傳來鷺鷥的聒噪。

「是下蛋的時候了。」鐵敏說。

鷺鷥停止呱叫以後，初夏的水田就恢復了原有的安靜。不久可以看到一群群的小鷺鷥飛出林子。

晚飯以後，他們常常走下短牆，繞過密密層層的蒲葵，走進空氣裡薄薄的一層暮靄，來到平平鋪向新店溪的一片曠地。

除了遠處幾聲牛吽，黃昏的田野闃靜無聲。他們站在野地裡看日落，也是靜悄悄的。這時兩個人心裡一片通明，原是不必開口說一句話的。

不久以前，文惠還滿心高興把鐵敏送出門。

轉入馬路以前，鐵敏會在巷口停下步，回頭舉起他鷺鷥般細細長長的手臂，在空中揮一下。

那是說：「再見。」

鐵敏病癒以後，她日子過得認真。在市場的菜攤前，她彎下身來挑菜，她都認真得想淌出淚，不為什麼，只為了這樣的生活。

冬天，熱血流過她的全身。她提起水桶，走下院子，用力把水潑出去，然後用竹帚刮洗雞塒。汗水、泥垢、煤煙、飛絮、檐下的滴漏、煎鍋的油爆子，統統落到她的身上，然而以前的憐憫、憂心、焦急，現在統統變成了一種熱情。晌晚來到檐下，風在枝葉裡流蕩，她總要加倍熱心，去迎接眼前的日日夜夜。

初夏希冀的腳步偷偷走在榻榻米上。鐵敏跟病中一樣，總喜歡從背後癡癡望著她。她不用回頭就可以在背脊上感到那視線的重量。

她常常一陣不自在，站起來就匆匆跑進廚房，身後響起一陣輕快的窸窣，會這樣，連她自己都吃了一驚。

不久，如果廚房有東西，她就躡著腳步子端了出來，例如端出一碗熱騰騰的薑絲下水湯。現在鐵敏經常不在家，她就養了一窩子小鴨來解悶。大白天一個人偷偷哭起來的事也開始有了。

那是春天。她才哭出聲來，就趕忙下了院子。進來時手裡滿滿一束溝邊的小野花。她把小花插在銀花瓶上，然後自己這邊看看，那邊看看。

雨後刮著大風。檐下的木柴淋溼了，溼柴怎麼搧也搧不燃。一股悶人的濃煙燻得她直流淚水。鐵敏不在家，晚飯做了也等於白做。爐子裡老半天看不到火舌，爐上的飯鍋溼溼冷冷。文惠心一急，燻出來的淚水再也不去忍它，乾脆讓它流個痛快。

就這樣她在濃煙裡著著實實哭了個夠。

不久以前她看到了幸福。如今瞬息間又煙消雲散，不見了。

那幸福，全寫在鐵敏回家時的臉上。巷口的夕陽照在他逐漸有了血色的顏臉。

如今鐵敏每天匆匆忙忙，早出晚歸，把她整個人忘在一邊。

他一走，空盪盪的房子只她一個人。她突然感到疲倦，什麼都落空了。

鐵敏有一箱子書，上了鎖放在他的書桌邊，他還關照過她不要動。她一個人在家，那箱子就格外引起她的好奇。

到底鎖的是什麼？連她都不告訴。

丈夫的內心居然還有自己不能參與的空間，文惠掃興之餘，也稍稍感到被欺負了似的。臥病時，連他耳根後的汙泥，她都是熟稔的。現在兩個人之間居然還有深鎖不宣的事情。想起他褥疹發癢時，外面是「二二八」，裡面是掙扎在生死線上的丈夫，少女的夢想轉眼成空。有一夜望著敏哥蒼白的病體，一陣心酸，竟忘了替他擦拭疹斑，只顧自己大粒大粒的眼淚簌簌落在他赤裸的上身。

他的每根筋骨，每塊肌膚，她都認得。現在閉起眼來，也摸得到他鼠蹊上的那兩顆朱砂痣。然而一提起那上鎖的箱子，他那一頭濃密不馴的長髮就要一根根豎起來。

那不能說出來的部分，隨著日子不斷擴大起來。文惠竟感到彼此轉眼已成了陌路。

學生時代一起去看東京來的馬戲團。剛一散戲，天空就暗下來。一場驟雨把認識不久的兩個人湊到一把洋傘底下。大顆大顆的雨點打在細緞的傘面上，打得噠噠直響。傘下兩個人一時相對無語，只聽著雨打傘頂。聽著聽著，突然人就變得像那把傘，在滂沱的雨下撐得緊緊的，一句話也說不出。

然而雨後乍晴，杏黃的傘面裡，兩個人悠然一下子看到了彼此的內裡。他們相對笑了起來。

上鎖的箱子，像一道烏雲，一想起來就攏過來，遮去了她的少女時代。不過等著夜晚到來，她在被裡感到他的體溫時，猜疑的痛苦就隨之冰釋。她把一切都遺忘了。

有時她還責怪自己心胸褊狹，而更加愛惜地去摟住他。現在丈夫白天奔波，夜晚一入蚊帳就呼吸入睡。

深夜那鼾聲在帳子裡婆婆娑娑，流蕩不去。她想起了那次坐在五分車裡，聽著阿里山上一片紅檜木的濤聲。

這時，饜足的心情又回來了，卒然展開在暗夜的空間。過去的愛撫，仍然活在眼前，頓時寬慰的滋蜜就遍布她全身的肌膚。

她逐漸感到，生活或許本來就是這樣寂寞的。

現在的日子常常是一個人在這棟突然顯得空洞的房子裡默默度過的。

無聊的時候，她偶爾把眼光投在夜裡鋪開被褥的那個角落，想起了鐵敏臥病不起的那日日夜夜。

他好像是由她孵養出來的一隻小鳥。一天一天把他帶大，突然有一天……羽毛豐盛了，……他飛走了，不再回巢。

獨自這麼傻想，在悲涼中不禁自己也暗笑起來。

天慢慢黑下來的時候，她就把屋子裡的燈統統打開。白天，她拉開所有的紙門，讓太陽裡裡外外照個通透。這樣，她的心才能稍感安定。

她坐下來，無端眺望著屋外那叢蒲葵，想起了這棟房子以前的女主人。日本騎兵中佐的遺孀，第一次還沒接獲丈夫陣亡的消息時，那麼殷勤地領著母親和她走出走進，四處看著屋子。

女主人輕盈的身影在庭院的飛石上跳過去。

文惠瞭解為什麼日本人把這種墊腳的青石板叫著飛石了。現在月光照在飛石上，泛出沉藍的光影。青石一塊一塊一塊整齊排列著，一塊一塊排出了門外，她彷彿又看到遺孀的一雙白襪跳在一塊一塊飛石上，慢慢跳入黑暗裡。

第一次看到屋後這一大片水田，是個夏日的傍晚，自己差一點高興得跳起來。那時候，展開在她眼前的是田園的新婚生活。

剛才她定眼再看，那叢濃密的蒲葵，一如初次所見，正在睏弱而斷續的蟬聲中，閃閃作著鬱綠的色澤佇立在夕照裡。

月亮從遠處的營房升起來。

月的光暈慢慢在院子裡擴大，照著兀自長得肥大肥大的菜葉上。

寂寞，隨著每夜傳來的軍號，慢慢包圍了田間，慢慢包圍了這棟房子，也慢慢包圍了天天孤坐屋裡的她。

文惠已經愛上了兵營裡的喇叭聲。

即使是大白天，那雄壯的音符，經過空空蕩蕩的天空，聽起來還是那麼蒼鬱。

「生活或許本來就是這樣寂寞的。」

文惠又一次暗自對自己這麼說。

5

五月節剛過，母親從大稻埕帶來了一籃子牲禮。

文惠怎麼也吃不下。

她沒有胃口已經有一段時間了。一想起吃，她的胸口就會一陣噁心。

「難道是害著喜病？」

母親在一邊笑咪咪地說。

現在文惠一個人呆坐在梳妝鏡前已經有好幾天了。她一直沒有把鏡面上的布套拿下來。

她緊緊咬著自己的嘴唇，茫茫然望出屋外。

母親多麼不瞭解她啊！

夜裡醒來，有時真想哇地一聲痛哭一場。深秋的夜裡，她冷到睡不著，自己也不想起來穿衣加被，任由自己冷冷地躺著。第二天整個人就麻木得像一塊石頭。

看護敏哥本來就是她心甘情願的。她沒有忘記自己許下的心願。只是至今還嚴守著禁欲的生活，她倒有點懷疑起來了。

前一陣子，怕的是他的身體還沒有康復。現在，身體看來是好多了，他倒成天留在外頭，有時還三更半夜才摸回家。

把丈夫的病養好了，他倒離她遠去，把她忘在身後。

是這樣的嗎？

就這樣簡單得無可理喻？

現在一起在後山釣來的鯽魚可還在，她竟和水缸裡的那幾條鯽魚相依為命了。用剩飯養了一年，偶爾撈起來看，已經有三根指頭那麼粗了。

去年夏天，晚飯的桌上每餐都是一盤乾炸鰈魚。

鐵敏喜歡那魚膽的苦味。一條炸酥的鰈魚他可以一口吃下去。

現在連病後一起去碧潭的日子都成了不可再來的美麗回憶。

母親曾經那麼反對他們去釣魚。

「病還沒有好，就把身子泡在水裡。」

母親擔心寒氣上身，鐵敏喜歡吃綠豆糕，蔡醫生說喜歡吃的儘管吃。母親卻說綠豆是涼的東西，肺癆最忌寒氣上身。

鐵敏赤著腳，褲管高高捲起來，然後蹚進碧潭的冷水裡。有一陣子她也擔心這樣釣魚對他的身體不好。

然而整個夏天平安無事地度過來了。而他們兩人在水上常常愉快得都不想上來。

才釣了一陣子。她就學會了在太陽還沒有升到頭頂上時，怎麼在河床上找鰷魚。

陽光從水上折射進去，河底就映出了魚的影子，找到了顫動的褐色影子，緊接著在斜上方就可以看到魚筆直地停在水中。魚的背脊閃著綠色的鱗光。一有動靜，牠就急速地閃入湍流裡，不見了。

她站在河堤上，可以看見他的腳板，像吸盤一樣，緊緊吸在水底的漂石上。

河水的底流很急。鐵敏赤腳涉進去，整個瘦小的身子幾乎就要被沖走。他退了幾步，人晃了一下。

遠處，鰷魚在急湍的漂石上閃出了銀色的肚白。

魚竿從鐵敏的背後甩出去。唰——唰——唰。

釣竿彎成一條彩虹，腸絲在空中緊張起來，拉成筆直的線。

她忍不住了。打著洋傘也赤足探進水裡。

一陣沁人的冰寒，從腳底直沖到胸口。

鐵敏愈釣愈走到急湍的渦心。

她也跟著他，愈走愈近漩渦。

白色的泡沫纏在她的腳邊，繞著她不走。

她突然發現自己整個人在湍流裡了。她一陣目眩，好像被水帶著往下沖去。身邊到處是飛揚的白沫，嗞嗞響著，像一件新娘的紗衣，在水上飄起來。

中午他們在岸邊的樹蔭下吃她做的便當。飯盒裡白色的米粒被身邊的羊齒罩上了一層海藻的色澤。

飯後他們爬到山頂上遠眺，天氣好的時候，他們可以看到臺北市。

太陽斜下去了。大群的鰷魚從陰影再跳出水面，捕食空中的飛蟲。

那是鐵敏一天裡斬獲最多的時刻。

水變冷了，這時文惠可以看到滿滿一籮閃著鱗芒的鰷魚。

那些日子，他們總是白天被太陽曬得暖烘烘的。傍晚騎著腳踏車回家，背上好像揹著一天的陽光。

鐵敏赤著腳，推著腳踏車走。

他們一起走過把鐵軌和潭水隔開的小鎮。

一條短短的柏油路走完了，他才將她帶在車前，然後自己跳上了車。

這時，鄉野的空氣已經啣著薄薄一層炊煙了。

和早晨來的時候一樣，風吹在他們的臉上。幸福的生活從他們的車邊拂身而來。

和早晨來的時候一樣，沿著鐵軌，穿過林地，他們又踏入了樹與影的世界。

有一次他們回家回晚了。天還沒完全黑下來，路還分明，可是月亮已經掛到樹梢上來。

腳踏車緩緩在樹林裡踏動，迎著一陣陣和風。他們並不急著趕路。

她的臉頰，因為車輪在碎石上跳動而被他的鬍渣子刺著。

被一片羊齒刺著，彷彿是。

夜路上，突然一捲浪在身體裡翻滾上來，不由自主。

她第一次強烈地想要一個自己的孩子。

她坐在腳踏車的直桿上。虛弱的鐵敏慢慢厚實起來的胸膛貼在她的背上。

月光下她頻頻胡思亂想，十七歲的念頭又回來了，她想著自己的身體在製造一個孩子來的情形，好像一朵花的形成。

她的洋裳被風吹起來，擦在鐵敏的踏板上。

她聞到自己的衣角帶回來碧潭山上的草腥，裙子沾滿了覆盆子的倒刺。

聽楊大姐說。她自己的小孩都還留在大陸，沒有帶在身邊。

談起自己的小孩，楊大姐臉上就像月光一般柔和，一彎清流穿過她的雙眸，那樣子真教人羡慕。

在腳踏車上，文惠不由得冷索了一下。

是的，沒有小孩的女人遲早總會縮在一個陰暗的角落裡，被一股莫名的空虛壓迫著。

靈魂單薄下去，寒冷的冬天鎖入她的骨骸裡。

文惠幻想著，有了孩子的鐵敏不知是什麼樣子。

第二天，院後的竹子在風中擦著屋檐上的鐵皮，那孩子的影子又掃到她的心頭。

不知怎地，這麼一想，屋後那田野忽然多了一層色彩似的，感到特別的明亮。「如果懷了自己的孩子……。」

下次她倒想要仔細瞧瞧楊大姐，看看她那麼豔麗照人是不是跟生過小孩有關。

楊大姐再來到家裡的那一天，文惠果然就目不轉眼地將楊大姐端詳起來。

當然那是不可能看出來的。

那天，楊大姐出現在門前，外面正下著大雨。

然而，她還是一逕地亮麗而爽朗，看了就令人忘記那陰陰霉霉的天氣。

「小惠，下午得借一下鐵敏。」

話裡帶了一點焦急。可是接著她又偏起頭來補了一句，

「行嗎？」

她等著文惠的回答，也不等著回答。

聲音還是那麼親切無猜。

大粒大粒的雨點打在楊大姐那把板栗色的油傘上。

一陣風吹來，傘上的雨點更急了，沙沙沙，沙沙沙。

楊大姐站在門口，突然顯得和這場風雨毫不起關係似的。傘裡的臉還是微笑著，而把心思放得那麼遙遠。

文惠看了反而猜不透，到頭來倒是自己心急了起來。

文惠又目送著自己的丈夫和楊大姐離去。這一次他們兩個人躲在同一把傘裡，慢慢消失在風雨中。

碎石子路一陣碴碴的腳步聲，響了又停了。

現在悄然無聲了。

門外只剩下雨聲。

文惠把門關起來，無聲的屋裡留下了那把油傘的桐油香。

濃濃幽幽的，漫在玄關裡。

「慢慢妳就會明白。」

夜裡躺在蚊帳裡，偶爾問他到底在外頭忙些什麼。鐵敏就點起紙菸，一邊若有所思地吸著，一邊就對她這麼說。

接著，就是彼此長長的沉默。

帳子裡，只有火點燃燒著菸絲那細細的裂聲。而他們各自的心思被那聲音隔得遠遠的。

倘是去年，他們躺下來談的都是釣魚的事。

蔡醫生有一次也對她說：

「這件事遲早會告訴妳的。但是目前，妳還是安安心心把鐵敏的身體再養壯一些……，」

「我們委託妳全力照顧鐵敏的身體，」醫生玩笑中帶著嚴肅的語氣這樣說，「喏，鐵敏不再是妳一個人的囉。」

醫生的每句話她都會聽的，句句都會留在她的心裡，猶如去年冬夜，第一次在醫生家，她坐在火缽旁邊聽著窗外的檐漏，如今她胸口就留著那滴滴答答的雨聲。

然而楊大姐那把油傘的香氣，從玄關幽幽地飛繞，飛到屋子裡的每個角落。

文惠走到什麼地方，它就跟到什麼地方。

暗鬱鬱的一股馨香流入廚房，飛進臥室。

它也在文惠的梳妝臺嬝繞不去。

那天下午，鐵敏走了以後，文惠一個人在家裡坐也不是，站也不是。

雨大了，文惠用臉盆去接天花板的雨漏，滴答滴答，不斷打在屋瓦上。混亂的心緒占據了她整個人。

突然間，旗袍的鑲邊、大襟、下襬、紫羔、銀鼠、狐腿的披肩，閃閃爍爍，統統出現在文惠的面前，令她眼花撩亂。

還有去年，隱隱的炭火映紅了楊大姐那醉人的臉……。

鐵敏和楊大姐雙雙離去以後，文惠在壁櫥裡摸到了一把傘，也急急地跟著跑了出去。

她並沒有照鐵敏臨走前吩咐的，去守著那爿租書店。

文惠在雨中奔跑。

她一直奔到了派出所。

回家以後，她倒了卻了一樁心事似的，整個人一下子也安穩了下來。

她和平日一樣，安安靜靜地做著該做的事。

晚上，她推開了被櫥，抱出來一疊一疊的被褥。

在榻榻米上鋪好了，她又掛起蚊帳。

第二天，她把床鋪重新收拾起來，然後一疊一疊再抱進被櫥裡。

她做著這些每天都要做的事，沒有一句話，也看不出有別的心思。

沉默不覺又來到他們兩人之間。

派出所來了人把鐵敏帶走，那是起床後不久的事。

像昨天那樣，她又看著鐵敏走出玄關，背影慢慢消失在巷口的那叢冷杉裡。

只是這次隨伴在他身邊的不再是那一襲耀眼的旗袍影子，而是兩個壯漢，一邊一個把瘦小的鐵敏挾在中間。

雨已經停了。

是一個有太陽的日子，只是空氣裡還留著昨日的冷冽。

時間仍然是秋天。

但是文惠整個人慢慢產生了恍惚的感覺。

鐵敏好幾天沒有回來了。樹上的堅果落下來，半夜一個人在蚊帳裡聽到，感到地震一般，搖撼著屋子。

她一個人倒有點害怕起來了。

今年開春，鐵敏動了念頭，想開出一畦新菜園。他才動了幾鋤就感到身體不支。

記得那時新翻開的春泥，黑油油的，一塊塊在太陽中閃亮。

「這塊地可肥呢。」鐵敏這樣說過。

現在泥塊的潤澤已經風乾了。一窩一窩被翻開的泥塊，留在牆角下，看來倒像一堆小小的墳塚。底下埋的是她「二二八」後烤過的日本軍刀。

螢火蟲的籠子也一直丟在牆下。

病好的那個夏天，吃過晚飯以後，他們跑到田間去捉螢火蟲。

後來聽說，要讓籠子裡的螢火蟲不死，夜間就得常常把籠子拿出來浸浸露水。

不知是哪一次拿出去，就忘了拿進來，以至於一直棄在那個牆角下。

「是林先生嗎？」

那天進來的人問道。

「噢。」

鐵敏臉上有點困惑。

「請你跟我們走一趟。」

說話的人帶了一點不自然的笑容。

鐵敏一下子機警了起來。

「噢，我換一件衣服。」

「不必了，這樣就可以。」

派出所的人這麼說著，人也就走到鐵敏的跟前來。

一直躲在廚房裡的文惠，還沒來得及把茶端出來，進來的兩個人已經把鐵敏挾走了。人走了。

茶杯裡的茶還兀自冒出騰騰的白煙。

同樣也是走得磕磕響的一截碎石子路。

等文惠稍定過神來，屋子裡外早已恢復了原來的安靜。

現在，文惠可真是孤零零一個人了。大白天，房子落得空空曠曠的，她整個人慌恐不定。人跑出門外，四下裡更是空曠無依的田野。

突然她失措起來，覺得自己又跟外面搭不上線了，好像「二二八」來的時候那樣子。

難道外邊又發生了什麼事變？她這麼想。

她忙著把收音機打開。

和平日一模一樣的節目，並沒有發生什麼。

文惠再也不能一個人待下去了。她把母親接過來一起住。

屋子裡多了一個人，文惠就稍稍感到心安。

她把鐵敏的一件國民服拿出來，補著衣上的扣子。病倒以前，鐵敏嫌原有的金屬扣子難看，亮得刺眼。她就把扣子一個一個剪下來。

後來一直忙著他的病，也就沒有時間補上新扣子。

現在，她一邊補著新扣子，一邊盼他早日歸來。

病後他拿著一把椅子站上去，打開停了好幾天的掛鐘，用力在扭轉著彈簧，她仰望著他的身背，記得那次她是怎樣地感到一陣喜悅。

「只要身體好起來，做著自己喜歡的事，就比什麼都高興。」

第一次去蔡醫生家，在黑摸摸的三輪車裡，她這麼對鐵敏說。那時一心只盼他早日康復。

每天清晨，母親拿著第七日再臨團的聖經，跪在客廳窗口的天光面前，祈禱著女婿安然無恙，早早從派出所回來。

沒有想到才抓進去兩個禮拜，鐵敏就被槍斃在馬場町上。

派出所來了人，囑令當天收屍。

否則屍體將被充公，拿去醫院做解剖之用。

一下子，有什麼東西堵在文惠的喉口，她被這突如其來的噩耗弄得目瞪口呆。

然而，她怎麼也不肯相信他們會把鐵敏槍斃。

她跑到派出所只不過是告發他私藏一箱書而已。

那天，來的人的確把家裡和租書店都抄得亂七八糟，還把上了鎖的那箱子書帶走。

不過如此而已。

說是槍斃，恐怕只是嚇嚇人的罷。

等文惠跟著母親奔到馬場町，她可不得不相信了。

現在，她整天一個人在家裡發呆。

「怎麼會？怎麼會？」

鐵敏已經被槍斃好幾天了，她還是弄不明白到底為的是什麼。

那一天，在馬場町上，太陽照在煦和的新店溪上。

「是個工作的好日子！」

鐵敏看了一定會這麼說。

「這不是戰前和敏哥一起來看過馬戲團的地方嗎？」

她和母親趕到刑場，看到了河邊那片曠地，突然想起來這個地方。

母親也說：

「這不是日據時代的競馬場嗎？怎麼會……。」

刑場上有些家屬已經穿上了麻衣。

大家在圍起草繩的刑場外燒著香。

大把大把的線香插在沙土上。

有些人還燒起冥紙。

風吹過來。吹起了草繩上的白布條，吹散了線香的藍煙。

戰前，同樣的一股風吹著她和敏哥在馬戲團邊吃著棉花糖的臉。

還沒有燒盡的冥紙從地上飛捲起來。空氣裡有一股焦味，刮著她的喉嚨，癢癢的，令她不斷嗆起來。

一輛卡車駛進來。

草繩外的人一轟而上，刑場騷動起來了。

大家擠在草繩邊，淚眼爭看，都想遠遠認出自己的親人。

突然，從蠢動的人頭中，她看到了敏哥。

站在卡車上，卻一動也不動。是他，錯不了。

然而那麼遠，那麼短暫的一瞬間，接著又看不到了。

文惠連看都來不及看清楚。

只看到風吹起了他那一頭濃密不馴的長髮，在卡車上。

然後看不見了。

「敏哥。」

她想從這邊大聲喊他。

她沒有喊出來。她只在心裡這麼叫了一聲，膽怯怯地。

太陽慢慢爬到頭頂上，曬乾了她溼漬漬的眼睛，也曬乾了她的口唇。

文惠一心焦急，無意間卻瞥見了楊大姐。

沒想到她也在卡車上。

久違了似地，感到好陌生，不知她怎麼也上了那卡車。

只見又是一陣風，捲起了楊大姐那一條銀色的絲質圍巾。捲得高高的，在卡車上，像一隻從田裡飛起來的白鷺鷥。

楊大姐的身邊，文惠又看到了蔡醫生，還有那幾個朋友。

他們統統都在卡車上。

「那是阿敏了。」

母親突然大聲喃叫起來。

可是文惠再伸頭看，卻是看不到。

才一瞬間的工夫，他們又統統不見了。

他們一個一個被押下卡車。

「文惠……」

夜裡躺下來，她總聽到鐵敏在大聲喊叫她。

聲音很遠，而人又好像在眼前。

倏忽間，她看見他的人影，從自己的身邊走過——在客廳裡、在迴廊口、在花圃上。那喊叫，就像那天的槍聲，在遠處的山窪裡迴盪。

她從夢裡驚坐起來。睡衣滑落下去，耳朵裡全是嗡嗡的聲響。

多少次她忍著淚對他說：

「等著再把身子養好一點罷。」

現在半夜昏朦朦裡，她只知道自棄地裸露著自己，任由深更的寒氣麻痺自己。

十七歲和鐵敏相愛，自己還是那麼無知，後來鐵敏病好的一段時間，她在洗澡時偶然發現自己的胸部膨脹了起來。她正感到驚異時，又在梳妝鏡裡看到自己逐漸豐滿的身體。

病中他從惡夢裡驚醒，然後一陣亂語，都是日本話，好像人還留在六三部隊，她把他的頭抱進了自己的胸窩裡。那時他瘦成了一身骨頭，一頭長髮像收割後的稻草，抓起來還會扎手。

領屍回來的路上，只看他的頭在租來的貨車裡不斷搖晃著，仍然是稻草般的長髮，全都露在草蓆外頭。

「二二八」的時候，夜裡沒有電燈，只好借著夜色替他擦洗身上的褥疹。他全身癢得不能穿衣服。

在月光下，那一身蒼白而纖細的軀體，因疹騷而扭動起來。鼠蹊上那兩顆平日泛著櫻紅色的朱砂痣，雜在疹斑裡反倒被冷落了，孤孤單單地並排在腹溝裡。第一次看到這兩顆紅痣時，她好奇地用手去摸它。敏哥說小時候祖母告訴他，那是床母娘娘做的印記。

她驚叫了一聲。半夜裡在蚊帳裡抓起衣帶，就狠命勒著自己的脖子。

第二天醒來，一切依然，什麼都沒有改變，什麼都沒有發生。

房子仍然是空空曠曠的，屋外的田野還是那麼安靜無聲。

記得有一陣子敏哥生吃活蝦，那是聽母親說活蝦可以治癆壯血。問他吃了以後有沒有效，他就說一切依然，什麼都沒有改變。在碧潭的漂石間他抓到了一隻拇指大的紅頭蝦，他站在水裡就地剝了皮就生吞下去，那種迫不及待的模樣，看了真教人失笑。

新婚搬進這個家時，她總喜歡坐在鐵敏的床邊，一面侍候他入睡，一面眺望著矮牆外的景色。現在遠處的山巒，在逐漸散開的霧靄裡，露出了茵綠的山脊。山窪裡的晨煙團團拂到那柔弱的山峰，向天空蒸騰而去。

自稱剛剛上任的派出所所長來到家裡。

他斜著頭，穿過好像突然間矮下去的雨檐，把他龐大的身軀帶進玄關來。他一口洪亮的聲音馬上震撼著這木造的房子。

所長不會說臺灣話，他也不知道應該在玄關脫鞋。他把皮鞋穿上榻榻米上來。

「大義滅親，了不起，了不起，……太了不起了。」

一進門，他就一再重複著這句話。

已經坐在客廳裡，文惠的母親奉過茶後，他也還是這句話。

老人家招呼著來客。她聽不懂國語，又看見所長一身黑色制服，肩上閃閃發亮的肩章，人已經呆了。

奉完了茶以後，她簡直不知道應該做些什麼。

所長從椅子上站起來，他厚重的腳步踩在榻榻米上，踩得底下的木板咯吱咯吱響。

所長一站起來，老人家趕忙也站了起來。

在屋子後面，文惠聽到母親在前面忙得窸窸窣窣響。

「看什麼書啊？」

所長用體恤的語氣詢問著。

過了一會，只聽到他又說，

「這好，這好，《聖經》，這很好，宗教是精神的寄託啊。」

聲音裡著意帶著贊成和鼓勵的意思。

下一片刻，沒有言語，屋子裡一時寂然無聲。

「太太怎麼啦？身體還好罷？」

所長稍稍壓低了他的粗嗓門問道。接著他就逕自說了起來。

「太太是了不起的女人，這樣做真是了不起，太了不起了。」

又沉默了片刻以後，所長站起身來告辭。

他厚重的腳步又把地板踩得咯吱咯吱響，從客廳一路響到玄關。

臨走前，在門口他又對著文惠的母親體念地吩咐。

「太太身體要好好保重……她需要休息，需要好好休息。」

派出所所長才走了沒多久，區長也來了，他連踼帶拐地瘸進了門來。

「我是區長了。」

一定是怕母親不認得，一進門他就先自我介紹起來。

才坐進客廳，文惠在後頭可以聽到他問母親。

「太太怎麼樣啦？」

區長說話的聲音低到裡頭都聽不清楚。

過了一會，又可以斷斷續續聽到他說，

「藏了一箱子禁書……都是紅的……。」

區長的聲音慢慢帶上了一點神祕的意味。

「不過，紅書還在其次……，只是書嘛，還不至於太嚴重。最不應該的是……在教堂……。」

區長停了下來，就先向母親解釋說。

「就是你們這條巷子出去，過馬路那間小教堂了。」

接著，區長忽而又把聲音放得低低的，好像如今談起來也還令人起嫌。

「……在教堂的閣樓上還裝了電臺呢。」

「真有本事。」還是區長的話。

現在，區長的聲調又恢復了正常，而且還帶了一點義正辭嚴的意味。

「這就不該啦，……這就太難啦，太難以說情啦……。」

稍微頓了一頓以後，區長忙不迭就說：

「這，這……這是要伏法的，要伏法的。」

語氣下得很重。空氣一時凝重了起來，老人家聽到這裡竟忍不住欷歔哭了出來。

「還虧得太太明理……」區長換了另一種口氣說。

「用漢文說，這就叫大義滅親了。這是很難做到的，……太太真偉大，換平常的人可就……。」

客廳裡只剩下母親啜泣的細聲，有一下沒一下的，好像一條要斷未斷的游絲，一直纏上來。

區長喝了一口茶，逕自又想說下去。

「嘖嘖，一共有七個呢，就像……。」突然欲言還休，覺得在死者家屬面前還是要留點情面。

其實他們早已聽到外面在傳，「這是綁好的一串毛蟹，一串七隻，只要從繩頭一拉，一隻也逃不了。」

現在，夏日已經逝去。

夏蟲也聽不見叫了，就連廚房裡的灶雞仔也沉默了。

山巒的霧靄已經散去。綠蔭款款地描繪著山的輪廓。

雨後的秋陽，到了晌午時分，就顯得格外富泰而祥和。

一陣風吹過，文惠聞到母親剛拿出來曬的棉被，還帶著一股壁櫥的霉味。

母親偏勞了。

這些日子，文惠自己整天在那兒發呆。什麼事都由老人家做著。

昨天她看到母親坐在廚房的爐邊睡過去。口裡還斜斜掛出一條夢涎。老人家一向不離手的那本《聖經》掉在腳下。

然而文惠還是想不通。

她在那兒對著靜默無聲的山野呆坐。

溪流淺下來。河邊的蘆葦在陽光下舒展著紅斑點的細穗子。

她的眼前，有一棵樹，遠遠地升了起來。然後無數的碎光閃耀在海面上。

那是梧棲海邊的那棵鳳凰木。

疏散的日子，她每天圍著這棵樹徘徊，孤獨而寂寞。

光復前的那個夏日，鳳凰木突然開出了一大片火紅的花。

連三嬸婆也拿著拐杖，踽出了家門，踏著她的小腳辛苦地走到這樹前來瞻仰。

海邊的人家都說，這棵樹從來沒開過這麼好看的花。

三嬸婆笑開了沒有牙的嘴嘆了一聲：

「快有出頭天了。」

那時海上的天空，就像現在緊緊握在文惠手裡的那只玉鐲子，泛出了明麗透亮的翠光。

而海在無風的午後，也和平安詳一如眼前新店溪的這片山野。

「敏哥。」

突然文惠叫了一聲，連自己都不知道為什麼。
接著，她在心裡傻愣愣地說出了一句：
「如果我懷了你的孩子……。」
下一個瞬間，她就為這句突如其來的話感到刻骨的羞愧。

波茨坦科長

吳濁流

◎一九四八年五月以日文〈ポツダム科長〉於臺北學友書局出版

小序

在這個世紀裡，最偉大的事物也許要算是波茨坦宣言了。因為它是正當全世界，十數億人在瘋狂地流血流淚在爭鬥的時候，被宣告出來的。

因了它，著實產生了好些東西，曰：波茨坦將軍，曰：波茨坦政治家，還有波茨坦博士、波茨坦教授、波茨坦暴發戶、波茨坦社長等等。而我們的波茨坦科長正也是其中之一。他的容貌聲色雖不無有異之處，而其為可喜可賀的歷史的產物，卻是無可置疑的。

民國三十六年十月八日著者識於正自里

一

「處長知道了嗎？」

范漢智由酷熱如烘爐似的陽光下奔了進來就大聲嚷了一聲。

「什麼事？」

彭處長愛理不理地把剛要放下的紙菸又啣上嘴抬起了頭。

「日本投降了。」

「什麼！日本投降了？」

「是的，剛剛公布出來的。」

「唔！」

彭處長重重地吐出了一口氣，震顫著嘴唇說：

「沒想到日本那麼窩囊，簡直靠不住啊！」

很快地彭處長的臉色變為灰白，把內心的動態露出來了。

他以前雖也意料到會有這樣的一天，卻沒有想到會來得這麼快。可是，一旦預想成了事實，則以前所想所望的一切便也失去了意義，這一來他完全沒有了主張，惶惑不定，不曉得如何是好。不但是彭處長這樣，在那裡的同事們當中，意志薄弱一點的也全都面容鐵青，失去了血色。范漢智到底不愧是個特工科長，只他一個人非常鎮靜。范漢智看見處長慌張的樣子，突然想到一件事，在內心裡伸了伸舌頭說：

「處長，還在那裡長吁短嘆幹嘛？沒什麼好想的。最要緊的是錢，把公款和盈利拿出來大家瓜分，然後腳板擦油算了。」

「唔，那也是，可是還早一點，中央還沒有命令來呀！」

「中央？等待那撈什子，豈不是坐以待斃嗎？重慶已經派了不少地下工作隊來了，一不小心被包圍住了，那就不免落個漢字號人物哩（漢奸）。」

說後范漢智看看處長的臉。彭處長成了一艘失去了舵的船，連決定適當的措施都無能為力了。

范漢智心中暗喜計畫已成熟，只要把款子搞到手，其他的事都可不管，所以決定這個時候，無論如何要把處長說服，於是加強了語氣說：

「處長這樣軟心腸，不能當機立斷，那就只有死路一條，中央已經來了，失去這個機會……」

再看了處長一眼，次一瞬間決然地完全以命令式的腔調說：

「處長，鎖匙交給我。」

彭處長再不能像平時那樣了，竟然把很重要的鎖匙交給了他。范漢智迅速地把保險箱打開，拉出金條及現鈔放在桌上。

「這是處長的一份，這是第一科長，這是第二科長，這是我的，請各位拿去。」

指著各人的錢堆說罷，就把自己的一堆塞進兩個大皮箱，然後向著尚在猶豫的處長及其他的科長說了一聲：

「再見！」

坐進私家的汽車，一溜煙開走了。

「可憐的傻瓜們，不久就有苦頭吃啦。真是一群笨瓜！」

獨自說著口角露出狡猾的微笑。他早已把家族和重要的物件安頓在上海，以便遇到緊急的時候，隨時可以逃脫。

范漢智在督察處做的是特工工作。他的手段又高明又毒辣。但因為都是在幕後，所以社會上不大知道他，因此只要他能逃離南京，就可以得到絕對的安全，第一不會被指為漢奸，他一出中華門就忘記了一切的顧忌，望著皮箱心想：

「有了這些，十年二十年間是不愁沒有飯吃啦。我才不願意被抓去當漢奸呢。」

汽車不停地疾馳，盛夏的陽光照射著砂石發出晶亮的光，由車窗流進來的風拂著他的胸懷，於是以「勝則為王，敗則為賊」的古語來安慰他自己，可是又覺得好像有點兒不對勁似的，這種感覺在他心上攪擾了一會。然後又以矛盾的口吻，勉強把自己的思潮拉到今後上海的生活上去。

「不管他，有這些就……」

兩個月後的一天，范漢智無意中看見報紙上，標著漢奸的一欄中，彭處長及其他同事的姓名都列在那裡，他數了一數，全部都被抓了。「無智者真可憐」，他對他們不免起了些同情，他反覆看了兩三次後，眼睛一轉看到下面的新聞，他的眼睛被「接收臺灣工作」的字所吸引住了。

「對了，把臺灣這個寶島全忘了。真是粗心。臺灣，臺灣是寶島，稻子兩熟，而且百種百收，又有鹽、樟腦、茶、香蕉、柑子、糖，唔，糖，還有糖，只要把糖運回國內就……」

他一直凝視那則新聞，不停地轉動他的腦筋。

二

秋老虎特別炎熱，玉蘭站在長官公署門前看著排成一條長龍的遊行的隊伍，鑼鼓喧天，人聲鼎沸。學生團體、三民主義青年團、獅陣等以慶祝光復的旗幟做前導，真是喜氣揚揚（按：原文如此）。遊行的長列中也參加了十幾年來連影子都看不到的中國色彩濃烈的范將軍、謝將軍和笛子、南管、北管、中國音樂等，五十年來的皇民化運動好像在一天之中就煙消雲散了。

滿街滿巷都是擁擠的男女老幼，真個是萬眾歡騰，熱鬧異常。長官公署前面馬路兩邊，日人中學生、女學生及高等學校的學生們長長的排在那邊肅靜地站著。玉蘭看見這種情形心裡受了很大的感動。以前瞧不起人，口口聲聲譏笑著「支那兵，支那兵。」神氣活現的這些人，現在竟變成這個樣子，她心裡覺得有點兒可憐。他們的臉上都有悽然的表情。玉蘭不禁想了一下：「日人的心情不曉得到底是怎麼樣？」但因周圍太過於熱鬧，所以也沒有能繼續想下去。尤其是玉蘭心裡有了一個像孩子戀慕媽媽似的衝動，希望早一刻看到祖國的軍隊，但是左等也不來，右等也不來，只有市民的歡迎隊伍像長蛇似的開過去，玉蘭站得雙腳都麻木了。

玉蘭等得不耐煩了，一次又一次走到大馬路上向前望，可是連隊伍的影子也看不見，玉蘭嚐著苦等的況味。

秋天的炎陽好像要刺人的皮膚一樣的銳利，其後約莫過了三、四個鐘頭，祖國的軍隊終於來了。突然響起震天動地的萬歲的歡呼聲，聲浪繼續了很長的時間。人們各自揮動著手上的國旗，國旗的波浪遮斷了視線，玉蘭如不踮起腳跟是看不見的。

隊伍連續的走了很久，每一位兵士都揹上一把傘，玉蘭有點兒覺得詫異，但馬上抹去了這種感覺，她認為這是沒有看慣的緣故。有的挑著鐵鍋，食器或鋪蓋等。玉蘭在幼年時看見過臺灣戲班換場所時的行列，剛好有那樣的感覺。她內心非常難受，可是有日人在旁的地方也不願示弱，那不是她的偏執，而是血管裡面有種連自己也不解的自尊的血液在衝激著。正和夢寐以求的願望忽而實現的時候一樣，雖然所得到的外觀不是什麼好的，可是心裡總有說不出的滿足感，於是眼淚不知不覺地溢滿眼中。好像被人收養的孩子遇上生父生母一樣，縱然他的父母是個要飯的……

「啊！來了，來了，祖國的軍隊……」

她心中有說不出的高興。她貪看著繼續走過去的軍隊的背影，忽然回頭發現群眾各個都泛現滿懷喜悅，微笑著慢慢地開始散了。

玉蘭也被群眾擠著，不得不開始移步，大家高興之餘都很熱鬧地高談闊論，比手畫腳邊走邊談著。玉蘭的耳朵也自然聽見他們所講的。

「揹著雨傘有點兒那個。」

「不，那傘子不是雨具呀，那也是武器的一種呀，可是雨來時也可以用一下，主要是戰場中由高地跳下來的時候用的呀！」

其中的一個人很有自信地說明了一下。隨著有人問：

「那麼我國的兵士都能夠飛簷走壁嗎？」

「當然囉，你看兵士的腳，足踝上掛有鐵環，你看比起日本兵，是不是綁腿的下部特別大。」

「唔！是啊——」

「平常足踝上掛著很重的鐵環走路，所以必要的時候取下鐵環，二丈三丈的溝渠不用說，五六丈高的城牆也一躍就可以上去的。」

那個人好像很懂事的說了很多，所以使人聽了都非常佩服。玉蘭也在聽他說，心裡頭卻是將信將疑。可是心中不免又想，如果不那樣嚴格訓練，是不能得到勝利的。

她過去在學校裡一直被教著要做一個偉大的日本人，可是怎樣努力也不能做到。在學校裡也學過洗臉的方法，穿衣的方法，可是一旦穿起和服，自己也覺得怪彆扭的，而且也常聽到同學們在背後指著她說：

「你看！她改了日本姓名，那樣的穿法，真可笑哇！」這樣地一直到現在都忍受著感情的侵蝕，心裡想今天總可以全部清算淨盡了，所以愈發覺得興奮。

臺灣淪陷到現在已經五十年，大家都是當一個沒有祖國的孩子長大起來的，自己一直動不動就得向有祖國可自傲的日本人自卑低頭，但現在不論對誰也不需要這樣了。

「啊！實在有幸，應該來謝天謝地，如果我是男人的話，一定去當兵保衛國家。」

她感到生為女人好像有什麼莫大的損失，可是，女人對於國家也可以有貢獻呀。無論如何，不懂國語是沒有辦法的。她心裡忽然有了決心：「對！我現在就要拚命的學習國語。」

她在家裡沒有工作，閒著也很無聊。

人家只在陶醉於光復的高興中，而她就這樣決心偷偷的開始學習國語了。

ㄅㄆㄇㄈ雖不難學，可是對臺灣話及日本話裡沒有的舌音則有點兒困難，雖然這樣經過一兩個月的努力，也就馬馬虎虎地可以說出日常的寒暄用語了。於是她就有不論和誰都有了試用國語的興致了。

三

溫暖和煦的春天，玉蘭不能靜靜地呆在家裡。為了消遣，她到城內去蹓躂，看到文武街上穿旗袍的女人增加了好多。那旗袍柔軟的曲線是一種新感覺的象徵，特別觸目。年輕的男女拉著手走路尤其使她注目，映上她的眼簾的一切都是和睦而美麗。她佩服社會的變化這樣快，心裡覺得如果自己再不留意的話，就要像趕不上巴士似的落伍了。

她由這條街越過另一條街。騎樓下或所有的空地都有日人拍賣傢俱的露攤。只有舊的東西，新一點的完全看不見。其中也有漂亮的和服，可是如今她再也沒有一看的心情。鄉下出來的老百姓們口口聲聲說真是便宜，而把破舊的衣類也買了去。這是由於長久的戰爭使得物資缺乏到極點的緣故。

她走來走去覺得累了，就進入一家茶室，叫了一杯咖啡喝著，留聲機尚不時流出日本情調嬌豔的旋律。

不久有一位青年紳士飄然進來。看來是三十一、二歲的模樣，穿著上海派筆挺的西裝，打著殷紅的領帶，青年紳士站在門口環視了一下店內，慎重地坐在玉蘭旁邊的空位上。玉蘭好像有點兒被壓迫地俯下頭喝咖啡，忽然聽見青年紳士用流暢的國語叫了紅茶，因茶孃聽不懂，所以拿出紙來寫。

過了一會兒青年紳士用含情的媚眼開始對玉蘭挑視。玉蘭愈發不好意思，想快些把咖啡喝完溜出來。那時候青年紳士竟很親密的對玉蘭用國語問：

「小姐您貴姓？」

玉蘭略抬起頭來：

「敝姓張。」

結結巴巴地回答了一句，因為用國語的會話這是頭一次，所以有點兒緊張，好像喉嚨裡面有什麼東西硬塞著。以此為開端，青年紳士繼續問這問那，玉蘭有點兒怕羞，開始時好像舌頭結著說不出口，但是過了一會兒也就好了一點，並且自己向對方表達意見，覺得非常的愉快。

青年紳士非常親切。沒有臺灣青年那樣粗野的地方。對於清晰流利的國語，和教養好而有禮貌的風度，玉蘭不知不覺心中有點兒亂了。二人這一談不覺就已過了半個鐘頭。而玉蘭也開始感到大陸的人的魅力，春意蕩漾。

四

下個星期天，玉蘭心裡有一點兒不大自在了。想讀國語，把書翻開看了一下，可是心思不知不覺的馳向那個喫茶店去了。而眼前也映出那個上海派的年輕人，流利清晰的國語像在她耳邊細語著，心裡想起再跟那個紳士見面談談，不覺又臉紅起來，雖沒有人在旁邊，可是心裡有點兒害羞又有點兒害怕。

她把零亂的心再一次安靜下來想讀一點書，可是書中的鉛字，好像有刺似的，不曉得書中寫的是什麼，只把書合起來，用手支撐著下巴，無聊地想著，忽而看見院子裡的桃花李花撩亂地盛開著，雙雙蝴蝶悠悠忽忽地飛來飛去，在花間漫舞著，柔和的陽光溫暖地映照著桃花，於是想到北投或草山一定更是風景迷人吧。接著又想起學生時代特別使人懷戀的，桃花開時和要好的朋友驅車往士林或草山，那時候的情景像走馬燈般一幕一幕重現眼際。

可是那時候的朋友們都早已做了家庭主婦。於是又想到前幾天碰見的抱著嬰孩的秀子，神氣活現的跟她的先生親熱地走著。她不覺的感著自己身世飄零的寂寞，從她的成熟的肉體中突然迸出情熱說：

「啊！春將去也，可是還沒有賞過一次花呢……」

她感覺到做夢都沒有做過的熱血奔流，而興起了年華似錦，空負好花開滿枝頭之嘆。於是心裡暗自唱道：

「良辰美景，獨居奈何，唉！……」

覺得自己的房間太寬闊而空虛，坐也不好，站也不好，如果能夠把書繼續讀下去還好，但書也不能再讀下去。頭脹著很難受，她青春的心靈跌下萬丈的深淵，浮沉於感情激烈的波濤裡，一面又把難於抑制的熱情壓制著默默地想著。她沉入這樣的苦慮之中，不知不覺已近中午了。

在這個時候，突然在喫茶店遇見那個男人來訪。她自然不會知道他就是由大陸逃過來的范漢智。他現在已改名，把過去隱藏起來，以范新生的名字居然官拜某某局會計科長，這是誰也不會想到的事。

玉蘭很高興地歡迎他，因對祖國憧憬的情緒無意識中搖撼著她，由心中發生好感，這就是她心中深處發生的無聲息的思慕的情愫凝結的一個形態，是一種使她不能瞭解的……而且茫然的一種情愫。

「前幾天很失禮，剛到此地人地生疏，星期天沒有地方去，所以今天很冒昧來拜訪妳。」

用流暢的國語，范新生說明來訪的動機，那種老於社交的風度，梳得光亮的頭髮，筆挺的西裝，今天更顯得瀟灑出群，而那慎重謙讓的談吐，尤其是對女性親切的口吻，粗線條的臺灣青年哪裡比得上，所以使她有可親可靠的感覺。不但如此，豐富的話題對於她都是珍異的，尤其是說起新時代上海女性活躍的狀況，特別使她羨慕。

「我英語很不好，在學校裡雖然學過，只懂得『愛斯』或『諾』，不能夠去上海呀！」

「哪裡？有了基礎一到那裡馬上就會的，現在講別的話吧！人家常說：中國菜、洋樓、日本太太。在祖國大家都說娶一個日本太太好，可是到了臺灣才知道留學日本的學生所說的不是戲言，尤其是臺灣女性保留有祖國的優點，又受日本教育的薰陶，愈加倍嫻淑溫柔。」

玉蘭受到這樣稱許，心裡著實有說不出的舒服。范漢智對自己所說的話，得到預期的效果，不覺心裡發出狡詐的微笑。可是他仍沒有忘記細心的注意，露骨的感情深藏內心，努力不使她有不好的印象，不久他就有禮貌地辭去。

范漢智辭出玉蘭的家後心裡想：臺灣女性沒有技巧，率直得可愛，可能對情感很脆弱，可是純真，純真所以單純，單純所以能隨心所欲。

這個分析使他急劇地明朗起來。忽然抬頭看見大屯山上現出五色的彩霞。他不覺想入非非，久久不能安靜下來。

第二個星期日，對於范漢智來說是一個待望已久的日子。他匆匆地帶了禮物，再去訪玉蘭。從那拋棄一切，天天在防空壕內被可怕的空襲警報所威脅而過的恐怖生活解放出來的玉蘭，光復時，好像由屠宰場逃出來的羔羊一樣，又能在晴空下的草原上悠悠吃青草一樣的自由自在。可是像這樣稍為安靜下來的日子一久，又漫然發生有一點兒不滿足的感覺，而且有一點兒好像不能靜呆下去的心情，她也有不解的內燃的某種情緒漲滿血管。春天已經到了，可是不知道為什麼，覺不出春天舒展的心情，反而覺得有不能遣去的煩惱罩上心頭。她不知不覺想到「人生」。

春秋易逝，已到二十六的年華。如果是一朵花也到了凋謝的邊緣了！好像擺在案上的盆景的花，沒有招來蝴蝶的漫舞，也沒有青鳥的輕歌就將凋殘，啊！人生如夢，那麼人是為什麼生的……。

忽然看見窗外有一對鴿子覓餌，雙雙依偎著跳躍，鴿子的羽毛反射著春天溫柔的陽光，發出悅目的色澤，在碧藍的天空中悠閒地飛旋著，難道人不如鳥兒自由嗎？

女學校時代有一次和三、四位朋友去過草山溫泉。那時候也像今天，風和日麗百花盛開。中午大家一齊在花下野餐，旁邊樹下也有一團男學生在野餐。其中有一個大步地走過來，要了一杯茶回去。故意把戴著的方帽子仰起，好像有一點兒要逗人似的。她倒茶時茶罐有一點兒顫動，全身發熱，以後就一直沒有再見到他。可是畢業後的有一天，她在榮町買東西的時候，偶然那個學生佩著紅帶，穿著筆挺的軍裝出現，似乎想起草山的一幕，回過頭向她微笑點了點頭。

「好久不見了，去草山那天真多謝，我已應召了，恐怕再不能回來臺灣，萬一有長短的時候，請妳給我也燒一炷香吧。」

說著悽然地笑了一下。她不知所措地還沒想出說什麼的時候，他已豪爽地說：

「再見！」

就跟其他應召的友伴走了。那個學生以後到底怎樣了呢？好像是戰死了。可是如果回來了，也不知道在那裡？完全像採不到的高峰上的花朵……。

由對大學生的懷念，走馬燈似的想起許多女學生時代的事，可是那回憶對她都是寂寞而不能滿足的，使她更加茫然。恰似獨自一人住在遠離人寰的山中，被不可耐的寂寞和刺骨的冷酷所侵襲。兩三天前她也有過同樣的無聊，不能安靜地坐在家裡而到街上逛了很久的時間，但終不能消去這種散亂的情緒，而心中也愈來愈空洞。

今天也被這種情緒煩擾著的時候，范漢智突然來訪。

「玉蘭小姐，妳好。」

他邊寒暄邊解開包裹。

「一個小禮物，送給妳的。」

說著就要交給玉蘭，玉蘭一看不由得怔住了，那是令人眼前忽然亮起來的，色彩鮮豔的名貴玻璃手提包。

「小意思，請妳賞個面子。」

太過於貴重的禮物，使得玉蘭反而覺得有點兒可怕。雖經再三辭退，可是已經買好的，不能退還給店裡，只好收起來。

一直到如今所希望遇到的人總碰不到，不想碰見的人反而碰到，不過都是離去的回憶而已，結局都沒有遭遇到真情的人。在碰不到真的對象的寂寞無聊當中，忽然出現了范漢智，她恰如向日葵般不知不覺中傾向了太陽。

「范先生，兆豐公園很好吧！我真想去玩。」

她被范漢智的話所迷，很想到上海去玩，百貨店舞場、外國電影院、公園等都是很惹人仰慕的。同時覺得臺北是微不足道的鄉下，由公園的話漸漸轉移到草山北投的風景時，范漢智忽然提議到草山去玩。玉蘭的少女心也覺得非要看看春天的郊外不可了。

小轎車駛出雜亂的小巷在中山北路直馳著，輕微的春風拂面，新鮮的空氣撩人心胸。裝上新綠的路樹，遠方屹立於霞雲中的大屯山壯麗的雄姿使她更著迷。這山姿，表現著無限強有力的男性的美，近前映入眼簾的圓山的綠色也顯露著春的氣味。不久車子過了中山橋沿著基隆河駛著。

范漢智回顧著她說：

「我開得還不錯吧？最近報紙常常攻擊公車私用，可是我這是自用車。」

由他潔白的齒列迸出來的話裡可以看出他的得意之色。對只有表面上屬於新時代的上海女性感到不滿足的范漢智，對玉蘭清新的態度感到魅力，好像對褪了色，不新鮮的果物厭惡了的都市人，跑到果子園嚐到新鮮的椪柑一樣。車子沿著鐵路線走，不久經過了士林上了山路。滿路桃花好像進入花花世界，車子被吸入霞霧之中，一路花迎花送，陶醉的心情宛如夢遊桃源，使她嚐到差一點就忘去的人生之春。在甜蜜的私語裡忘去了春景，美麗花朵抹去了人生的煩惱。受到大屯山的神祕的靈感在夢中魂遊著，玉蘭的身心都融化在大自然中，汽車繼續馳聘，最後在浴場前面停了下來。

雖是星期天，客人卻很少，二人要了一個房間，小巧玲瓏的房間裡放著一盆插花，添了不少春的風情。跟女學生時代和同學來的時候感覺完全不同。她靜靜的進入浴室，浸在滿滿的浴槽裡洗去了俗塵，均衡發育的四肢舒暢地伸開，白胖的手足在乳白色的泉水中浮沉著。自己也覺得可愛。「現在如果他……。」

忽而驚覺過來時，幸而其他的都是女浴客，她獨自覺得羞恥，耳朵也紅起來了。可是沒有人知道，她草草地由浴槽出來，穿好了衣服回到房裡。

范漢智也去洗溫浴還沒回來。她獨自坐在窗邊乘涼，一面浸沒於思惟中，這是個幽靜的房子，只有幽細的鳥聲傳來，周圍靜得連貓也不會進來。

過去雖來過好幾次草山，可是夢中也想不到有這樣的地方，忽又想到自己是不是該來到這種地方，心情便有一點兒不能鎮靜了，不久范漢智也洗完澡回來了，剛才的不安雖除去了幾分，可是代替的是跟男人只二人在一起有一點兒不好意思，好像做錯了事一樣，受到良心的自責，心裡盤旋著想回去的念頭，剛好下女端了午飯來。

兩人出了浴場時，太陽已西傾了，慢慢散步走向教育會館。洗澡後的疲倦因輕風微拂而誘起無限的春思。白黃相間的蝴蝶在花間互相追逐。青年男女都雙雙對對地散步著。小鳥鳴唱，百花鬥豔，無限春光充溢天地間，小谷流水，如滾玉細鳴。玉蘭由於范漢智的甜言蜜語欣賞著人生如春的美景，心裡有著這樣繼續走下去，不願離開之感，不久走到教育會館的前面，花開著，花盛開著，這邊那邊……。地面鋪著白潔如玉的細砂。

對面也有年輕的一對手拉著手走過來。走近一看，不覺一怔。天下之大，竟有這麼巧的事。原來對方是「鷗會」（第二次世界大戰時，日人組織臺人高女畢業生當特種護士之會）會員之一的蕙英小姐，范漢智也遇見離別了好幾年的知友陳德清，陳德清是他參加北伐時的同志，抗戰中離別以後一直沒有消息，好像他是由重慶出來的。對於在偽政府當過差使的范漢智，「重慶」這兩字聽起來總有點刺耳似的，他微帶著自咎的心理寒喧著，敘說別後的情形，臉上也現出久別重逢的喜悅。

蕙英和玉蘭同是「鷗會」會員，在特別看護婦時代一同被派遣到香港過，回臺後蕙英升為「鷗會」的幹事，勇敢地活躍著。出征軍人的歡送，遺族或傷病兵的慰問，獻金運動等，成為皇民奉公會的別動隊，常在臺上大聲疾呼地向民眾演說。那時的蕙英真是黃金時代。被目為臺灣女性的代表，芳名常出現於報章。可是時代使她的心境一變。以前她每天早晨在日本神壇前祈禱，如今神壇撤去，換上了孫中山先生的遺像。而且不知在什麼時候把日本的服裝也丟棄，換上了華美的旗袍，這就是所謂光復姿態。同時陪伴她走路的人不是日本兵而是我國的軍官。

「玉蘭小姐妳也……。」

兩人握握手，互相用笑容掩飾了一切，然後簡單的把各人的男友介紹一下，就離開了。

玉蘭和范漢智一同繞過貴賓館後面，順著花枝構成的隧道走向山去。那裡寂然靜得連人影都沒有，只有落葉衝破這一帶的靜寂。她被一種不大明瞭的感情所襲，胸口小鹿般亂撞。忽然范漢智走了近來，由背後伸手摟住她的腰，她身體縮了一下，但怎麼樣想擺脫他也不能夠，只覺得身上有一種重壓。全身的血液膨脹起來，心臟的脈搏好像也聽得見似的。她只好任他去……於是如夢如癡地陶醉在他的懷抱之中了。

忽然有了聲響，范漢智的手垂了下來，她輕鬆了。是鳥鼓翼的聲音。

兩人不知不覺已到了貴賓館的橫側。貴賓館寂無人聲，昔日的盛況已不堪回首，任花掉落而荒廢下去。

剛好下面也有浴客上來的樣子。二人在興奮中回到了浴場。

回程則繞道北投方面。小轎車由紗帽山的山腰出來順著羊腸的小路而下，左邊是山麓的小平原，連續著青青的田園，廣闊的翠色小波越過淡水河向海洋伸展下去，隔著淡水河觀音山佇立在雲霞中，由淡水開來的火車像火柴盒似的，悠然地走著，極目所見盡是一片春色，由車窗吹進來的春風把她火熱的臉吹涼著，一邊觀賞風景而陶醉於春的變幻中，那味兒好像又甜又澀的。忽而范漢智回過頭來向她莞然一笑，她不覺也微笑了一下。下山真快，小轎車由頂北投到了北投，由北投沿著鐵路線好像在水上滑溜一樣的奔馳著。她完全陶醉了，連途中的地獄谷她也視而不見，只是追尋著春的幻影。

五

大地上黑色的帷幕靜靜的垂下了。玉蘭穿著新做的上海式旗袍，提著范漢智所送的手提包上了街，沒有穿慣的緣故吧？旗袍的下襬絆著腿很難走。華貴的旗袍和玻璃手提包特別惹目。她盡可能選著人少的街路走。她不希望碰到一個熟人。她由三線道路靜靜地溜到十字路公園，用瓦礫斷磚所填的炸坑高低不平，雜草橫生，這邊那邊無主的防空壕的廢坑顯得特別深黝，她避著人目走到街路樹的燈下靜靜站著。由文武街流來了人群，她精神貫注審視走過的人們。看了看手錶，原來約會的時間還未到，於是無聊地打開手提包，鏡子在夜晚也發出閃閃的光。她把它拿出來想整理一下臉上的脂粉，但因燈光太弱看不清楚，她躊躇了一下，覺得有點不耐煩起來。

草山一天的清遊，使范漢智年輕了十年，如果人生沒有戀愛，那麼將永遠在煩惱中不能得救，終究會像一隻野狗在曠野中亂跑，不知要跑到什麼時候為止，這樣看來可以說戀愛也不一定是奢侈多餘的事。不，寧可說沒有功夫談戀愛的人，不是神經衰弱者或利慾狂者，便是權利病者（**按：應為權力病者，原文如此**）。超越名利，戀其所戀，愛其所愛，這就是美麗的詩歌。

不但是半生的努力和苦心歸於泡影，全部變為負數，並且永久清算不完那些在范漢智心中極目所望全是黑暗與虛偽，他竟把一切看成生活的手段，對於人生沒有了希望的他，除物慾和色慾以外便一無所有了。尤其在大陸，金錢真是萬能，甚至戀愛亦不過是金錢的代償物而已。當他碰見玉蘭時，最初不過是拈花惹草，逢場作戲式的追逐，但到後來不知不覺竟被看不見的絲牽著一樣。這是因為他在大陸一直沒有遇見過的處女的率直和純情感動了他，所以他自那天起就為星期天老等不到而煩惱，所以他為慰療他不可耐的寂寞而邀玉蘭出來散步，他在約會時間前走出了家，在路上覺得她不會這樣簡單的應邀。如果沒有來時，就到她家去訪問，他一路這樣那樣想著加快了腳步。到了十字路，公園近邊，環視了一下周圍，發現她已站在樹下。

他趕上前，到了她面前。她忸怩了一會輕輕的浮起微笑，頷首就俯下頭去了。

「玉蘭小姐走吧！」

她被催促著就走了，跟男人在一起，而且跟對自己有意的人在一起並肩而行是使她高興的，可是卻又有一點兒又羞又怕，心中卜卜的跳，怎麼都不能鎮靜。一切的現象雖然映入眼簾，但完全沒有一點印象，盡是朦朧的。

即使她的雙親站在她前面，她也許會看作陌生人呢！

她跟著范漢智進了舞場，雖無舞女，可是舞場裡有很多日本少女，擴音機一響，就開始，跟舞師練習的也有，互相摸著跳的也有。她跟范漢智開始練習舞步，在女學校學過舞蹈的她反而覺得社交舞單純，把基本的舞步，學會了二三種就會跳了。可是還不太習慣，心裡老是注意著腳步，不能像其他人那樣熱狂，但她也跟著血潮的奔放而跳，夢境一樣地跳出了一身汗，這種愉悅，卻又是另一種味道。到了休息的時間，讓由百葉窗吹進來的冷風吹著滾熱的臉來一個深呼吸，夜風沁入胸懷，頓覺精神百倍，春宵寂寂跳到更闌夜盡，跳到天空出現魚白。同時她的青春熱血也漸漸升高了。

一次生二次熟，嚐過了美味又想再嚐，這樣二次後必被其味所魅。她也同樣，怯怯地開始練習跳舞，可是繼續兩三晚後，就好像阿片吃上了癮似的。她每天晚上，都和范漢智一起去跳舞了。

有一晚。二人在跳舞之後，隨便順著行人稀少的街道出來散步。不久過了國際戲院的旁邊，街路前方因無街燈一片黑暗，無限的沉寂。范漢智靠近了玉蘭，或者太晚了吧，兩邊的人家都關了門，只有門戶空隙漏出些微光。腳步踏著細砂發出聲響，忽而范漢智的手繞了過來摟住了她，同樣是一隻手，可是跟在舞場裡的又是不同的感觸。男人的肉感透過衣裳沁了過來。不，男人高聲鳴動之血脈卜卜地叩著她的心弦，她不覺的把腳步停了下來，癡癡地陶醉於他的擁抱中。

同時感觸到男人柔軟的嘴唇，有生以來多少歲月，不，那是處女才能有的感觸。全身的血液高漲，心房卜卜的跳。啊！男人就是……

「玉蘭小姐我愛妳。」

那聲音好像由天上飄下來的音樂一樣的悅耳。

「噢，這就是人生的春吧！」

二人無言緊緊地抱著，忽而看見已近淡水河邊，彷彿看見沿堤有著男男女女走來走去。二人又漫漫的走著，興奮後的他們也沒有什麼話可講。二人信步走到了第三水門。那裡也有一雙男女在喁喁私語，看見兩人走近就匆匆地向那邊走了。范漢智在小船的石臺上坐了下來。好像被春風擺弄的柳花似的，玉蘭無力地落坐在他膝上。再重複了一次和上一次同樣的溫存，她恍恍惚惚，只聽到他急促的呼吸。

「玉蘭小姐，跟我結婚好不好？」

她躊躇著，還沒想到怎樣回答時，又感到他柔潤的嘴唇壓過來，令人銷魂蝕骨。

啊！春！春！在這春宵。

噢！春宵一刻值千金。

淡水河的水靜靜地流著。夜已很晚了吧！萬籟無聲，遠處臺北橋的橋燈濛濛地亮著，在暗中浮現出觀音山的嬌姿。大概是漁舟吧！搖曳著淡黃色的火星在水上靜靜地滑過去。

六

蕙英新婚後夫婦就一同來訪，年輕的新郎穿著筆挺的軍服，腰帶上佩著手槍，而且子彈帶上子彈一顆一顆很整齊地排列著，沒有看慣武裝的小孩們看了馬上就走進裡面去了。玉蘭的母親雖出來接待，可是心裡面有點兒怕。玉蘭因為曾在草山見過他們，所以不覺得驚奇。她由衷祝福朋友的前途，而心裡面意識到自己的將來。蕙英走了後，大家都在討論跟外省人結婚的事，母親的意見是說蕙英真聰明，日本時代執「鷗會」的牛耳，雖在戰時物資難入手的當兒，能由軍部毫無困難地得到黑市買不到的東西，統制的肉、油、毛巾、肥皂等都可不花錢得到。接著鄰居的老伯伯說：

「日本人來臺時，大稻埕有些流氓只出去迎接了一下，後來就被嘉獎，而且還封了貴族的。」

「唉呀！那有什麼稀奇呢！還有更便宜的，有一個跟某陸軍軍官燒飯的老媽子的兒子，因懂得二三句日語就得到勳六等呢。」

玉蘭的父親這樣把從鄰長那裡聽出來的故事介紹給大家，在這個時期跟外省人搭上關係最有利，這是一般人的意見。玉蘭聽著心裡暗暗喜歡而喃喃地說。

「對！不要遲疑，今天晚上……。」

晚飯後她就到母親房裡，幸而父親不在，她不曉得怎樣說出來而躊躇著。

「媽媽。」

叫了一聲，母親停下了針線，抬起頭來凝視著玉蘭，她還是很難啟齒的樣子。

「有什麼事呢？玉蘭。」

母親親切地回問了一句。

「媽媽，我跟他……」

說著俯下頭，耳根也紅起來了。母親側著頭問：「跟范先生的事？」

「嗯。」

「妳要跟范先生結婚嗎？」

玉蘭沒有回答，但搖動肩膀無言地把頭點了一下。她心裡對母親的善懂人意而感謝著，不用說這個時期范漢智每天都來訪。他說年齡也相當大了。媽媽大概不會反對，爸爸也大概同意吧。尤其是光復當時，因戰爭延誤了青春的女兒家，像追逐暮春的蝴蝶一樣，一個一個結婚了，本省人不用說，日本人也同樣。在這種社會的環境中，玉蘭的結婚沒有受到什麼阻礙。在那個月的月底兩個人的姓名就刊在報紙的廣告欄上，從那天起玉蘭就成為范太太，成為新家庭的主婦。戀愛像可口可樂的味道，但結婚卻是鹹酸甜辣，既甜又酸又像是鹹的。

范漢智有科長的頭銜，所以接收了很大的日產房子。當時為接收日產展開激烈的爭奪戰。有機關和機關的衝突，機關和老百姓，或老百姓和老百姓的爭端，天天都有。有的利用流氓，有的假借軍人或和日本人串通來一個假買賣。智力、財力、權力、暴力，凡有力的都睜紅了血眼在找尋日產。

玉蘭踏入新家庭的第二天晚上，夜半突然聽到槍聲，晴天霹靂，由甜蜜的夢中醒了過來，擔心發生什麼呢！

一陣激烈的群眾的腳步聲過後就回復了晚間的靜寂。玉蘭按著卜卜跳動的心口，一時想這想那，卻沒什麼可以想出來。夜沉沉地深下去。突然她覺得在旁邊的丈夫的影子飄忽遠離了。她急激地翻過頭去看，在羽毛的被窩裡他仍在熟睡著。

於是，她急速地覺得寂寞而發抖，她鑽入被裡挨近她丈夫身邊睡，范漢智反射地把她輕輕的抱著，她覺得像被凶鷹所襲的小雞，得著母翼庇護而無所恐懼一般的情緒。

第二天早上，起來就聽見鄰居們在嚷。玉蘭雖想出去看個究竟，但因身為新娘，所以沒有出去，那天是所謂三朝要準備回娘家，九點左右娘家已派人來接了，來人和家裡的人，雖然都知道昨天晚上的事，但大家都避諱著沒有講出來。玉蘭出了家門，忽而看見自己家門口對面的溝中，倒著一個青年，這才明瞭了昨天晚上的槍聲到底是怎麼一回事。死的好像是學生的樣子。有個小孩子，站在旁邊，過路的人抓著那孩子在問，雖然不想聽，但聲音自然而然進入耳朵裡來，好像是為著接收日產被打死的。玉蘭在車子裡想到社會這樣不安定。那個青年的臉孔雖看不大清楚，好像是很熟悉的。是不是那個在草山碰見的大學生呢？她把從小的朋友，熟識的青年的臉孔一個一個想起來。她閉起眼睛繼續想著。號音響亮地響了，廣闊的運動場裡日本兵像螞蟻般集合起來，意氣衝天，將要出征了。自己也以看護婦參加了行列，心裡以為是最大的榮譽。天高水青，日本的艦隊壓著南海前進，到了香港，看見中國人死了很多。馬路上，水溝裡也有很多的死屍。那個時候並沒有什麼感覺。那也是同胞，可是現在我們臺灣也……忽而包車震動了一下，車子停下來了。已到了娘家門前，媽媽出來了。弟弟妹妹也都笑容滿面，她拉著丈夫的手微笑著進門。

七

和暖明媚的春天，范漢智帶新太太去蜜月旅行，二等車玉蘭是很不容易坐的，她覺得身分忽然高起來。汽笛聲裡火車拋下了臺北向南直馳。玉蘭坐在柔軟的椅子上，一邊和范漢智甜蜜地私語著，一邊眺望著窗外的景色，嫩綠青翠，田野山川皆泛著春色。過了板橋站，從火車的右邊可以遠望有一大觀音在藍天下仰臥著。也許是盡量吸了大氣吧，胸部顯得特別高漲。相反的鼻子卻太低了一點，玉蘭凝視著觀音山的麗姿，忽而翻過頭來看見范漢智用手擤鼻涕，她不知不覺皺了雙眉，但是范漢智好像還沒有發覺，拚命地弄響著鼻孔，鼻裡發出斯斯的聲響，這聲響特別刺激著她的神經，如果是小孩子可以用種種的方法去矯正他，在大眾中又不好叫他停下，她沒有辦法只好壓制著自己的感情暗暗地嘆氣，而把視線轉向窗外。

火車過了桃園，速度也漸漸的增加，搖得更厲害了一點。穿過了狹長的谷地後，前面展開寬廣的平原。青翠的原野連著廣大的海面，而上面蓋著蔚藍的晴空。玉蘭心底裡湧出無限的愉快。高大的木麻黃在微風中搖擺著，水牛緩慢地踱在其間。

她觸景生情，想起兒時的事。那是祖母的生日，她跟母親一同到過這樣幽靜的鄉下，極目盡是青翠的田疇，白鷺在田裡站著，木麻黃被春風搖動，發出像小溪那樣的潺潺細語，水牛頭上插著粗大的彎角，移動著龐大的身體。牛走近來時，她心裡有一點怕，而牛糞的臭味更刺鼻難聞，尾巴一搖蒼蠅就飛散，不久又復聚攏過來。在旁邊走過的時候，年齡和玉蘭相若的男孩子，由牛的後面叱了一聲，用竹枝鞭打了一下，水牛驚慌躍起，由鼻孔中噴出一陣呼氣，同時把頭搖了搖，兩眼瞪起來向著人。玉蘭驚叫了一聲，趕忙靠緊了母親，她想起那件事，心裡震動了一下。這時范漢智向她說：

「玉蘭！妳想什麼？」

「唔！」

口裡哼了一下，她也沒有翻轉頭來，還繼續看車窗外，這時候她丈夫的手輕輕地放在她肩上……她反射的輕輕的把肩膀搖動了一下。雖然是愉快的蜜月旅行，可是總有點孤獨的怎麼也不能滿足之感。那是一個已經獲得後，覺得所得者並非所求的感覺。她再回想起過去快樂的日子。但在那美麗的幻境中像滲入了一點點的哀愁。火車過了好幾個鐵橋到達了新竹。新竹車站被轟炸得很厲害，到現在想起戰禍的可怕，心中尚有餘悸。堅固的鋼骨水泥，只留下殘骸，更加刺激她的疲倦的神經，於是她又想起戰爭中的一連串的事，在宮前町的馬偕醫院的時候，因為馬偕醫院是中立國方面的財產，而且離開一切主要目標很遠，離松山機場也遠，離大家以為可能被轟炸的臺北車站和臺北橋也有相當距離，加之附近有美國領事館，基督教堂高聳的尖塔，一見便分明，她心裡想馬階醫院附近是安全地帶，可是在十月大空襲時第一天就被炸壞了。

那一天天空晴朗，只有大屯山上停著一片白雲。天氣雖然還熱，可是秋天的陽光也沒有炎威了。十字路口的候車亭上和平時一樣數十個人排成一列在等公共汽車。突然空襲警報大響，是一個陰慘的聲響，心卜卜的跳，生死像屠宰場的羔羊，只靜靜的等著命運的安排。那生殺權完全操在駕駛員的手上。不論怎麼樣的善人在他們一念之間就被消滅了。君子、哲人、道德家、慈善家、戰爭享樂者、利慾病者，均無絲毫差別，不經過審問就簡單地被處死刑，而且還是用最慘酷的方法處刑的。

「為什麼上蒼會給他們殺人的權利（按：應為權力，原文如此）呢！」

想到這兒心裡燃起一股怒氣。忽然看見病患們一爬一跌的鑽進防空洞去，不能走路的則由護士揹著或用擔架抬進防空洞。她因想心事遲了一點兒走向防空洞，純金屬的螺旋槳的音響由北方漸漸接近，次一個瞬間格拉曼掠過了頭上。她不自覺地鑽進了防空洞，達達達達，炸裂的音響震耳欲聾，同時滾起濛濛的砂煙，恐怖使得全身顫抖，牙齒也打抖起來，淒厲的吵聲，房子倒塌，地震，炸裂的爆聲交織在一起，她講不出話，只是呆著，不久吵嚷的聲音響起來了。鄰近的防空壕也落了炸彈，有一個連手腳都被炸掉，濃厚的硝煙味吹來。是一種瞬發性殺人彈，犧牲者八人——醫師二人，護士三人，病患三人。病院的玻璃窗全被震壞，破片散在病床上，同時每個護士的臉浮出眼前。沒有血色的臉，被炸彈炸掉了腿，滿身都是血，苦痛地呼吸著，蒼白的嘴唇輕微地震彈著，抬到被炸壞了一半的手術室去治療。沒有麻醉藥只得二三個人抓緊把腿切斷了，那個呻喘的聲音尚留在耳際，那個時候如果是……想起來心中尚有餘悸，能夠由同樣的悲慘命運逃出來，心裡覺得很慶幸。

呀的一聲車門開了，她的幻想被打斷了。有兩三個乘客上車來坐在她後面的座位，車內靜了一下，火車由新竹車站開出。後座乘客所說的話自然而然地進入她的耳朵裡。

「戰爭姑娘真麻煩，像賣不掉的蘿蔔，怕爛掉，所以最近拚命的向阿三阿四推銷強賣起來了。」

「不要酸溜溜的，那也因為本省青年沒有志氣，只有愚昧的感情，無所作為，自尊自大，所以也被年輕的女人揚棄了。年輕的人應該機智些，走到什麼地方總要有三五個女人跟著才是……」

「什麼，太瞧不起人，老子還是海外各地都溜過來的。」

「總是自誇，所以年輕的女人看不上眼的。」

「那不是我們青年的錯，而是因為她們太過於便宜，聽說最近某銀行或某公司記不大清楚了，那裡就有很多的戰爭姑娘滯留著，年齡都二十七八了，都是落花有意之輩。這銀行由上海來了一個超特級的摩登青年，四十六式的西裝筆挺，寬邊的眼鏡，醒目的領帶，玻璃皮帶，金錶，頭髮梳得滑溜光亮，蒼蠅也站不住會滑跌下去，看慣了汙舊的西裝泥鞋的她們，沒有一個不瞠目咋舌。但是講究衣裝的總是不可信靠的，他春風滿面的對向他送媚眼的女性們求婚，到任不滿一個月，已有八個未婚妻，不論他怎樣能幹，連他自己都不知道應該留下哪一個才好。」

玉蘭聽起來，覺得彷彿是向她講的一樣，覺得討厭。不久兩個人放低聲音頻頻私語，再也聽不清楚說什麼了，但有時卻放出刺耳的笑聲，不論怎麼樣想都好像對自己批評似的，不久兩人之中的一個又像故意似的提高嗓喉說：

「聽說南部鄉下有這樣奇怪的事，有一個老密斯因某種機會和祖國來的摩登男士相識。服裝筆挺，女方的父親竟以為是大官。那位男士又大吹其牛，小姐不用說，家人全都著了迷，對那個男士的求婚馬上答應了。二萬元的聘金加上金錶、金手鐲、金戒子等等的厚禮，使鄉下佬受寵若驚。

「親戚等不用說，鄰居們都羨慕得不得了，貪婪一點的都以為此時此地和外省人結緣則像日本領臺時同樣可以成大貴大富。事實上日本侵臺時，替日軍拿皮包的，後來被敘列為勳幾等的也有，所以那個鄉下的老粗們都羨慕也怪不得的，小姐本人也神氣得不得了，儼然像已做太太而嫁過去。但結婚的第二天就發生了問題。問題是這樣的，鉅額的結婚費是股份式的，是四人出資組織的公司家庭。她既不是太太也不是姨太太，完全是……。不要說勳章，一切甜蜜的夢都破滅了。」

那個人說著大聲的笑了起來，跟過去蕙英剛新婚就來自己家玩的時候，爸爸媽媽所說的話，恰好相符合，所以使她特別覺得刺耳。那麼或許這兩個人是知道自己爸爸媽媽的心事，故意挖苦人的吧？她覺得世間真討厭。女子的結婚不結婚，都常受他們說長道短的，不論怎麼樣難受也只好忍受，火車忽然走到開闊的海岸。沖著淺灘的波浪現出白色的光，廣闊的海面，視線所及的地方均是白波。澄清的天空只有二三片白雲飛著。以有限的人生享受無限的新婚旅行的幸福的，不幸遇到愛說多嘴的人，聽到不痛快的話，心裡有一點不痛快。她於是移向前面的座位。

她暫時眺望著海上的風景。悠悠自適的海洋，反映著柔和的春天的陽光，漂浮著微細的漣漪，白帆點點滿孕著輕風向前走。然看著海景忽覺得有些倦意，春宵苦短，新婚的疲勞，尚未回復天就亮了。她想和他每晚盡情的蜜語，但一下子，就十二點，一點二點，所以在火車上搖了三個小時，疲倦使她陷入夢鄉，火車沿著平坦的海岸向南走著。

從好夢中被喚醒時火車將到二水站了。忽然看見窗外風景大變，現出一片南國情調，瀟灑的檳榔樹下有農家，圍著竹林，後面有圓圓的山，全山蓋著綠衣，在其綠色中竹林的淡黃色，特別惹人注目，幽雅地被風搖動著的長枝竹，盡情表示著南國農村的風情，完全是青黃紫的三色版。檳榔樹、香蕉、木瓜等，神氣地點綴於農家的屋前屋後，一直向前展開。好像在欣賞清新畫似的。她觀賞著這幽靜的田園風景好像在吟味詩景，二人因要改乘集集線而在二水下了車。

身穿襤褸的叫化子五六人群集在車站。揹著小孩的婦人，瞎眼的老婆婆，貧血的青年，不論哪個都用哀憐的聲音在求施捨，玉蘭各各給了一點錢。忽然從旁邊有人一句話也不說把手伸到玉蘭的面前。那手看起來完全沒有血色，冷冰得異樣的青白。玉蘭嚇了一跳，無意識的退後了一步，骯髒的婦人無言地瞪著大眼，口裡流著唾液呆立著，她看了更加胸裡難受，慌張地由皮包撿出一點錢丟了給她，馬上離開那裡出到走廊。走廊邊有全身汙垢的小孩在賣花生米。雖沒有什麼，也有點兒討厭。

不久往水裡坑的火車來了，極粗陋的車輛，沒有一等二等的客車，只有三等的，車廂裡好像消費市場一樣，賣東西的小孩走來走去，賣餅乾、白粉、藥、肉粽、花生米等的小孩，在混雜的車廂裡擠著，兜攬生意。每到一個站總有很多的包裹送入車廂來，米、蔬菜、雞等完全沒有限制。濁水站，挑著鴨子的人想由窗口擠入車廂裡，鴨子的叫聲和臭味一同入車內。坐在窗邊的人雖然阻止了他，但他一概不理把鴨籠子由窗口塞了進來，附近的人只好站了起來讓他，繼著鴨販子也從窗口爬了進來，大家都覺得討厭，被弄髒的乘客和鴨販爭吵了一下，但沒有結果也只得由他了，大家都有不屑的神氣，其中的一人挖苦地說：

「光復後家畜的待遇真的提高了，雞呀鴨呀，都可以坐客車了……」

旁邊坐的紳士也接著說：

「豬鴨也完全自由平等了。沒有辦法的。」

說了後大家都笑了起來，玉蘭聽著很不愉快，心裡總覺得他們好像是在批評自己的丈夫，而將過去對日人的感情移向了唐山人似的。光復當時那樣熱狂地歡迎的人們，僅半年不到的時間，那種熱烈的感情不但消失了，反而在他們眼中滿溢著不平不滿的反感，而且對她也同樣帶著一種侮蔑的眼光。

不久賣食物的小孩子四五人成一隊，高聲叫賣肉粽、花生米，向擁擠得沒有立錐之餘的車廂裡硬擠了進來，任人怎麼樣說擠不過了，也只管擠，很多客人次第被擠動了起來，玉蘭也被擠得兩腳浮動起來，好容易才踏到實地時，卻又被不曉得哪一個的腳踩上了，不覺失聲說：

「疼呀！」

反射的把那個男的推了回去。腳上優美的上海皮鞋也弄上了汙泥，這是新婚第一次的災難，她非常的不愉快。忽而有一種感想湧上心頭。我們的同胞到底應該這樣嗎？

她想了這些，不禁有些煩惱起來，火車開始喘著爬山坡。她被擠得一動都不能動，很希望快一點下車，以後再挨受了約半小時才到了水裡坑。那是很混雜的一個小站，有很多面形粗魯的勞動者一般的男人，也在那裡下了車。改搭公路局汽車，夕陽傾西的時候到了日月潭。如果是坐私家汽車出來兜風的話，途中的風景也可以一一欣賞，但在混雜的公路局汽車裡什麼也沒有看見。映入眼幕來的只有兩旁的山和路樹，真是平凡，可是日月潭的風光倒可稱絕景。海拔二千數百尺的山上，由古老時代所留下來的潭水，古色蒼然的，而且青蒼得有點可怕，還帶有神祕的碧綠。廣闊的湖中現出群川的倒影，漣漪一點也沒有，湖面宛如平鏡，上面浮著獨木舟，湖山一色，使人嚮往幾千年的往事。文明的風氣未吹到以前，裸體的男女，攜著杵載歌載舞，坐上獨木舟談情，在月下高歌，在大自然下終其一生。那兒沒有文明的煩惱，沒有利慾病者，也沒有權利慾（按：應為權力慾，原文如此）的狂者，所以也沒有充滿物慾卑鄙的人，不需要競爭，睡在花間、湖上高歌，春來了則在櫻花下醉舞，夏來了則聽著溪流潺潺之聲，秋天則仰望中秋明月而談愛，冬天則欣賞白雪而待春來。她受到這大自然的神祕的感召，而開始戀慕太古時代。她和范漢智手拉著手在湖畔漫步。

蜿蜒的湖堤上鋪裝得很整潔，櫻樹的路樹萌出了幼芽。輕微的春風蕩著酥胸。她忘失了好幾年的青春熱血又一次湧了上來，好像時光倒流到少女時代。樹梢上小鳥在歌唱，她眺望著悠悠的湖水，思憶悠久的往昔，高山族的舞踊，悠揚的杵聲，無憂無慮，無拘無束，也無禮法，也無使人成為奴隸的法律，自由任意的社會真使人嚮往。

她想著想著已到了涵碧樓。涵碧樓是日本房子，都是淨潔的房間，幽靜而寬暢，湖景可一覽無遺，隔著湖的對面水社大山瞭如指掌，白雲飄掛在連山的頂端，映著夕陽現出五色的霞光。完全與平地不同的奇觀，夕陽下，闇得很快。身上頓覺涼意，她決定在這湖山一色的湖畔一宿而恢復疲勞。

山中的太陽出得晚，她因旅行的疲倦熟睡不醒，第二天起來時已九點半了。這裡跟平地不同早上總是清涼的，早餐後她跟范漢智相對著坐在籐椅上，看著湖光。真是靜寂，白雲像絲絹樣的飄浮著有說不出的柔軟。一切的煩雜或噪音都沒有，所以身心都融化到大自然中去了似的，她想永久像這樣坐下去多好，忽然她看見范漢智拿出筆記本在寫，寫完後他又朗誦了一下，然後交給了她。

山外青山湖外湖，白雲深處鏡輪孤。
悠悠日月潭中水，獨木舟浮縱釣徒。

蠻歌杵曲玉玲瓏，秋水潭天一色融。
涵碧樓頭觀日月，群山倒影入湖中。

描寫湖的詩，她雖不能充分瞭解詩意，但范漢智得意極了。高聲朗誦，低聲詠吟，最後不能安靜地坐下去了，竟在房中邊走邊唱起來。就這樣過了一會，他又邀玉蘭去訪水社的高山同胞。

坐上獨木舟，船夫身披蓄布，邊划邊唱，在悠悠的山中，淼淼的巨泊，在這古色蒼蒼然歷久不變的水上泛舟，實在也是快人心懷的。她完全被這裡的風景迷住了，尤其是目睹這深藍色的水，有一種神祕感沁入身心。獨木舟在湖面上靜靜的滑過去，深有幾十丈，那種深邃的蒼色，予人比海更深的感覺，她好像重新感到蜜月旅行的快樂，如果只女人一人，雖有錢也不容易上到這裡，就算來了也必定不能有這種悠揚靜致。

「男人到底是可靠的。」

她這樣想。

獨木舟悠悠推起漣漪前進。她只顧貪看湖中的景色，不覺已到了水社。那裡是緊接湖水的一個小村落，蕃社的色彩已褪了大半，原始的色彩中已滲入了近代文明的氣味，太古自然的神祕被頑劣的人為所侵蝕，覺得有點兒可惜，可是她觀賞了化蕃的舞踊，聽著杵聲，神魂好像被誘入山中幽邃的境地，遠離現實，神遊在幽玄的幻境漫舞。大自然的幽奧化為杵聲奏出美妙的節拍，跟著輕鬆的旋律，蕃歌進入合唱，飄出甘美的清韻，劃破了深山的靜寂，她恍惚地陶醉於那個玄妙的世界。在這大自然中忘去了自我，也忘去了丈夫的存在，馳幽思於萬古，驅想像於大千，心中好像體會了都市中嚐不到的，在純樸中微笑的自然的真價。

次日快晴，下了山一直轉向臺南，在臺南她訪了鄭成功廟，憑弔了五妃墓，參觀了赤嵌樓，到處都有三百年前荷蘭人來到蠻烟瘴霧之地，奠定了都城，和鄭成功繼其後而鞏固了開拓基礎的古蹟。以這蒼然的古蹟為背景，日人所植的合歡樹看起來特別優雅，她雖然還不知道合歡樹下南國惱人的春，已頗有一些感傷味道了，但因交通還沒恢復，所以只好不去安平而向高雄出發。

高雄還滿目荒涼，展現出戰禍悽慘的地獄圖卷，鋼筋混泥土的殘骸滿街滿市，她夢中也沒想到，花了五十年的努力建成的近代都市，竟然被破壞到這個地步。州廳、市公所等幾幢大廈都傾倒著。看了這，她不禁叫道：唉！蒼天哪！為什麼要給人類智識呢？她不能不怨天，同時也禁不住流下一掬憐憫的眼淚，這兒曾經是日本帝國主義的南方基地，集科學的精華，進行近代化，然而沒有一點效果，如今已和日本帝國的野心同歸於烏有，看起來真是驚心怵目。

啊！高雄呀，高雄！
自有歷史以來，
你應當自自然然地成長，
自自然然地衰老的。
卑鄙的人類呀！
為了他們貪婪的慾望，
使你化為爭鬥的場地，
用血和肉改變你的天生麗姿，
唉！幾十萬的同胞為此
流淚痛哭。

她看見哭倦了的同胞們，還在喘氣掙扎的樣子覺得悲痛。市內不論到什麼地方，戰爭的慘跡都嚴重地刺激神經，所看到的都是荒涼一片，斷磚殘瓦散滿一地，在陽光下閃閃地發亮，鋼骨混泥土的殘骸橫躺著，彈坑成為大池子，積著黝黑的水，無數的孑孓在那裡鑽動，看到這些，她不免為戰爭的殘酷而戰慄。她在市中逛來逛去，不久心身都疲倦極了，於是她想著使疲倦的神經得到休息走向壽山。壽山也失去過去的面貌任憑野草長著，可是山上的眺望還是不錯，港內有多艘被炸毀的船觸了礁，半個船身淹在水裡的，只有檣桅露出水面的，將倒未倒的等等。她再遠望凝視紅毛港的岬端，由巴士海峽湧來的波濤打在海岸，濺起白色的水花再折了回去，再和廣闊的綠波相接漂向遠海而去，柔軟的微波與青空成為一道白線，遙遠的海洋當中海輪悠悠地向前移動，她的心跟著這廣闊的綠波開朗，久看不厭。突然范漢智說：

「玉蘭，沒有多大意思，回去吧。」

說著溫柔地促她回去，她察覺到丈夫的心意，雖有點兒不高興，但也只得依從，下了山走向歸途。

八

戀愛有酸乳的味道，蜜月旅行則有橙子的味道。玉蘭在蜜月旅行中嚐到了橙子的味道。在輕微的酸味和恰到好處的甜味中過了好幾天。這對她是一個難忘的旅行，可是天天坐火車或走路的旅行，總是很使人疲倦的，所謂新婚燕爾，她在旅行回來後也盡量的遊玩行樂。

不久就夏天來了，她或者因新婚旅行有點兒疲倦吧！有一天她丈夫上班後，鋪好被蓋躺著休息，她想在羽毛被窩裡好好的睡一個夠，是一個寧靜的早上，可是她沒有睡著，在柔軟的被窩裡，各種各樣的事都泛現在眼簾裡，她如醉如狂地追憶著新婚的幻影，忘記了一切地追憶，彷彿追到了。可是無論如何在追求的時候才是又快樂又煩惱的，但是已經追求到的，跟追求不到比起來，好像差得很遠，所以又有一種不能滿足的感覺，不，雖是同一隻鳥，牠在籠中時總沒有優游自在地在空中飛翔的時候美。她經常體會到這種矛盾，她在女學生時代，有位朋友家裡插的花感到非常可愛，便要了回來擺在自己家裡的客廳，不到半天生厭而還給人家了。不只這次，她從孩提時候就非常想要傍晚鳴叫的吉了兒（按：知了），可是一旦到了手就覺得索然，而把牠踩死了。夏天黃昏漸涼時，晚霞映紅了天空，吉了兒在樹上用牠餘韻很長的美音震破了傍晚薄暗的寧靜，好像是在求伴侶而訴心曲似的，情意切切好不纏綿，跟著停在另一樹枝的吉了兒好像響應似的傾訴心中的惱人。心事，那種甜蜜的旋律沁入傍晚的薄暗顯出無限的美豔。一方停下了，另一方立刻繼續鳴奏，恰似人類喁喁情話，比起甜蜜的私語更惱殺人，她聽著不禁想把牠抓住。那是念女中一年級時候的事，暑假裡和朋友一同用黏糊抓著了吉了兒，可是牠怎樣也不肯唱出像樹上那樣美妙的聲音，只管吱吱叫著使人厭恨，怎樣撩牠也總是那樣，愈撩愈吵，終於一氣把牠丟下用腳踏死了。這些過去的事自然地浮現眼前。真的，夏天到了，忽而看見院子裡的樹木，現出濃厚的蔥綠色，今年到什麼地方去欣賞吉了兒的美音呢？但是想不出適當的地方。

女傭人好像出去了。房子裡沒有一點聲音，她靜靜的起了床，充滿日本情調的傢俱、衣櫥、鏡臺和掛在床間（日本客廳擺裝飾掛畫幅的地方）的畫都是原封不動，由日人接收過來的。這些東西和新建的檜木房間相陪襯，很合她的趣味。細想起來，丈夫居然能夠毫不費力地把這樣富麗堂皇的日產接收過來，真使她吃驚，特別是這個因接收問題而糾紛迭起的時候，他竟能接收過來許多日產，她不由不感佩萬分。據丈夫說日本人最溫順，叫他把衣櫥留下就把衣櫥留了下來，說鏡臺給我，也就無條件的放下了鏡臺，以前像狼一樣的威風完全變為羊一樣的溫順。她聽了覺得很奇怪，日本人怎麼會對外省人這樣溫順呢？由過去的態度來推想是萬萬想不到的事，而且自己的丈夫為什麼白要人家的東西呢？這樣想著她對丈夫的無恥覺得很討厭，對著擺在那裡的飾物頓覺卑鄙難堪，比這些更難堪的是把皮鞋都拿上「床間」放。不單這樣，有時候他竟忘記脫鞋子，像雞一樣走上來，這一切使她覺得他是個完全沒有教養的老粗。因為她一個人呆在空曠的房子裡，所以這一類事也就容易湧上腦子裡，宛似蠶吐絲一樣，接二連三的湧了上來，這使她心裡不安。她在這樣煩躁的時候，范漢智回來了。

范照例邀她到外面去吃飯。由於玉蘭還沒有把剛才的感情摔掉，因此心裡雖不太想去，但留在家空虛的心愈發沒法填滿，也就一同出去了。她和范漢智坐上出租汽車到了中山路的酒家，那個酒家是光復後上海人新開的。上海小姐，時髦的青年擠滿一堂，在大吃大嚼。范接過跑堂拿來的菜單，跟玉蘭商量叫什麼菜，但玉蘭對中國菜是一竅不通，范只好一一說明，碰上她合意的就叫了。不一會兒桌上便擺滿了山珍海味，一盤盤一碗碗，都是珍饈異饌，可是她只吃了兩三盤的菜就飽了，然而范卻狼吞虎嚥著，饕餮貪饞使人吃驚。到底中國菜是譽滿乾坤的，真使她歡賞。不久兩人出了酒家慢慢走，日本的敗戰馬上影響到天真無邪的小孩，很多小學生可憐地在馬路上賣香菸。一看見買客就急急上前纏著叫賣。

「先生，買一包香菸。」

那叫賣的聲音刺入心腑，流露出生活的困苦，聽著使人悲傷。她由城內轉到佐久間町（南門），很多日人在馬路邊擺地攤賣傢俱及其他零碎物品，以幾十年間的汗水積起來的家財、家寶等他們平時愛好的東西，一旦遇上戰敗的命運，好像一點也不值得珍視了。他們那種心境是不難想見的，能不禁一掬同情之淚？啊！戰禍這樣波及無辜之輩，不論是非戰論者或是反戰論者，都一同罹難，遭池魚之禍，她這樣想著。

忽而看見每一個日人臉色都是淒涼的。不但如此，只短短幾個月間就完全落魄憔悴的面容，令人一驚。白嫩的女孩子、年輕的太太、女性智識分子、主婦等在馬路邊鋪下蓆子在賣家財什器，雅致的茶櫥、長火盆、南部鐵罐子等不用說，弘法的字，大觀的畫都一一落入利慾病者的手裡去。日人看著這種狀況雖壓制著不能忍的感情，但眼睛裡面含著悲慘的淚和說不盡的憤怒，旁邊的小孩看著自己的玩具被人買去時臉上現出紅潮。夏天的烈日照射著地面，在沒有蔭影的路旁，日人的女孩被太陽曬黑了。停戰以來尚未經過多少時間，可是不論哪一個日人都像老了十年似地使她感到不可思議。

范漢智一看見賤賣的就盡量的買，同樣的東西買了兩三件的也有，她想不論怎麼樣喜歡的東西也不必買這樣多。可是范漢智則有范漢智的意見，他知道貨幣貶值是必然的，需快把現金換為物資，完全露出商人利慾昏心的劣根性，所以她覺得非常厭惡。天天在這樣的地方漁獵賤賣品的丈夫不論怎麼看也不像是紳士。只知追求物慾，真是卑鄙。她忽然覺得每個人都在乘別人的困苦的時候搜刮人家的東西。人總是利慾薰心的，戰爭也是因此發生的。所以天天在這個地方局促不安，不如到公園或植物園坐在長椅上漫談人生較為有意義。雖是這樣，但……。這樣往回想著，忽然憶起以前一個皎潔月光照耀大地，在家中呆（按：應為待，原文如此）不下去的晚上。她主動邀范漢智同遊川端，堤下新店溪靜靜地流著，在青色的月光下，前面的群山在夜晚的靜寂中朦朧可見。她被清涼的晚風吹著烘熱的面頰，想繼續這樣的散步下去，但是范則對此一點興趣也沒有，口口聲聲說這樣太寂寞，一刻也不願多呆下去，她沒有辦法，只好一同回家。范反而對鬧區的西門市場，或榮町非常喜歡，每天百跑不厭。而且對商店的櫥窗特別注意。看見新的貨品或珍奇的貨品一定要問問價錢，丈夫的興趣是和商業有關聯的，和她追求理想的人生觀完全是兩樣的。所以她看見丈夫這樣漁獵日人賤賣的物品覺得厭惡，而且成為苦痛。

「好了，回家了吧！買這麼多，連擺的地方也沒有了哇。」

「便宜便宜，這個壺子很好。」

說著又買了。玉蘭對丈夫的物慾厭煩透了。同樣的壺子已買了六個。同樣的花瓶有一個就夠了。擺三四個在一起反而有損美觀的。那是不合常識的。所以她開始覺得有東西的煩惱。第一沒有擺的地方。她焦急地嚷著要回家，范漢智沒有辦法地覺察到她的情緒，才離開了那個地方。

二人由佐久間町彎向兒玉町，在轉彎的地方范偶然遇上了舊友，是一位中年的時髦紳士，范馬上給她介紹了。說是以前的同窗同學。三人並肩走了一下，離千歲町不遠處有一個水果攤，擺著很多黃金色美味的香蕉。那位男士看見香蕉就想要買，選了其中最好的一托叫攤販秤，攤販把香蕉放在自動秤上秤了一下說是兩斤。但是那位男士怎麼樣說都不信，頻頻叫攤販再秤。攤販雖覺得無聊只得再放上去秤了一下，但那也不能使那位首肯，還叫他再秤。攤販現出詫異的表情，不耐煩地再把那托香蕉放在自動秤上，用手指指秤上的針說明給他聽。那位男士才得到了解答似的，好像珍奇似地凝視著自動秤，好一會不知道想著什麼？把帽子脫下來放在秤上秤了一秤，看見指針在轉動覺得奇異，再把口袋裡面的錢袋拿出來秤了一下，它好像更使他覺得特別有興趣，再把手錶取下來秤了一下，再把眼鏡取下來秤。最後由丹田裡哼出了一句。

「很好，很好，這個秤我不曾看過。」

他要求攤販把那個自動秤賣給他。玉蘭看見這種奇突的怪狀，話都說不出口來。而且照范所說他是一位體面的紳士，現在是某機關的科長。她不禁覺得對明日的臺灣感到一抹暗影，直到現在世間的傳謠，不完全是無根的。不久以前女學校時的二三同學來到她的家時也說了這樣的話。

「玉蘭，妳的先生頭一次看見自來水，有沒有嚇了一跳？」

「沒有啊，為什麼？」

「可是唐山人看見從牆壁裡有水流出來，都是奇異得不得了呀？」

「哪裡有這樣的事？」

「但是，住在我家附近的由內地來的年輕的科長，看見自來水流出來，就大聲的嚷說牆壁裡有水出來。」

「唉呀，奇怪！是誰說的嘛！」

「科長家燒飯的說的。」

用不屑似的神氣答著。繼著又有一個友人說：

「玉蘭還有更好笑的呢，把鞋子特別擺在『床間』，人倒睡在『押入』（儲藏櫥）裡面，真是好笑極了。」

她們帶嘲地說著。玉蘭心裡也想得到的一齣兩齣這種情景，這一來話更進展而成了個唐山人的品評會，另一面卻又像是在嘲弄玉蘭似的，因為是同學，一點顧忌都沒有。一齊向著玉蘭把世間所傳的批評搬了出來。某工業學校的校長接收了學校時，學生把附屬於學校的工廠機器開給他看，大馬達開動發出隆隆的聲響，那位校長老爺嚇得一跳，退後兩三步，全身抖著說「很好很好，東洋第一」，那校長嚇破了膽的樣子使大家笑了一陣，這個故事說完之後，各人均爭先恐後似的說：

「我聽到過這樣的事，高等學校的某老師說是留德的，得意地介紹世界最新的數學，可是完全是臺灣的中等學校已經學過的，所以學生們都目瞪口呆。」

「那還好！我們公司裡有一個說是日本大學的畢業生，但他呀，一句日本話也不會說。」

「那是咖啡館的留學生呀。」

這樣大家都高聲地談笑著。還有某高級訓練班的老師講完財政學的講義後，很神氣的問大家如果有不明白的地方可以問，某青年站起問臺灣的財政情形，他一點都沒有辦法解答，第二天這位老師就再也沒有來上課了。又有某國民學校的女教師在校內邊走邊吃東西，成為有名的人物。

某紳士家裡，某某人穿著沾滿泥漿的皮鞋上去塌塌米（**按：應為榻榻米，原文如此**）。這一類傳聞，她的女友像流水似的介紹給她。最後又介紹說某技師在茶農座談會席上對茶農說，以後不要種烏龍茶，應該多種紅茶，使在座的茶農們，差一點把牙齒笑掉了。那時候同學們的笑料現在一一想起來，不但牢牢地存在於記憶裡，而且還使她心裡面有很大的感觸。戀愛的時候一切都被美化著，缺點也被美麗的戀愛的五彩虹遮蔽著。玉蘭也是這樣。在戀愛的期間忽視了對范的瞭解，只拚命的追逐美麗的幻影，失去了觀察的餘裕。每天只希望相會，見到了就興奮，當然只有讓感情牽著鼻子往前走，不用說不能冷靜地從旁觀看，也不能退一步想。一切匆匆忙忙的，也給單純化了，自然也就不再發生疑問。在這期間玉蘭是幸福的，可是結婚有如人生的鬧鐘，玉蘭一結婚心中就有了餘裕，對各樣的事也有感覺了。尤其是丈夫上班以後沒有事做，空虛的心只有想各種的事。沒有講話的對手，也沒有事做，無聊的苦楚也就來得特別厲害。於是她慢慢的感覺到戀愛的疲倦。沒有什麼可追的了，美麗的夢的彩虹跟結婚同時消失，代之而起的是懊惱的現實慢慢的抬起領（**按：應為頭，原文如此**）來了。戀情是愛情的鬥爭，而結婚則是愛的桎梏。她能在愛的桎梏中安靜下去就好了，但是又感覺有某一種不滿不足，稍不經意就會有想要脫出桎梏的衝動。

九

做夢一樣的過了幾個月。這其間，光復當初的感情漸漸從世間消褪了。照理對祖國的憧憬，對外省人的親愛應該是日漸加深的，可是事實卻正好向相反的方向走！不滿的聲息日見囂張，到處都充滿著對立的感情。玉蘭完全蒙在鼓裡一點也不知道。

有一天晚上。舞罷將回，讓夜晚的涼風吹散在舞場裡所受的悶熱，由榮町轉向本町回家之路。夜太晚了吧，人力車的影子也看不見，她無可奈何地和范拉著手慢慢的走著。和白晝不同，兩旁的建築物感覺得特別高。響亮的皮鞋聲衝破了深谷似的靜寂。一轉彎就聽見賣肉粽的切切的哀音，年齡大約九歲或十歲的小學生提著鐵桶走來，夜這麼深了還赤著雙足奔忙著，玉蘭覺得可憐，想把剩下的全買下來。看一看鐵桶裡頭只剩下了三個，她正在考慮買呢，還是不買的當口，後頭范的制止聲傳了過來：

「那樣的東西買來做什麼！」

粗魯地指責著，小孩子被他的語氣嚇了一跳，慌忙走開了。不久在後頭用狂亂的聲調高聲唱著。

「吃飽了打鼾，睡了打鼾，阿山，阿山！」

那種瘋狂的歌聲在兩旁的牆壁上起了回音衝破了深夜的靜寂。她聽著不覺心裡一怔。好像挨了自己的稚氣未脫的小弟弟的責罵似的。可是范漢智則不理會似的毫無感覺，依然傲慢地走著，她耳朵很久很久還有「肉粽，肉粽。」的哀響，赤足不好看的小學生的形影再三的出現眼簾來。跟舞場中歌舞，或在酒家胡鬧的朋友們對比一下，不能不覺得有某一種的矛盾存著。忽而看見街上的路燈寂寞地閃耀著。附近一帶深沉地浸沒在夜晚的靜寂裡。

第二天。她為排遣無聊帶著女傭人出去買東西，新做的旗袍也許是太長了一點，也可能是沒穿慣的關係，好像老纏住腳不好走路。商店的商品增加了很多，戰爭中看不到影子的東西也陳列在櫥窗裡。好久沒有到過菜市了。菜市裡外省人代替了以往的日人，漫散地走著。她別無所要的東西，只叫女傭人買了點青菜。出了菜市，碰見二三個的學生，擦肩而過的時候，開玩笑似地說著：

「如果要錢最好做姨太太，睡著打鼾，吃飽了打鼾，打牌，吃飯，看戲，很好，很好。」

玉蘭不想聽這種話。可是聽了好像是嘲笑似的，雖是學生，嘴巴可真尖利。同時像是對她的婚姻交織著反感和嫉妒似的。她這樣想：結婚是愛的結晶，愛是沒有國境的，不論是阿爾卑斯山或崑崙山也要跨越過去。可是世間還是受舊傳統的禍害，不喜歡新的東西。剛才學生的話還留在耳中「要錢就做姨太太……」那種嘲笑的語言，使她心中現出無限的氣惱。反過來想想家裡的事，最近商人的出入大為增加，輪流找丈夫偷偷的私語。那是使她覺得討厭的。

那天晚上，范帶著酒氣很晚才回來，臉紅紅的，酒氣熏人，較平常顯得愛講話，盡量的搖動不靈活的舌根說：

「玉蘭，世間是商場和戲臺，會動腦筋的，就發達。口口聲聲雖說愛國或忠義，那也是為的是飯碗。攻訐官吏不好的是自己想做官而做不到的人，攻擊貪汙的多是貪官汙吏的蛋兒。總之世間全部是矛盾。五四運動時的志士中也有人變為貪官汙吏。革命志士中也有人會做錯。如果孔子今天還在的話，恐怕也會受到貪汙的罪。基督耶穌也恐怕會是戰犯。因為我們孔子儒家的後代在全世界裡有最多的貪官。基督的信徒在世界上是武器製造的第一流的凶手哇！玉蘭，臺灣真是好地方，由重慶只穿一領西裝來，不久就可以做百萬富翁，或千萬長者，真好。」

范漢智把平時所想的一股氣說了出來。玉蘭覺得沒有意思，還想起過去范所說的「忠孝節義須帶三分蠢氣」，不覺心中黯然。而且對范的沒有國家觀念吃了一驚，玉蘭感覺到范把一切看作買賣的態度和自己之間思想上有相當的距離，好像擺不掉似的有點兒矛盾存在。范漢智接著蹣跚地想進入裡面的房子，突然皮包掉了下來，五六顆圖章散亂一地，玉蘭撿起來一看，完全不是范漢智而全是商店的。她覺得奇怪，但也沒有進一步想。當她要把掉了的圖章放進皮包裡去的時候，看見皮包裡全是圖章。怎麼會有這樣多的圖章，她不由一怔，問她的丈夫，范漢智只踣踉地邊走邊由嘴裡哼出「唔！唔！」的聲音：「那個嗎？那是做官的人的法寶。沒有那個妳就不能坐汽車的呀！」

他浮起自嘲似的笑回答。玉蘭不大能瞭解。她更追問了一番，可是范終究沒有說出底細來。可是她朦朧的察覺到：丈夫在做著不正當的勾當。范一躺在床上就發出鼾聲睡著了。但她不知怎麼的想來想去，過去的一切事都顯現了上來。愈想頭腦愈清醒，總是睡不著。夜愈深，范的鼾聲也更響了。

她忽然想起蜜月旅行的事。

確實在嘉義車站，穿著筆挺西裝的上海氣派的男人，拿著皮箱上車來。那個男人穿著皮鞋踏上座席，把皮箱放進網架上，座席上留下了鮮明的足印。他拿出紙來左抹右抹了一陣才坐下去。

可是火車到了臺南站，他又穿著皮鞋踏上椅子把皮箱拿了下來，讓一雙鞋印留在椅上就走了。

那一雙鞋印真是把數千年來的歷史照演了一次似的，像是抹也抹不清，刺激她的神經。

其次是在彰化附近的查票。坐在玉蘭前面的男人看見檢查員馬上逃跑到三等車去，檢查完了後又走到二等車來坐，他沒皮沒臉的態度真使她目瞪口呆，連話都說不出來。可是那個男人自上車以來不斷地買零食吃，簡單的概算一下，已經超過票價的幾倍。

她想起種種的事覺得其中隱藏著時代的憂鬱。自己的丈夫只靠他那模仿外國人的教養是遮不住的，她總覺得他也有著同樣的殘滓存在著。而且結婚以來的回憶一一都刺著她的神經，使她困惑起來。剛剛還想丈夫是優秀的男人而懷有敬意的，為什麼會看他是優秀的男人呢？不論怎麼樣把回憶的思線抽拉出來也不能明白。好像沒有教養，野鄙，以沒有一點好處的丈夫的姿態很明顯地浮現出來。

她在做護士的時候，曾經有日本醫師向她求婚。他很愛她，她也不是對他沒有意，又年輕又漂亮又有教養，而且又是醫學博士，將來當大學教授是有希望的。但是不曉得怎麼她的愛情被自己潛意識的某一種東西阻礙著沒有發展。現在想起來那個男人較現在的丈夫絕不會差，也許還優秀得多。然而……到這兒，為什麼自己會思慕現在的丈夫，她真是百思不解。她忽然想起光復當時的心情，祖國！唉。那是較自己父母還更親的話。她想出了是那個感情凝結起來成為對丈夫的憧憬的。唉！自己到底也是……。

一〇

夏天的炎暑漸漸地失去了嚴威。同時天空也愈加晴朗，大屯山也沁上了秋天的色彩，更加秀麗。她終於由新婚的陶醉清醒過來了。

「經過體會後，便知男人並不是怎麼了不起的，寧可以說不知道的時候才有意思。」

她覺得怪無聊的，不由得又懷戀少女時代起來了。也不是生活上有什麼不安，但是總覺得有點兒神不守舍，又有一種不滿之感。范則睡著的時候也想錢，醒來也想錢，有一種超過需要的愛錢的癖性。在她看起來甚至於想到他是為著錢而生下來的。陶醉於婚約或新婚的時期還不怎麼覺得這樣。等到陶醉緊張的心情鬆弛下來就覺得市儈俗氣，完全沒有紳士的風度，甚至於覺得是卑鄙齷齪。尤其范的趣味不外是打牌、吃館子、看戲等一類，都是滿足低俗的感覺的。這和她的甜美的人生觀，實在距離太遠了。此外對事物的看法，也常常造成了不可彌補的深溝。於是她不知從何時開始對逛戲院舞廳酒家再也不覺得興趣了。她寧願坐在家裡安靜地插插花，或聽聽高尚的唱片，或者和丈夫一起在幽靜的地方散散步，可是范先生對這總提不起興趣，雖然唱片響出高尚的音樂，但范不解美妙，散步也同樣不堪幽靜的寂寞，他還是他，喜歡鑼鼓喧天聲音嘈雜的地方。

因為這些原因，不知不覺中范已露出了原來的面目，只懂得弄錢，玉蘭也和從前一樣一直不能踏入現實，只描寫著甜美的理想，追求著幻想過日子。於是她再把國家社會的事一一描進她的生活裡來。好久沒有好好看的報紙，也拿起來注意地看了一下。社會正在熱烈地檢舉貪汙，看見那一種報導，玉蘭心裡受著說不出的心情侵襲。

有一天早上，蕙英突然來訪。臉色蒼白，好像不同尋常的樣子。蕙英和上海人結婚以後不大來訪的，所以她們好久不見了。一見面因為是同學，又是舊知，覺得有說不出的親密。可是蕙英一看見玉蘭尚未敘久闊的寒暄就嗚咽起來說：

「玉蘭姐，我好難過，先生被檢舉了。」

「怎麼啦！」

蕙英長嘆了一下後，把事件的大概說給她聽。事情倒挺複雜，玉蘭雖然不大瞭解，好像是受賄了人家的錢。總之似乎就是貪汙了。可是這個時候對朋友應該怎麼樣安慰，玉蘭實在想不出適當的話，說了後蕙英嘴唇抽搐著說沒有臉見人，就伏在玉蘭膝上泣不成聲了。玉蘭像親切的姐姐，摸撫著蕙英的背用同情的口吻說。「蕙英妹，沒有法子，那是命運呀。」

這樣說著安慰她。蕙英伏在玉蘭膝上繼續抽噎著。

不久停止哭了就指著肚皮說：

「玉蘭姐，我真悔恨，有了這個東西。」

說著手抱一抱便便的肚皮給她看已有五六個月大了。繼而又自嘲地說：

「妳說啊，我怎麼能夠替貪官汙吏生孩子呢？」

說著又哭了起來。玉蘭不單沒有話可安慰她，反而一同哭了起來。蕙英走了後，玉蘭的心情更加黯淡。好像感覺到今天的雖然是人家的事，恐怕將來就是自己的事，看一看圍繞在范周圍的人們，不能不使她有這種憂慮。二三個月前由上海來了范的二位友人。是穿得很漂亮的紳士，看來像是智識階級，可是行動卻和商人一模一樣，頻頻和范不曉得策劃什麼事，大概是賺錢的事。玉蘭最初也不大注意，自蕙英的先生的事以來，好壞總要注意一下了。其後這兩個人好久都沒有出現。有一天晚上，二人又來訪，在別室偷偷地在說話，看見玉蘭馬上停下來不講了。玉蘭故意裝作不知情，照常談了一下社會的事，其後假裝回去自己的房間，偷偷的再回來偷聽。

「科長，真正危險極了。無論如何日本的警戒真嚴密，沒有辦法只好利用相反手段，直闖關門而吃上停船命令，真是山窮水盡萬事休矣，忽而不曉得高鼻子怎樣想法，舉起手來發出放行的命令。好像在地獄遇到佛祖，完全是奇蹟，將到高雄附近的S港時又被巡邏船發見了。進退維谷，拚命的逃，可是追兵更快。那時候，像是由天降下來或海裡湧出來的，有三隻竹筏漂在海岸。大家都以為是天助，迅速地把貨物卸在竹筏上，逃上了岸。那裡是貧困的漁村，秋風蕭蕭地吹，一望無際，芒花被風吹動著，只有簡陋的漁家。雖覺得不安，也只好把貨先寄在漁家。因交通不便步行了兩天才到了一個小鄉鎮。在那裡僱了輛卡車，苦心慘澹地才到達K鎮。可是運氣真不好，緊要的船被扣了，因沒有通行證明只好和他們交涉，可是開價真狠，一開口就要三百萬，所以沒有辦法了。」

以後又放低了聲音在細語的樣子。不久好像報告已經完了，再回復了晚間的靜寂。什麼也聽不見了。她想到恐怕是客人要回去的時候了，所以偷偷地走回自己的房間裡。把所聽到的話前後綜合看好像是走私，但實在的情形還是完全不明白。她在客人回去後向丈夫質問了一下，可是范漢智一點也不告訴她，她覺得寂寞，比丈夫的祕密主義更甚的是沒有得到丈夫的信賴，這更使她擔心。夫婦之間尚有祕密，其矛盾使她茫然自失。她想男人都是騙子，女人總是被騙的。這樣想著她心裡有某種憎恨感徐徐地抬起頭來了。她深切地感到，生為女人身的無意義。

第二天她有說不出的憂悶，范漢智上班後，焦急的感情漲滿了她的胸懷。不論做什麼事總心煩難受，被一切的人丟棄了似的，刻骨的寂寞頻頻襲來。她胸口悶得不能安靜的時候，剛好蕙英來訪。

蕙英的丈夫被檢舉的第二天，房子也被人家強占了。用暴力取到的日產房子終於也被暴力搶走。她沒有辦法只好回到娘家，因不能遣散胸中的苦痛，所以想藉看看朋友來舒散心中的悶氣。她們兩人互訴心中的苦痛而同流眼淚。為著忘去一切的苦惱，兩人一同到外面去散心。盡量的避去熱鬧的市區到了圓山。中山北路非常閒散，並沒有碰到熟人。兩人在中山橋邊站了一會兒，眺望著劍潭。青青的水悠悠地流著。小舟受著風吹而搖動。玉蘭想起在日月潭泛舟遊覽的往事，不免追憶過去的美夢起來。兩人看了一會兒潭景，不久蕙英要去動物園，橫豎也沒有什麼目的，玉蘭被邀著就一同進了動物園。

不是星期天，所以逛園的人也很少。只有幾個未上小學的小孩子及市民。園內秋景漸濃，頗為寂靜，兩人循著遊覽的路途緩緩前進，都沒有興趣逗弄動物玩。不久兩人到了大象前面，瘦瘦的大象擺動著巨大的身體，彷彿在向遊客諂媚著。玉蘭不加思索就近前去看，大象舉起細眼搖動著長鼻，鼻捲起小孩們丟去給牠的餅乾細嚼。真討人喜歡。小孩們歡天喜地的嚷著，大人們也高興起來丟果物給牠。大象更加得意地演出媚態討人的歡心。看起來真像人。玉蘭不覺一怔。大象為要得到一片之食擺出媚態。出賣媚態而求人喜歡。唉呀，女人也和大象一樣嗎？在「家庭」的鳥籠裡，不過給一個男人觀賞而已。這樣想著心裡就現出厭惡之感。大象繼續忙著搖動，細瞇著眼睛討好遊人。玉蘭急劇地感到卑鄙不堪，像逃走似離開那裡，走向斜坡，走上圓平的小山坐在路邊的木椅上。蕙英或者因為太累了，坐在木椅上一句話也不講。玉蘭也只是看看前方的遠景。

遠景真好。基隆河繞著綠田徐緩地流。稻田青青，綠波盪漾。觀音山優美地站在綠波的盡端。平緩的嶺脊向兩側傾斜。觀音山的那邊出現新婚當時的蜃樓。如果丈夫高昇則幾年後自己也可以和國府要人的太太為伍去賞紫金山的花。可是那恐怕是縹渺的幻夢。玉蘭對這久觀不厭的秋色想長久地徘徊在那裡。同時又想起如果自己的丈夫跟蕙英的丈夫一樣，那怎麼辦？心中擔憂起來。忽而看見蕙英的便便大腹，心裡有一點兒怪異意念掠過。那是貪官汙吏的腹兒嗎？想起蕙英所說的話不覺一怔。可是蕙英的丈夫是參加過北伐的勇士。是那樣，但……唉呀！自己腹中也有同樣的東西在蠢動。那是什麼呢？或者是……這樣想到全身的汗毛也倒豎起來。同時心焦萬分，湧上來的焦慮使她坐立不安。翠綠宜人的景色忽而成為黯淡的光景，氣急敗壞地忘了一切，一口氣跑下了河堤，連蕙英也給忘記了。

一一

范漢智在愛情發生倦怠時不久就現出了原形。接收工作雜亂，到處都有漏洞，到處都有著可以賺錢的機會。如果失去這個機會，便不會再來了，這樣想起來他坐臥也不安。此際再撈一下就可以去香港，那裡是安全地帶，文化水準也高，玩的地方也多。不一定要在臺灣的小天地裡擠。悠閒地住在國際都市裡，帶著玉蘭玩也不錯，這樣想起來他感覺到躍躍欲試的衝動。他一再想：糖的走私雖然有利可圖，可是大量走私卻較為困難，而且大家都注意這一個，不能大撈一筆。不知道有沒有幹起來神不知鬼不曉，而又能一攫千金的玩意兒？接收資財也不錯，可是那方面沒有熟人難以下手。索性找個容易入手的最好，不論怎樣講，最容易最有效的是用自己包裹藏著的五十幾個圖章。但那也因預算有限不能大大的撈。無論如何要大成功一定要有大願望。想一百只得五十，一千只得五百，一萬也不過五千。男子漢最小數也要上億才夠。那麼要做什麼呢？糖、鹽、茶、水果不論哪一個也不能滿意。最初以為臺灣是寶島，混了一場，才知是一塊意料不到的不毛之地，只能賺小錢。跑這樣遠路到這裡來真是不值得。總而言之，抱大志者必多失望。可是臺灣也一定有臺灣的價值的。一定還有什麼不為人所知的。他這樣想到就益費心力的去思索。兵法云：知己知彼百戰百勝。要之，原因在他不知臺灣，那就是說人地生疏為主要原因，無論如何總該和本地人勾結，否則的話，入了寶山也只有空手而返。對，最好是利用本地人。

他這樣想著心中會心的笑了起來。對自己的一直到現在還沒想到這一點的迂腐有點兒好笑起來。既然是這樣，和本地人聯絡比什麼路線都來得快捷，過去和本省人雖然來往但沒有積極的加以利用是一個最大錯誤。對！最近常來申請各種批准的錢大鼻，且跟他連繫一下先給他賺一批看看。

他心中這樣決定了。

有一天，錢笑嘻嘻的走前來。

「老錢有什麼事呀？」

「是，有一點兒……」

好像是有什麼事說不出口的樣子。過了一下低聲的說：

「科長！我們到什麼地方去坐一下好吧？」

好像有所要求似的說著臉上現出逢迎的笑。范漢智心裡想：

「機會到了。」

心中會意，馬上就答應了他的邀請。

不久兩人就進入新起町的酒家寬懷暢飲，酒酣後，錢說出他的心事。

「日治時代兄弟是御用商人，尤其到中日戰爭時物資統制後才賺了錢。和一個日軍認識，那個軍人不論什麼事都很關照所以很好，各種配給品不用說，不配給的物資也可以特別承購，收買軍隊所要的物品繳納，在那個時期也是很好的買賣呀！尤其是停戰前僅僅一年半左右大賺了一筆，所以那個日軍被遣還的時候一切的攜帶的物件全是兄弟送的，使他喜歡得不得了。可是光復後那條路斷了，到現在還沒有找到新的路。前幾天拜訪科長的機關，到底沒有辦法，總之中山路是不好走的，路太多了沒有辦法，譬如甲科長承諾了，可是乙科長又不允。花了九牛二虎之力打通了乙科長，但在意料外的地方，又受到阻礙。像這樣的情勢生意真難做。」

他說著嘆了一聲，范漢智微笑著說：

「老錢，那是你的錯覺，中山路看起來像好多條，實在只一條，那一條一直走下去就可以到達目的，你不懂走路要領所以走不通。喂，老錢。」

說著凝視了錢的臉。

「那個要領是這個呀。」

說著用手指比了一個圓圈。錢不是不知道金錢好處，但他不知道金錢的使用法。范漢智再把聲音放低一點在錢的耳邊詳細地說明了要領。錢照著所告的第二天誠惶誠恐地試了一下，他帶了一個較為有膽的伙伴同去第一科，他照所告訴把估價單一一詳細說明了一次，可是科長緘默地聽他的，一言半句也不說，只傲慢地坐著。同伴看見是進行那個要領的時機了。由旁邊輕輕地把小筆記本送到科長面前給他看，科長只看了一眼繼續謹嚴地坐著，過了一下才把頭點了一下慢慢的說。

「可以。」

說著就在公文上簽蓋了圖章。那小筆記本裡寫著：

「科長的酬金壹拾萬圓。」

錢的心中想中山路的走法究竟是要這樣。照樣第二科長、第三科長、出納股長也用同樣的方法一瀉千里似的闖過關，錢才明白范漢智所說的中山路看似四五條其實只一條的意義。而且看似很複雜可是簡易得出奇到使他吃了一驚。老錢好久沒有這樣開心了。心中一樂把過去的憂悶一掃而光。心中想今天晚上到哪個咖啡館痛快的喝他一晚。

范漢智所瞄沒有錯。錢的活動非常靈活。他的動作真敏捷。不論調查什麼事馬上就知道結果。范漢智忽然想起臺灣的森林，叫他查，竟是意料不到的多，使他吃了一驚。黃檜、紅檜、杉、梅、樟、楠木等，真是無盡藏，千古斧斤未入的處女林也不少。政府方面則以法定價格給人承領，較市價便宜。每一石賺二百、一萬石就二百萬、只一千萬石就可賺二十億。真是個易於得利的買賣。前些時，老錢來說某水源地有一萬石的積材，可是因數量少而且有發生問題的可慮沒有進行，竟被急性的傢伙承領了去。使老錢去調查太平山及八仙山，大概不久就會知道結果的。不論什麼總要快，才可以得到勝利。可是老錢還有一種不好的觀念，比如保安林說什麼不可砍伐，砍伐了，發生洪水的時候，老百姓會困難等等，總是不大積極，他常受這種怪觀念的威脅，那是因為他們還不曉得金錢之前是沒有道德的。可是再過些時候自然人人會懂的，他們因沒有嚐過大陸的波濤，所以對小事尚有顧忌不能大膽，他們只是腦筋特別好，心膽還是小得不成話，看是很伶俐，可是臺灣人總是臺灣人，器度小，有什麼方法能夠改變他的觀念就好了。范這樣想。

過了兩三天，錢忽然回來了。二人相約到老地方喝酒。

「科長，真是好消息，以前日本採用森林保護政策，把全島的山地分為各林區，不准隨便砍伐，譬如砍伐也只是抽伐程度，所以現在不論那一林區都到處躺著黃金，鬱蒼的老林在雲霧中成為臺灣的祕密，所以能得到一二個林區就夠了……就夠了。」

以吼叫的聲音說，而舉起酒杯乾了後向范照了杯。范則另有意思似地笑著也乾了杯。兩人都愉快極了，高興而暢飲著，不久范漢智酩酊大醉高談闊論起來了。

「老錢，意料不到你的慾望這樣小，慾望應該再大一點，賺錢的機會是多的很，由今開始還來得及，例如接收的工廠不能全歸國營或省營，不久就會標賣的，那時候高一點價錢也沒有關係，先標買下來，買了以後如果資金不足就把買回來的工廠做抵押向銀行借款來做生意。現在我國正在貨幣膨脹中向銀行盡量的借來買物資，那麼二三個月中物價已漲成二倍。借一百萬即賺一百萬，借一千萬元則賺一千萬元，工廠停工也可以賺錢，所以最近狡猾的傢伙把接收下來的工廠停工，利用龐大的資金大大的賺了一筆了，怎麼樣？老錢。」

范說著獰笑了一下，又繼續說：

「如果有了工廠，我們又可得到意料外的收入。老錢，那是這樣的，臺灣有很多國營或省營的公司，從那些公司申請得來的配給資材往黑市橫流出去馬上發財。例如可用修理工廠，或擴張工廠等的名目申請水泥或其他的資材，當然，最近市場上有的資材大都是這樣流出來的。」

打開話盒子對老錢說了他聞所未聞的世間傳聞，老錢聽了後就共鳴起來大聲說：

「對對！說實在最近本省人中有人說：如果要明瞭貪汙只需把某種的東西配給一次就會知道。」

坦白地把世間流行的傳說講了出來。

「這個我們不管它，可是老錢咱們來標買工廠好吧。」

范把貪汙的話丟開這麼說，老錢心中暗叫一聲「糟糕」，而有點兒惶惑。以後兩人的話再回到木材承購上面去，商量了一些細節後，那天晚上就這樣散了。

於是錢著手木材承購，他已經知道了中山路的走法是很容易的，他先決定辦理某林區的承購。他以一石十五元的酬金給了某方面，所以沒有阻礙就得到了許可證，雖拿到了許可證可是採伐票怎麼樣也拿不到，沒辦法他再跟范聯絡，花了一筆錢，他終於帶著許可證和採伐票意氣揚揚向林區去，可是林區的現場主任每天只喝酒，完全不理睬，於是他再運用同樣的法寶，找蔓求藤找到了聯絡，那也不用說是金錢的力量。

錢有一天約好了管理現場的主任喝酒，其中也有二三位本省同胞，因在山間的地方只請了鄉下的姑娘做臨時酒女，雖是鄉下姑娘，卻嬌豔萬分，對於女色饑渴的山間居住的男人真是恍若天仙吧。四五個人只和鄉下姑娘談笑狂飲暢快萬分，說了又唱，唱了又說，真是快樂，一直喝到天將亮，最後主任噴著醉醺醺的酒氣。

「老錢真聰明。」

說著伸出手來緊緊地握了一下後。

「明天你拿這個去，要跟你在山上跑來跑去太麻煩，你自己打打吧，但十五年以下的就不要打呀。」

說著交給了樹齡檢查印，規定是樹齡十五年以下的不准砍伐，錢千恩萬謝乾杯申述謝意，主任也高興極了，乾著杯低聲地：

「多少是沒有關係的……」

教了他一下，於是大家都高興輕鬆地散了。

錢第二天帶著工人入山。老樹像帆檣一樣的林立，林裡白天也覺得黑暗，樹齡不滿十五年的也可以賣相當的價錢，他躊躇了一下，可是想想好容易花了精神和金錢做到這個地步，還能有多少顧忌，看見好一點的，雖然樹齡不足，全部叫工人打下了檢查印。有檢查印的就可以砍伐的，心裡盤算好打印的安排，然後指示工人去做，他自己則坐在高地上看著。啷噹的檢印的聲響在山間迴響，但這個回音消失後，山地又回到原來的寂靜，一望無際都是參天的大木，冷冷地說著幾千年來的滄桑，他坐著受到山的神祕衝激，忽然想起如果把這裡的樹木全部砍伐掉的話，雨季是不是要發生很厲害的山洪，所以有點兒不好意思而想把小樹留下。當那個時候又有檢印打下的聲響「噹！」的傳來，那個聲響碰到四面的山傳來了回音，好像心裡有一點兒良心的咎責，可是另一面又有好不容易做到這個地步，現在如果再不……那麼要功虧一簣了的憂愁，不久又想出范漢智所說的。「在金錢之前是沒有道德的。」

不覺嘴裡重複了幾下。

范漢智的計畫一步一步進行，眼看快得到結果時，因為他不是神仙，他做夢也沒想到他的前惡開始暴露。

他當特工科長時常常利用日本軍人，他在某個機會和日本的陸軍軍官認識，那個軍官只是個軍人，除酒以外的什麼也不知道，他使用兩個部下帶那個軍人到處去鑽，看見有錢的商人或富裕的老百姓就拉來給戴上「重慶的間諜」的帽子，盡量的勒索金錢。其中拉了一個蕪湖的富翁，他是個頑固的老頭子，不論怎麼樣用刑也不出錢，那個騷動愈鬧愈大，單靠那個陸軍軍官是壓不下去了。沒有辦法，只好做一個虛偽的證據交給日本的特務機關，頑固的老頭子是地方上的有力人士，而且又有德望，所以地方人士出來拚命地交涉活動，可是一旦落入日軍手中的不能馬馬虎虎，所以范他們徹底的主張假證據，結果頑固的老頭子竟被處了死刑。可是勝利後，那個事件暴露出來了，那個老頭子的兒子把他告了，所以范的部下全部被檢舉了，但主犯范漢智則杳然不知行蹤。當局雖紅了眼睛找，還是找不著，可是絕沒有放棄，不論到什麼地方也要把他的同夥的人全部逮捕歸案。

二

接收工作告一段落後，不知道由什麼地方傳說有很多漢奸潛入了臺灣，跟著那個傳說，當局的眼睛也雪亮了起來，常常有小魚樣的落了網，使報紙熱鬧起來，范漢智每看見那個報導就覺得沒法子排遣湧上心頭的不安。有一天，上海來的朋友特別來訪，說明了當局的活躍狀況，無論如何，當局在祕密裡詳細地在進行調查，所以要特別注意等等，因此范漢智的對策是暫時隱藏起來。

所以也沒有告訴玉蘭就一個人偷偷的溜到南部旅行去了。

雖布置著嚴密的搜查網，因范漢智的行蹤飄忽不明，使當局張惶，固執的搜查隊長開始站在前線任總指揮了。車站不用說，尤其是碼頭港口的警戒極為森嚴，真是嚴陣以待水洩不通的，如果由臺灣逃出或到香港或到國內，則一向的苦心都會歸於泡沫。搜索隊長是過了五十歲的志士，曾經是五四運動的健將，有功於北伐，抗戰八年足跡滿四百餘州，功名顯赫，所以一點點的小挫是不會萎縮的，反而使他更加決心要成功。因此他親自臨陣指揮，現身守住臺北車站，參考全島各地送來的情報每天嚴戒著臺北車站，布置了警戒網二星期，完全沒有線索，他雖是最有耐性的，可是也有一點兒幌幌搖搖的形態了，動不動極度緊張的心弦也常要鬆懈起來了。

第十五日的下午，北上的火車一到站，車客就湧下了月臺，戴紅帽的搬運夫來來往往在搬運貨物。忽然看見由三等車下來的漂亮的青年紳士，以急速的步伐巧妙地竄入群眾裡面去了。搜查隊長覺得可疑，反射地對他追蹤起來，一上階梯那個男人就向左彎，推開他人走過對面去了，僥倖出口人很擁擠，搜查隊長像飛鳥似奔上前去跟相片對照一下，確信是花了一年功夫踏破鐵靴無覓處的漢奸范漢智，搜查隊長馬上喝令不要動，很容易把他制住了。范漢智像已經斷了念頭，溫順地受縛。周圍馬上起了騷動，什麼事？一時飄起異樣的空氣，不久也靜了下去。可是范漢智是意想不到的安靜，反而覺得可怕。范漢智被綁著靜靜地也走下站前的臺階，賣冰棒的，賣麵的，賣肉粽的，賣香菸的等等都走前來看。剛好那時突然有人喊叫「抓菸！抓菸！」接著有「搶菸！搶菸！快跑！快跑！」無可奈何的悲切的喊聲。賣菸的像蜘蛛一樣的四散逃跑了去，忽而看見〇〇局的卡車戛然停了下來，由車裡跳下了一對穿制服，逃不脫的菸和錢全被搶去了。范漢智回過頭來向搜查隊長像狡猾似地笑了一下，似是獨言獨語的說：「賣國求榮的是漢奸，可是借公家的名騙人為私的到底是什麼呢？」同時有意義似地浮著諷刺的笑再把那個獰笑給搜查隊長看。

隊長一回到本部，整個搜索隊都狂歡起來，可是搜查隊長只一個人憂愁地坐著現出一肚子不愉快的樣子。他想做成調查報告，先翻了一下范漢智的經歷，愈調查愈吃驚。范漢智以前曾參加北伐，且有戰功，又在抗戰當初特工工作上有輝煌的成就，這樣說前幾天檢舉的陳德清（蕙英的丈夫）也是同樣，不論哪一個都是有光榮經歷的，他對這樣過甚的矛盾怎樣想都不能瞭解。搜查隊長竟想累了，把老眼合了起來，默想，他疲倦想睡了，矇矇地一一想起參加五四運動的友人們的臉。「真快」早已經過了三十餘年，有辦法的已達到部長級，對，自己的夥伴中有幾個人高昇的呢？陳、黃、徐、劉……。其他走向邪路的……。數一數失敗的竟多得使他一怔，漢奸十人，貪官十八人，吃了一驚把眼睛打了開來。祕書笑嘻嘻的走了前來：「恭喜，恭喜。」對隊長逮捕范漢智歸案道喜，笑嘻嘻的樣子不論怎樣看跟范漢智完全一樣。忽而看見辦公室裡的全部職員不要說，甚至工友也同樣笑嘻嘻，不論那一個人的臉都跟過去所檢舉的漢奸或貪汙的臉相像，真使人厭惡。搜查隊長竟發生「四萬萬五千萬，怎麼會有這麼多漢奸和貪官汙吏呢」的錯覺。

臺灣男子簡阿淘〔節選〕

葉石濤

◎〈鹿窟哀歌〉一九八九年三月二十日首次發表於《臺灣時報》。〈吃豬皮的日子〉一九八八年五月二十二日首次發表於《臺灣時報》。〈邂逅〉一九八九年七月二日首次發表於《自由時報》。〈約談〉一九八九年八月十二日首次發表於《自立早報》。

鹿窟哀歌

早上十點多鐘，簡阿淘剛吃完一大碗熱烘烘，燙得不得了的甜粥時，突然牢門前來了個士兵大聲喊叫：「三〇〇二號開庭！」三〇〇二號正是簡阿淘的號碼，在這「高砂鐵工廠」改造的保密局祕密監獄裡，每一個囚犯都是用代號稱呼的。

簡阿淘看著那一大鍋美援的脫脂奶粉加糖熬成的美味甜粥，有些捨不得離開。

他怏怏不樂地站起來走向牢門的時候，那士兵大聲吆喝了一聲：「不行！你得把所有行李一併帶出來！」

一股不祥的感覺湧上胸口，簡阿淘也大聲頂嘴：「你只是說開庭而已？我哪裡知道要帶行李？」

「廢話！快一點！」士兵用厭煩透頂的聲調說，再也不理他。

「老鄉要把他送到哪兒去？」監房裡跟簡阿淘要好的唐山人老囚犯溫和的問道。

「沒事，遷到後一排監房去罷了！」士兵仍然愛理不理的說。

既然是遷房，大約也沒什麼事；簡阿淘心裡的一塊石頭落地，驀地心情開朗起來。他迅速地用舊軍毯把被褥和隨身衣物打成一個大包袱，依依不捨的離開了這監房。他在這監房裡住了將近半年，跟同監房的囚犯相處得猶如手足，而且受到他們很大的照顧，他實在不願意離開再到另一個陌生的監房裡去，他還得花上很多時間，才能交上肝膽相照的難友呢。此外，這監房位於最前面的一排，多少可以受到長時間的日照，不太潮溼，很少罹患皮膚病。然而最大的遺憾是他被奪去了唯一的安慰；由於這監房與最末一個女監近在咫尺，他每天早上照例可以看到女犯從牢門前走廊走過去洗臉、刷牙的情況，那一刻心裡所感受的慰撫和快樂，等於是鼓勵他活下去的靈藥；她們像一朵朵盛放的玫瑰，告訴他，在這世間裡還存有值得留戀的美妙事物呢！

簡阿淘振作起精神來頻頻向同監裡的難友打招呼；他心裡明白這是最後的訣別，跟他們再見面的機會永遠沒有了，一年半載之後，如果不是他死，就是這監房裡的大部分朋友會死，鐵定以後只能在黃泉路上見面了。

他低著頭，跟著士兵走去，拐了一個彎，走了約莫三、四分鐘光景，就來到第三排牢房。這地方白天也漆黑得伸手不見五指，每個監房裡只點著十燭光的裸露燈泡，活像冥府裡的長明燈。不發一言的那士兵，打開靠通道邊的一個監房，不容他分說，使勁的把他推進去。他不習慣黑暗，顛了一下，險些跌倒。他顛坐在地板上片刻，讓眼睛習慣於這一片黑暗。

這個監房比他以前住的那間顯得寬大一些，大約有十多坪吧，應該可以塞進三十多個囚犯才是，可是他依稀辨別只有五、六個囚犯在，這到底是怎麼一回事？難道是「德政」，要他睡得寬鬆一些，讓他有更大的活動空間，可以做些體操？他心裡覺得好笑。

就在這當兒，在那五、六個人中他發現了王傑生教授。王傑生也同時認出了他，喜出望外的靠近來。

「簡老師別來無恙啊！」王傑生一把抓住他的雙手，高興得差一點哭出來。

「你是王教授！我以為你早就結案送到軍法處去了呢！」簡阿淘覺得有些意外。

「不！他們只是把我遷到另一個祕密監獄審問，今天不知怎麼搞的，又把我送回來。」這六十多歲的白髮皤皤，身材魁梧的前臺灣中興書局總經理，前浙江大學教授的和藹長者，輕輕的說。

簡阿淘跟他關在一起的時候，由於兩個人都喜歡討論三〇年代的中國文學，所以交情不錯，互相關懷，互相照顧過。王傑生有嚴重的心臟病，曾有一次，簡阿淘叫家人寄來「救心」讓他服用。他們之間談話的時候都用日本話，以免被監房裡的爪牙拿談話內容去告密。王傑生是日本留學生，是魯迅和許壽裳的好朋友，當然這就是他有重大嫌疑被抓進來的原因之一。不過他直接涉嫌的原因是「資匪」，臺灣中興書局是奉當局之命改組的，其實它是國際聞名的上海中興書局的臺灣分店。王傑生把臺灣分店所獲得的利潤暗地裡都寄到香港去，再設法匯回上海本店。他好像執迷不悟的認為所謂「臺灣」中興書局的獨立根本沒什麼意義，他忠心耿耿的認為他必須聽從上海本店的指揮。這想法裡當然有看不起臺灣當局的意念存在吧？

「你太太和千金還好嗎？」我憶起了他那位在北一女中任教的太太以及在臺大念書的女兒。

「我的宿舍被收回，太太和女兒差點流落街頭，現在暫時寄居朋友家。看樣子我的太太書也教不下去了，我不知道以後她們怎麼過活？」

王傑生神情黯然的說。我很怕這心如刀割的憂苦會引起他心臟病的發作。

「臺灣話說：一枝草一點露，我們在坐牢，實在無能為力，只要保持健康，活著走出這裡，才能給她們帶來安慰！」簡阿淘只好胡亂安慰他。

這監牢的成員顯然是臨時從各處監房裡調來的，除去簡阿淘和王傑生以外，還有一位中年人許忠雄，脖子上留有鮮紅的疤痕；他原是「臺灣民主自治同盟」的大丘支部書記，被捕以後用暗藏的刀片試圖切斷頸動脈自殺，幸而得救。他的故事早已傳遍各監房，他已經成為傳奇性的英雄人物，所以簡阿淘一看到他的疤痕就認出來。經許忠雄暗地裡提醒，簡阿淘才知道另外三個人的身分。留著飛機頭，頭髮梳得油亮的二十多歲年輕人是保密局香港站的人，他不知出了什麼差錯，從香港被抓回來；他很不像是一個爪牙，在昏黃的燈光下一直用虔敬的神情讀著他的新約聖經；另外一個穿著西裝上衣的中年人始終文靜的微笑著；據許忠雄的說法，他是「臺灣共和國」的國防部長；最後一個五短身材的精壯矮個子，據說是三重埔的著名迌迌人，曾擁有一枝手槍幹掉保密局的工作人員。

那天晚上，許忠雄提議要推薦王傑生教授出來當「籠頭」，以便有事情發生時，請他出面跟牢卒交涉。然而王傑生堅不接受，說他身體不好，不堪負大任。最後這重任竟落在簡阿淘肩膀上；這也許是在這種情況下唯一的選擇。雖然他是屬於「省工作委員會」系統的關係而被抓的，但是他並沒有入黨，在這六個人分屬六派的小團體裡，他可能是唯一不偏不倚有超然立場的人。他只好答應下來。

由於地方寬大不用擠在一起，所以他們六個人各自在靠近牢門，前面有甬道的地方，各據一處，打開被褥安頓好，準備睡個好覺了。簡阿淘既然身為籠頭，不得不預先分配工作以便大家的日常起居生活過得舒服。扛馬桶去倒掉尿屎的工作，簡阿淘以為沒有人願意去幹，其實他想錯了，除王傑生教授與他之外，其餘四個人爭先恐後要去幹。這也難怪，儘管扛馬桶這事兒，又賤又臭，但是可以利用這機會去外面走動透透氣，也許還可以揀到菸屁股回來，大家分享呢，所以他們樂得要爭著去做。

簡阿淘與王教授聊了一陣子，由於這天的變化太大，受不了刺激，簡阿淘覺得有些睏乏起來，剛把頭放在用幾本書包起來的枕頭，就再也抵抗不了睡魔，不知不覺地睡著了。

不知睡了多久，一陣嘈雜的腳步聲和尖銳的哭叫聲把他吵醒了。他迷迷糊糊的，從夢裡回到現實世界。

十燭光的電燈泡依然亮著，把它昏黃微弱的光投射到外頭，他揉了揉眼睛，像個無助的小孩坐在舊軍毯上，睜大眼睛，牢外甬道的情景的確叫他吃了一驚。

十多個荷槍而全副武裝的士兵押來了三十幾個新囚犯，似乎老弱男女都有。領隊的士官長每到一個監房就按名冊點名，做例行的驗明正身工作，把新囚犯塞進去。偶爾有不懂事的囚犯猶豫不決，士兵就很粗暴的用槍托趕鴨子似的打進去。那新囚犯裡甚至有人是哭哭啼啼的；這不像是政治犯嘛！簡阿淘有些覺得詫異。

「什麼人不好抓，此次抓的竟是一群窮苦農民！真是造孽！」王教授鼻子裡冷哼了幾聲，很不屑的說。

經王教授這麼一提，簡阿淘這才冷靜的看了一下。王傑生講的沒錯，他們是一群赤腳而襤褸的窮苦農民，其中有些人還戴著破破爛爛的笠仔呢。簡阿淘看慣了知識分子的政治犯，這正是出乎他預料之外。難道臺共的力量真的已經滲透到廣大的農工群眾裡去了？

士兵把所押來的這些囚犯塞進了每一個監房大約有兩、三個，剩下的十多個一起來到他的監房前就停步不進了。

「誰是籠頭？」士官長大聲在牢門前喊叫。

「我是三〇〇二號，我就是！」簡阿淘迅速地爬到前面去。

「共十六個新囚犯，你設法安置他們，不得有誤！」

士官長威風凜凜的下了命令。

「當然，他們都是我們的人，不用你說，我會儘量照顧他們！」簡阿淘反唇相譏。

「廢話！」士官長狠狠的吐了一口痰，打開牢門，把新囚犯一個個地踢進來。當士兵們揚長而去後，簡阿淘就忙著去張羅軍毯，讓他們能度過這寒冷的長夜。其實，一共二十二個大人擠在一起睡，大約也不會覺得冷吧。老囚犯全都占住前面的好位置，這是應有的權利和規矩。簡阿淘特別把他旁邊的位置留給一個約莫七十多歲的老阿伯，還把他的棉被借給他老人家蓋。

這一群新囚犯都是呆頭呆腦的，一看就知道是住在深山裡的窮苦農民，他們連毛巾、牙刷也沒帶，簡阿淘猜也許他們沒有刷牙的習慣吧。第二天早上，簡阿淘才曉得事實並不是如此，他們是在睡夢中被抓，什麼也來不及帶就被塞進鐵甲車一直駛到這兒來的。

第二天十點鐘，看到這一群新囚犯狼吞虎嚥，不到一刻鐘就把一大鍋脫脂奶粉甜粥吃得一乾二淨，幾個老囚犯目瞪口呆的嚇壞了。

「怎樣？好吃嗎？」王教授忘了自己吃，拚命給他們盛粥，最後笑嘻嘻的問道。

「好吃得很呢，從來沒吃過這麼香的東西！」他們異口同聲的說。

「哼！少見多怪！一群垃圾！」那三重埔的老大看不慣似地罵了幾聲：「這種發霉的美援奶粉，在外頭沒人敢吃，是拿來養豬的；這些夭壽短命的，竟拿來餵我們！」

「好了，老哥別損他們，難道你不知道他們窮得連這種奶粉也沒吃過！」簡阿淘阻止三重埔的老大一路罵下去。

飯後，由於一夜沒睡好，他們都一齊乖乖的睡著了。用舊軍毯蓋住了他和那阿伯的頭，禁不住猛烈的好奇心，簡阿淘就問起那老人家來。

「老阿伯，貴姓大名？」

「我叫吳錦水，今年七十二歲了。」那瘦弱得只剩下一把骨頭的老阿伯，由於吃多了甜粥連連打嗝兒說。

「原來是錦水伯，你是哪兒來的？」

「鹿窟啊！」老阿伯以為人人都應該曉得他的家鄉似的昂然說道。

「鹿窟？靠近什麼地方？」

「你不知道？」老阿伯一下子洩了氣：「就在汐止南面的山區！」

「哦！我知道了。」簡阿淘也曾聽說過省工作委員會的組織遭到破壞之後，臺北市委組織下的一部分幹部積極地在北部山區建立了許多游擊基地。鹿窟可能是其中的一個基地無疑。

「那麼你為什麼被抓？」

「我怎麼知道？我是無辜的！」吳錦水憤憤不平的說：「今兒個清晨全部落的人一開門就看見村周圍的山崗上到處都是鐵甲車，部落被包圍了。鐵甲車裡忽然跑出來數不盡的扛槍的阿兵哥，挨戶搜查，不分皂白全都抓進來了。大約有百多人吧。」吳錦水心有餘悸。

「我不是問這個，我是要問你參加造反沒有？」

「什麼叫造反？我不懂。只是農會的陳先生曾拿名冊來叫我蓋章，說是要分配肥料，哪裡知道這名冊竟出了紕漏？在名冊上曾蓋過章的統統進來了。」

一絲絲狡猾的暗影掠過了這樸實的老農夫臉上。簡阿淘知道受過臺共訓練的勞動人民，都善於偽裝自己，其實他們都懷有堅定的信念和不可動搖的決心，因為他們窮得一無所有，不怕犧牲自己生命。

「阿水伯，那所謂配給肥料的農會名冊一定是參加造反入黨的文件。」簡阿淘沉痛的說。這起碼也是犯了「第五條」，如果搞不好就得坐牢十年以上。不過簡阿淘不忍心說出來。

「那在你的部落常有集會嗎？」

「有啊，早上部落的人都要參加小學操場的升旗典禮再齊聲唱國歌。」

「國歌？你唱給我聽好嗎？」

「我不太會唱，真見笑！」

吳錦水壓低聲音很認真的唱起來，雖然荒腔走板，但旋律和節奏都還算正確。簡阿淘一聽他唱的「國歌」，險些愣得瞠目結舌，久久說不出話來，因為那條所謂「國歌」是聶耳作曲的〈義勇軍進行曲〉。那麼他們升的國旗呢？

「國旗是不是青天白日滿地紅？」

「不了！是有鐮刀的圖案啊！」

「有鐮刀的？」簡阿淘從沒看過這樣的旗子，也就想像不出旗子的形象來，他依稀記得好像蘇聯的國旗是有鐮刀的。

「老師教你們唱歌識字的？」

「是啊！是一位姓呂的中年人，高大英俊，他的聲音很響亮，很好聽哦！」

「姓呂的？」簡阿淘驀地想起已經失蹤多年、杳無訊息的前輩作家呂石堆來。呂石堆曾經負笈東瀛學過聲樂，是有名的男中音歌手呢。

「是啊，他很熱心的教我們唱國歌以及其他好聽的歌，晚上還開了識字班，叫我們老頭兒去認字。」

「那麼，他這一次也被抓進來了？」

「沒有，他早就死掉了。」

「死掉了？」簡阿淘震驚得險些叫苦起來。

「病死的？」

「不是，被毒蛇咬死的！」吳錦水不勝唏噓，暗地裡嗚咽了一陣子：「他是個吃苦耐勞，很仁慈的好人呢！」

簡阿淘能夠想像得出，組織被破壞以後，那呂石堆被追捕得無處容身，只好逃入鹿窟藏身的情況。

簡阿淘悲傷得渾身發抖，然後他慢慢地想開了。也許呂石堆算是死得適得其所吧，他被埋葬在藍天白雲，青草萋萋的一處山崗上，天天和太陽、微風、鳥語花香為伍，不用再為臺灣人民的自由和幸福煩惱了。簡阿淘默默祈禱著呂石堆的冥福，發誓有朝一日一定寫出比呂石堆更好的小說，踏著他的血跡前進。

不知睡了多久，他忽然醒過來，同時聞到一股飯香，已經下午四點鐘了呢。他慇懃地給新囚犯每個人盛了一大碗南瓜湯，叫他們儘量填飽肚子。一陣歡呼聲響起，那些新囚犯大口大口地往嘴裡撥飯，嘖嘖有聲地吃起來。

吃豬皮的日子

我很早就知道府城有個馬兵營街，原本是連雅堂故居所在的地方。日據時代連雅堂的故居早已蕩然無存，變成富麗堂皇很有殖民地衙門風格的地方法院了。地方法院此類打官司的地方，跟我家完全是扯不上關係的。我們從來不跟人打官司，所以除非路過，否則我很少走到這附近來。可是命運的安排，我有一段時期幾乎生活在這馬兵營街。

入夜以後的馬兵營街一片漆黑。但是離這兒不遠的下大道良皇宮前卻是燈火燦爛、人聲嘈雜的夜市。這兒有各式各樣的小吃攤，位在西門町尾，離新町（妓女街）不遠，所以生意特別興隆。

每天晚上我從馬兵營街拖著疲憊的步伐來到下大道，就常看到一輪明月或弦月掛在西邊的夜空上。那時候快接近午夜，大多數的攤子都打烊了。但是我一點也不著急，我知道葛根伯的攤子一定還沒收。葛根伯所賣的東西跟別人有別。一隻大鐵鍋裡煮著豬皮、蘿蔔、油豆腐之類的東西。說起來跟日本的某種火鍋相似。但是材料不同，日本人煮的是蒟蒻、豆腐、芋頭、魚糕此類較高貴的東西。而葛根伯搜羅得來的盡是些人家看不起的卑賤食物。一大碗才賣兩塊錢。而且再添湯是免費的。如果我口袋裡有五塊錢的話，我可以買一杯紅標米酒或太白酒，以及一大碗豬皮湯來下酒，盡可喝得微醺了。但是適可而止是多困難的事，所以我往往喝得酩酊大醉才回家。那時候，攤子上點著的是電石燈，所以喝到第二杯的時候，我已經醉眼朦朧起來，看不清葛根伯的臉了。

葛根伯本來是在新町（妓女街）幹活兒的藝人，聽說是替賣藝不賣身的藝旦清唱平劇時拉胡弓的，年老了以後，才來這兒擺攤子；其實這和新町的盛衰有關，以前那優雅的時代過去了，再沒有人有雅興去新町找藝旦聽清唱平劇，自然拉胡弓的也失了業，因此，這老頭也保持了一慣的古風，客人欠帳，向來不催。但也有缺點，從不勸止人家少喝一點。可是他也不見得是慷慨的，大碗裡的豬皮啃光了，他絕不添，只給你添湯。所以除非你聲明再付兩塊錢，否則那煮得並不爛的豬皮就再也吃不到了。我絕對不欠他的錢，可是常囊空如洗，往往只好以湯佐酒了。

這是民國四十幾年的事情。我當時孑然一身，在馬兵營街附近的自來水機構當臨時工友。每天的工作包括燒消毒實驗器材的蒸汽鍋、掃地倒垃圾、燒開水倒茶、抹桌子、跑郵局，以及諸如此類數不清的雜活兒。

晚上我值夜到十二點左右，這才離開辦公室回到家裡去，那時候滿腔悲苦無處可發洩，只好喝酒解愁了。

人落魄到這個地步也只好任人踐踏。在那荒蕪的五〇年代裡，人能夠僥倖保存一條老命，從那惡魔島回來，也等於是獲得上帝的垂憐，又有什麼不滿可言？糟糕的是我跟世界上任何一個地方的小知識分子一樣，身無一技之長，真是個「無用的人」。我之所以淪落到變成一個臨時工友也是理所當然，否則三餐也無以為繼了。別以為我懷抱著某種托爾斯泰主義，以勞動換取麵包為榮才好。

我從來沒有聽說過葛根伯也有老婆孩子，所以有一天晚上，照例坐在那油垢積得黑亮的木凳時，抬頭一看，看見天邊蒼白的眉形月和一個勤快地洗碗的年輕姑娘而傻了眼。我那天晚上興致很不錯，剛領了幾十塊值夜費，打算喝個痛快。但是一個姑娘在場，這就不好喝得醜態百出了。

那年輕姑娘抬起頭來，用滿臉詫異的表情凝視了我一會兒，又很快的別過頭去，好像要咬耳根似的，把嘴湊近老頭的耳朵邊去，細聲講了幾句話。那老頭邊聽著，邊「呵！呵！」的發出幾聲驚嘆聲。電石燈搖晃微弱的光，把這光景朦朧地照出來。

「要不要喝酒？」葛根伯說。

「這還用說嗎？」我不高興的回答。

葛根伯一點也不生氣。拿了一個大茶杯滿滿的倒了米酒，大茶杯可是要四塊錢的，我只要先來小茶杯就行，但是我倒不去說他，反正，我口袋裡的錢還應付得了，那一大碗豬皮湯和往常不同，似乎豬皮多，蘿蔔少，而且香菜、香油也放得特別多，非常香。我埋頭吃、喝，竟忘了老頭和年輕姑娘。人窮志短，可能吃相也很難看的吧，奇怪的是，我吃完了一碗豬皮湯，年輕的姑娘又給我添了一碗；不只是湯，同樣有許多豬皮和油豆腐，茶杯的酒喝乾了，不待我吩咐，那年輕姑娘自作主張倒得滿滿的，那葛根伯忙著照顧別的客人，留那姑娘特地服侍我，不說一句話，臉上倒浮現著嘉許伊行為似的微笑。我把一切看在眼裡，驀地萌生一絲邪惡之念：我以為他們倆串通好了，來賺取我口袋裡的幾十塊錢了，這也無妨，還不至於弄得我一窮二白吧？

等到我覺得夜涼如水的時候，我這才發覺我已經喝得酩酊大醉，周圍已沒有客人了。

「多少錢？」我說。

「四塊錢。」葛根伯平靜的說。

「四塊錢？你沒有算錯？」我在心裡盤算起來。酒大概喝了三大杯，是十二塊。豬皮湯吃了兩大碗，是四塊，共十六塊錢才對。我把十六塊放在那油漬斑斑的木桌上。

「我說四塊錢，就是四塊錢，錯不了。」葛根伯忽然生氣起來，從一堆錢裡只拿了四塊硬幣，其餘硬塞回到我口袋裡去。

「秋霞，妳送他回去，他醉了，連錢也算不清。」葛根伯說。

「不用，我自個兒會走回去。她是？」

「哦，她是我女兒。」甚根伯說。

我再三推辭，但這老頭硬是不接受，一定要他女兒送我回去。我知道他的牛脾氣，只好隨他去。而這姑娘頂多十六、七歲，還稚幼得簡直不知跟她說什麼才好。

我們倆就這樣，一起走下午夜的西門町，拖著長長的孤單的影子，走了約莫一刻鐘，那姑娘忽然開口說話了。

「老師，您家還在嶺後街那一條巷子盡頭嗎？」

「老師？妳是？」我驚出一身冷汗來，酒也醒了一半。

「您難道忘了？我是葛秋霞，六年孝班您班上的，那年學校開學不久，您就沒來上課了。我是班長，所以跟林校長到處打聽，才知道您在看守所坐牢，您不是收到毛巾、香皂、牙刷之類的東西嗎？那是班上同學出錢買來送老師的。」

秋霞用黯然的聲音說起前塵往事來，這觸到了我心裡的傷痕，我呻吟起來，如果她不在，我一定放聲大哭無疑。

「我想起來了，我的確收到了你們所捐的東西。」我心裡喃喃地說，這些東西一直在我身邊，用壞了我也沒丟棄，一直到出獄還帶回來的呀，可是我並沒有說出來。

「老師，我爹說，您酒喝得太凶，而且現在的工作也不合您的身分，這樣下去不是辦法，應該另謀途徑才是。」秋霞悄悄地說，但那語意卻是毅然而堅決的。

「另謀途徑？」我有如被空氣槍打中的鴿子愣在那兒發呆了一陣子。

「是啊，人應該賺合乎自己身分的錢，譬如我爹，本是下賤的藝人，是個江湖客，賣豬皮湯謀生，他的錢賺得心安理得，我哪，是窮苦人家的女孩兒，幫傭賺錢也不辱沒了我，但是老師，您不同，您應該往上爬，您不應該如此墮落下去，我爹說，老師您太沒出息了。」

我淚眼模糊地望著那下弦月，久久說不出一句話，然後跟秋霞分手，決然往前走下去，第二天開始，我不再去上臨時工友的班了。

邂逅

每到星期六下午，簡阿淘趕回位在府城嶺後街的家時，已經快要三點鐘了。他把一包髒衣服留給他的阿母招娣去洗，就萬分抱歉地離開家，匆匆來到這「南風」喫茶店，喝一杯四塊錢的紅茶。那時候，他在八掌溪旁的偏僻鄉村「路過」村的「留光」國民小學任教。這農村叫作「路過」是名副其實的。它是個鹽分地帶上的貧瘠小村，路旁種著瘦弱不堪的柳樹，井裡湧出來的水都是鹹鹹苦苦的，真叫人恨不得立刻離村調頭回去；這不是有任何魅力的地方，只能算是人生路上「路過」的小驛站。

簡阿淘之所以來到「南風」喫茶店，其實也並非有什麼約會，或者這個地方能夠給他帶來任何安慰。那四塊錢的紅茶一點也不甜，而且喝起來沒有什麼茶香，名為紅茶，其實只是著色的糖水罷了。

簡阿淘寂寞地喝著紅茶，看著前面「銀座通」熙熙攘攘的人群兀自發呆，而沉緬在回憶裡。他想起這四年來蹉跎的時間而暗自傷悲。那鐵窗裡的一千多個日子，每一個日子，每一個情景都含有特殊的含意和色彩鏤刻在他的心版裡。

五〇年代閉塞而恐懼的社會，對簡阿淘這樣一個從軍人監獄回來的前政治犯是十分殘酷的。府城是他長大成人的故鄉，熟人非常多，可以說半個府城人都認識他。可是他剛回來的那幾個月，他走在府城街頭，簡直如入無人之境，所有熟人都消失不見了。以前，他要走完一條街，起碼得跟十多個人打招呼，有時候不得不停下來跟熟人愉快的聊天片刻。如今這些熟人遠遠的看見他來了，像見了鬼似的趕忙躲開側著臉拐進岔路去，有些人則瞪著白眼定定的直視著他，不發一言地大步走過去；這好比他是個瘟神會給他們帶來疫病似的。他也有忍不住的時候，所以碰到算得上朋友的熟人時，他就會自動跟他們寒暄，不外是你近來好嗎？如是的問候話。他們的臉上先來一陣白，一陣紅，後來會非常尷尬的喃喃說：「好！好！」此類語意曖昧的話。一雙腳恰似裝了彈條似地飛快離他而去。

簡阿淘心裡的愁苦無處可洩，他徹底明白了人的自私。但是那自私卻淵源於整個黑暗社會的壓力，凶暴的法西斯統治力量，扭歪了人的心靈，異化了他們，使他們在互相猜疑和提防中苟延殘喘。

簡阿淘習慣了這冷漠和敵意以後，為了減少熟人的恐懼和不安，只好不上街頭，終日杜門不出，讀他的書去。

然而，他不是悠閒地靠讀書就可以打發日子過去的，他必須獲得麵包。他不能老是靠著年老體衰的雙親過日子；這等於是慢慢謀殺老人一樣，叫老人節省一口飯分給他吃是何等殘忍的事情。他也找過職業，可是在那蕭條荒蕪的五〇年代，連最聽話最乖的奴才也尚且很難找到工作的時候，像他這樣的「域外人」，到處碰壁應是意料中的事。有半年之久，他淪為臨時勞工，在一家自來水研究機構燒鍋鑪（Boiler），在那燠熱的鍋鑪間，熱氣繚繞中，他裸著身子汗流浹背地幹他的活兒。

最後來了一次機會，僥倖能重操舊業了。他以前可是府城頂有名氣的小學教師呢。

簡阿淘差不多枯坐了兩個多鐘頭，看隔壁的「度小月」快要開店了就打算離座回去，他照例要在「度小月」吃一碗擔仔麵才回家去的。

就在他站起來的當兒，經過店門的玻璃，他看到撐著一把色彩斑斕的陽傘，穿著一身淺黃色連衣裙的修長女郎晃過去。從她金色細邊眼鏡和蒼白如月光的臉色，他認出她就是林雪梅。他躊躇了一會，終於忍不住，推開店門，追她去。簡阿淘相信雪梅不會像別人一樣排斥他，但他也沒幾分把握她能溫柔的接納他；究竟他和她之間曾經發生過太多的齟齬和誤會；他曾經傷過她的心。

「雪梅，妳最近好嗎？」簡阿淘放低聲音在她的背後叫住她。她吃了一驚似地停步，回過頭來，做夢也沒想到在這兒會遇見他似地滿臉驚訝。僵持了片刻，空氣似乎也凍住了。然後，勉強擠出了似的，她說：「你回來了！」卻冷冷的，不帶一點感情。

「我以為妳在新港呢，什麼時候回到府城來的？」

簡阿淘小心翼翼的說，怕提起「新港」這兩個字會叫她觸景傷情，引發她的傷口裂開疼痛；果然，不出他所料，林雪梅藏在鏡片後的眼睛眨了眨，晶瑩的淚珠就滾落了下來。

「對不起！」他連忙道了歉。

「不關你的事！」林雪梅用嚴厲的聲調回答了他，卻覺得對他過分無情似的，改做柔順的聲調說：「我們談談好嗎？」

他帶著林雪梅又回到了「南風」喫茶店，找個寂靜的角落坐下來，她背後的黃椰子盆栽剛好遮住了從後窗照進來的白花花的陽光，使得她的整個身子隱沒在陰影裡。這使得簡阿淘想起被捕的當天晚上，那審問他的特務用強烈的燈光照著他，自己卻躲在暗影裡的情況。毫無疑問的，這時候，審問官應該是林雪梅，他卻是個被告。

「什麼時候回來的？為什麼不告訴我一聲？」林雪梅責備了他。

「不想困擾妳，也不想讓妳看見我就傷心。」簡阿淘側過臉去，乾咳了一聲。

他憶起光復後的那一段饑餓與襤褸的日子。那時候，他和林雪梅是一對情人，至少在別人眼裡是這麼認定的。其實他與林雪梅相處的日子裡，他從來沒提過感情方面的事。林雪梅是他傾訴滿腔悲憤的好對象，他熱情洋溢的告訴她，有關陳儀的惡政、大陸國共和談的情勢以及臺灣民眾如何獲得再解放的途徑等政治講話。毫無疑問的，林雪梅把他的這些激昂的政治性告白當作對她求愛的另一種說詞了。既然他把這種會導致殺頭的極危險的意見毫無隱瞞的告訴她，那麼就是他充分信任她，把她當作「自己人」的表示；這不等於愛情告白嗎？

其實以簡阿淘而言，不管是哪一個人都可以，只要有人願意聽他的抱負他就心滿意足了。當然，像林雪梅這樣聰明又年輕的女人熱心聽他的話，更叫他快樂無比。他做夢也沒想到林雪梅把他的政治性講話當作愛情的告白了。

他向來連她的手也沒摸過，也從來沒注意過林雪梅動人的身材和像熟透的果實似的豐饒溫柔的胸脯。

大約過了半年，林雪梅突然嫁給了「新港」一個年輕醫生，新婚不到兩個禮拜，那年輕醫生遭逮捕，下落不明，不久噩耗傳開來，據說那醫生是叛徒而被槍決了。簡阿淘來不及趕去慰問，這一次倒換了他被捕，他踏上了漫長三年多的囚徒生涯。

「你總算保住生命回來了，可是我大哥還沒回來呢？他是以第五條起訴的，判了十二年徒刑。」

林雪梅喝了一口冷了的紅茶，幽幽的說。

「你大哥？」簡阿淘吃了一驚。

「是啊！我大哥每天講的話，跟你一模一樣。後來我的老公在蜜月期間天天唸的經也跟你一模一樣。我以為在我們這個時代裡，所有年輕人都是一個模子裡印出來的，這一定是時代的風潮！等到我發現你們是最特殊的一群人時已經遲了。我失去了老公、失去了大哥……及一切……」

簡阿淘羞愧萬分的低下頭，不知怎麼安慰林雪梅才好，難道他們都錯了嗎？他們只是給周遭的人帶來災厄之外，別無用處嗎？他們為自己族群的尊嚴生存，群起而抗議，只是招來自己的身陷囹圄以及無數朋友和親人的受難？他走在街頭時，所有熟人紛紛走避，把他當作瘟神，難道是他們無言表示對他們的否認和卑視？不！不！歷史一定會還給他們一個公道的；他們的奉獻犧牲，爭取臺灣人「政治、經濟、社會」的解放，即使有暫時的挫折，將來在這個土地上一定會開花結果的。

「雪梅，我覺得非常抱歉，我……」

簡阿淘想要向她闡釋他們的思想和行動背後的偉大理想，但突然打住了話。這是老調重彈，對孤苦伶仃的一個年輕女人而言，這是脫離生活現實的唱高調罷了。

「那麼妳打算……」簡阿淘吶吶的說。
在那愁苦而憔悴的林雪梅臉上忽然湧上了一絲絲笑容。
「我會找到幸福的。」她高興的說。她打開了皮包，拿出一張黑白照片。
「你看。這是我未來的老公，他在高雄的一家貿易公司做職員。」
簡阿淘拿起了照片，仔細的看照片裡的每一個人物。這是一張全家福照片，只是少了女主人。照片中央是一個五十多歲的禿頭漢子，他相當健壯，好像那套不合身的西裝束縛了他的自由似的。他的左右，各站著一個男孩和女孩，男孩穿著小學制服，顯然是十歲左右，女孩還幼小，似乎還在念幼稚園，她咧開著缺門牙的嘴開心的笑著。當然那漢子的雙手緊緊的拉著他的一對子女。
「你是說，同這照片裡的男人結婚？」簡阿淘又吃了一驚，細細的又端詳起跟林雪梅相差二十多歲，盡可以做她老爹的那照片裡的禿頭漢子。
「是啊，他非常體貼呢！」林雪梅又高興的微笑。
「他不是有兒女了嗎？」
「是啊，他去年喪妻，我要嫁給他做後母啊！我一定得疼這兩個孩子，做真正的他們的媽媽才好。」
「可是這不是太委屈妳了！」簡阿淘好容易才從牙縫間擠出這一句話，猝然覺得很不適宜而後悔了。
「委屈？是嗎？可是我又能嫁給誰？老公被槍決、大哥被抓的不吉祥的女人，誰敢要？唯有他一點也不計較，展開雙手溫柔的擁抱我，我只有感激和感恩，哪來的委屈？」

林雪梅平靜的說著，但他卻看見她眼眶裡噙滿了熱淚，一滴滴滾落了臉頰。

「雪梅，如果妳的婚事還沒有決定，請妳慎重考慮。妳嫁給我好嗎？我一定盡我的力量讓妳過得幸福。」

他終於說了，他代表所有傷害她的心的人，要補償她，即使並不真正愛她，因為結婚這碼子事並非單靠愛情的有無來決定的，無疑，它的背後藏著複雜的因素。誰敢說他和她的結合注定是失敗的？

「你這算是求婚嗎？太遲了。」

林雪梅黯然神傷的瞥了他一眼，小心地把照片放進皮包裡，冷漠地站起來。

「我走了。恐怕再也沒有機會跟你見面了。阿淘，你要保重！」

林雪梅不願給他解釋為什麼不願接受他的求婚就低著頭走出去。簡阿淘癡癡地看著她的身影，忽然覺得在她堅毅的告別裡，其實藏著挽救不了的脆弱和某些躊躇，但他只是軟弱的坐在椅子裡，卻不敢再站起來阻止她離去，再做一番掙扎。

他隨後走出「南風」喫茶店，林雪梅早已不知去向，他也忘記去「度小月」吃碗擔仔麵就漫步走回家去。

約談

一

晚秋的那一天早上，雖然鉛色的天空低垂，風帶有寒意，但簡阿淘的日常起居一如往昔並沒有任何改變。六點半出門，搭十路公車在廢棄的磚窯前下車，然後走路二十分鐘到小學。八點四十分第一節開始上課。他像一隻巴甫洛夫（Pavlov）的狗，聽到上課鈴響就腋下夾著課本上課去。他雖然並不快樂，但也並不見得情緒惡劣，只是表情黯然，準備幹例行的工作罷了。

抵達教室，剛把課本放在教桌上，清清喉嚨，想講幾句開場白以便吸引學生的注意力的當兒，教室門口來了校工老張。

「簡老師，校長有請，請立刻到校長室。」老張用濃厚的山東腔說。

「什麼事？那麼急。我要講開場白呢！」簡阿淘嘟噥著，心裡覺得很不高興。但也未敢怠慢，只好吩咐學生把課文唸一遍，隨即跟著老張背後走了。

他一踏進校長室就聞到一股凝重的氣氛，那頭頂全禿的王校長和管人事的教務主任林文重都在場。看見他來了，有些尷尬的神情掠過他們的臉，除他們兩個人之外，另外有個陌生人在，年紀約三十多歲，瘦瘦矮矮，臉上毫無表情，不過不像是幹粗活這一類的人，倒是斯斯文文、安安靜靜的。

「他就是簡阿淘老師。」王校長勉勉強強的擠出了一句話，指著簡阿淘說。

那陌生人並沒有跟他寒暄，只是盯盯地審視他，好似在他心裡有一張簡阿淘的照片，他正在驗明正身的樣子。簡阿淘安靜地等這陌生人開口說話。

那陌生人卻依舊不說話，從口袋裡摸出了一張公文。

「看完以後，你可以跟我走了。」陌生人簡要的說。簡阿淘接過那張公文，看到文末蓋著「警備總司令部」的大紅印，已經猜到了一半，這張公文是逮捕狀，抒明要他到庭，說明案情。只是牽涉到哪一種案件，並沒有寫明。簡阿淘自己倒心裡有數，他就點頭答應了。他知道，這大約是一個月前被捕的他的好友甘火順惹的禍。

校長和林主任憂心重重地看著他發呆，可是對方是警備總司令部派來的，也就小心翼翼，噤若寒蟬，不敢再講話。

「你先走！」那特務說。簡阿淘就在前面走，看著他熟悉的幾棵茂盛的桃花心木，從玄關走到國父銅像前的校門口。那裡停著一部福特牌的轎車。

他和特務坐進後座，車子就開動。車子駛過了臭氣熏人的左昌溪橋，經左昌鎮，直駛K市。可是車子並沒有直接駛到目的地去，它在○市的街道繞了幾圈，最後在一條狹窄的巷子中間三樓的洋樓前面停下。特務大約是預防他認識這洋樓的位置而特地兜圈子的吧！其實這是多此一舉，簡阿淘很少出門，對○市的地理環境一竅不通，連東西南北也搞不清楚。

特務示意他下車，仍然讓他先走，以防他脫逃，逕自上到三樓去。三樓的房門一打開，簡直要嚇呆了，二十坪不到的這房間，密密麻麻地擺了三排辦公桌，少說也有三十多個人擠在一起。可是辦公桌上什麼也沒有，這些人也不是在辦公，只是互相起勁的聊天、喝茶、看報、抽菸，悠閒地打發著時間。如果要指出跟普通的辦公室不同的地方來，那麼就是偶爾在辦公桌上可以看到那亮晶晶的手銬吧。

那特務時時跟裡面的人打招呼，似乎在同一個角落裡跟某個人嘰哩咕嚕的講一大堆話，然後又折回來。簡阿淘以為這是他留步的地方，但並不是，他的期待落了空。他不懂這特務為什麼帶他來這兒一趟，晃了一下，又要走了。但此事由不得他來質疑，只好乖順如一隻綿羊。

車子駛過了靄河橋，終於停在一幢樓房前面。簡阿淘默默地爬上樓梯，磨石子的樓梯相當寬大，可容三、四個人並肩走，爬樓梯的當兒，簡阿淘就遇見了穿著如地痞流氓流裡流氣的漢子，以及濃妝豔抹，把嘴唇塗得如血盆大口的女人，這些男女似乎都是屬於下層階級，搞那齷齪營生的人。走到四樓，簡阿淘忽然靈光一閃，恍然大悟，原來這樓房是妓女戶。他曾經聽說過，可是由於他從來沒到過這附近，也就想不出來了。他不懂，為什麼警備總司令部要設在這妓女戶的樓上，也許跟線民接觸很方便的關係吧。

特務敲了一個房門，裡面有人應聲而開了門，這房門是個普通住戶的格局，約有三十坪大小，客廳、臥房、起居室、廚房一應俱全，每個房間裡的擺設也和普通住家沒有兩樣，沙發椅、茶桌都是陳舊的，微微發出一股霉味。

簡阿淘坐在那沙發椅上等。帶他到這兒來的特務不知什麼時候離開的，忽地看不見了。

簡阿淘百般無聊地閉目養神，神智逐漸朦朧起來。肚子咕咕的叫，而且愈來愈緊張，尿意頻繁，他就站了起來。

「不准動！」不知從哪兒冒出來的一個彪形大漢，迅速地跑過來，使勁地按住他的肩膀，讓他又復跌坐在沙發椅上。簡阿淘這才意識到情況的嚴重性，他究竟是被捕的，行動是受人控制的。

「我只是想去小便。」簡阿淘抗議。

「你先要說，經准許以後才可以動，明白嗎？」

那特務用厭煩的神情說，倒不為難他，把他帶到廁所裡去。對著發黃汙穢的便尿器的時候，簡阿淘的眼淚不覺一滴滴地滾落臉頰，他想起嗷嗷待哺還在吃奶的么兒來。如果他今天不回去，或者永遠不回去，不知誰要把他養大成人？這年頭，人人自危，甚怕牽涉到叛亂事件，誰敢伸出援助之手，幫忙他的妻兒度過難關？他本身是一個教訓，活生生的一個例子呢。原來他和甘火順是多年好友，他們倆的交情一直遠溯到光復那一年。後來甘火順因叛亂案件被抓，犯了戡亂懲治條例第五條，被判十二年。過了一年簡阿淘也被捕，卻是犯了檢肅匪諜條例第九條，俗稱知情不報，被判五年。甘火順可能是屬於蔡孝乾領導的省工作委員會的臺共，而簡阿淘卻不是。簡阿淘是光復那年和他中學時的老學長吳多星交往而被捕的。不幸，吳多星是重整工作委員會的首腦，是臺共的新領袖，因此簡阿淘如何辯解也終歸無效，他冤枉被關了三年多。後來，有一次減刑條例通過，包括赦免知情不報的政治犯在內，他就僥倖被釋放。他和甘火順所犯的案件，風馬牛不相及，本來就扯不上任何關係。簡阿淘知道甘火順是個熱烈的馬克思主義信徒，他相信無產階級專政的那一套神話，他把這主義稱之為科學的社會主義。簡阿淘知道甘火順的信仰已經走火入魔，早已變成頑固的教條主義者。簡阿淘應該算是個社會主義者，但是他的烏托邦接近瑞典或丹麥那種福利國家的形態，可以說他也是個自由主義者；只是跟胡適這一類的舊自由主義者不同，他是受到馬克思主義洗禮的新類型自由主義者。所以他極端憎惡教條的法西斯獨裁，當然也不喜歡所謂無產階級專政此類的獨裁。

雖然他和甘火順的意識形態不同，但這無礙於他們倆的友情；究竟他們生長於一樣的時代環境，除去無法在思想上溝通之外，有相當多的共同嗜好以及對文學和人生的看法。足足坐了十二年牢之後，甘火順被釋放回來，簡阿淘沒有理由不跟他來往，但是他也有一丁點兒警戒心，儘量少去找他。一年裡頭，除端午、中秋、過年時帶一些禮物去看這老友之外，他除非有要緊事，否則很少到甘火順家裡去；在這麼一個險惡的時代裡，兩個有烙痕的政治犯，時常來往，無異是自尋死路；那老大哥的眼睛是無所不在的，一定不高興舊政治犯的互相關懷。這種友情其實是再組織的步驟，在老大哥雪亮的眼睛裡，是容不下此類假惺惺的互舔舊傷口的行為；因為那傷口是老大哥一手造成的。

大約在一個月前，簡阿淘風聞甘火順再度被捕。他不太清楚，甘火順出獄以後這幾年來暗地裡搞了什麼，但他卻是光明磊落的，他自以為不管甘火順此次再度被捕的原因是什麼，這完全與他無關。基於他忝為甘火順的老友這一個很普通立場上，應該去他家探視一下，即使他幫不了忙，總得安慰一下老友的妻兒。

哪裡知道，他這一步棋是下錯的。老大哥絕不放鬆任何一個細節，簡阿淘抵達甘火順的家，還來不及跟火順嫂打招呼，屋子裡頭倏地跑出來一個身體魁偉的漢子，一把抓住他。這個漢子就是守株待兔的特務，簡阿淘簡直是自投羅網了。

後來那特務只記下他的姓名、住址、服務場所後就把他放走了。當然那特務是叫火順嫂證實，他所供的資料是否真實後，這才笑嘻嘻的放他走的。

簡阿淘知道這只是噩夢的開始，老大哥絕對不會就此罷休。他心裡早就有些準備，只是不知道何時何地，以什麼方式被捕。

二

「把人犯帶進來！」

從簡阿淘面對的緊閉的房間響起了如雷似的聲音。剛才帶他去小便的特務，趕忙推了簡阿淘一把，示意他進去那房間。

簡阿淘拖著不情願的步伐走到房門前時，驀地那房間半開，將他吸進去，又復在他背後合攏。

「坐在那兒！」

一個矮矮胖胖的中年漢子用江蘇腔的普通話說。這個傢伙肥得好比是一尊彌勒佛，雙腳很短，走起路來像個球一樣滾。簡阿淘迅速瀏覽了一下，這七、八坪的臥房，這才看到還有一高一矮如黑白無常的兩個特務，百般無聊地坐在彈簧床上，監視著他的一舉一動。

隔著書桌，簡阿淘和彌勒佛先生相對而坐。

彌勒佛先生愁眉苦臉地在桌上攤開二十行薄紙，拿起原子筆低頭書寫了一陣子。簡阿淘看到他短如小孩的手掌，到處都是笑靨般的小渦。

「你叫什麼？什麼時候生的？住在哪兒？幹什麼？籍貫是？」彌勒佛先生聲音宏亮，如連珠炮似的發問。

簡阿淘太熟悉這一套了，他就用他的臺灣國語接連回答。說到他是臺灣省臺南市人的時候，那彌勒佛先生愣了一下。簡阿淘知道彌勒佛先生把他當作老芋仔看待；因為他一向留有老芋仔頭的關係。

「你曾經犯過罪沒有？」彌勒佛先生的發問逐漸切入核心來。

「犯過。曾經因檢肅匪諜條例被判有期徒刑五年。」

這帶給彌勒佛先生熱烈的震驚和迷惑。

「你說犯了什麼罪？」彌勒佛先生一時想不出這條法律條文來的樣子。

「就是知情不報嘛！」

「哦，我明白了！」彌勒佛先生很寬心，滿頭大汗，嘴巴唸唸有詞地說「知情不報」，然後把他的口供書寫下去。

「不過我只坐了三年牢就放出來了。」簡阿淘補充了一下。又是一陣震驚，那彌勒佛先生兀自發呆，不相信政治犯也有減刑提早釋放的可能。

「為什麼？」

「是大赦吧，我也搞不清。」

「大赦？什麼叫作大赦？」

彌勒佛先生拿出骯髒的手帕，拭了拭額上的汗珠，把一張舊報紙推給他，叫他寫「大赦」兩個字，簡阿淘就照辦。

「哦，就是這兩個字啊！我懂。」彌勒佛先生如獲珍寶，在口供裡按簡阿淘所寫的字依樣畫葫蘆一番。

「你既然是政治犯，那麼和甘火順是同夥啦？你跟他有什麼關係，據實招來！」彌勒佛先生聲調一變，用威脅的姿態說。

「二十年前我犯的罪跟甘火順的案件無關，犯案的詳情我不能說，我被關在保密局的時候，他們叫我發誓不可把案情告訴任何人。你既是警備總司令部的人，不是保密局的，你想知道我的案情，請向保密局打聽！」簡阿淘使用了變相的默祕權。

「少來這一招！保密局就是我們，我們就是保密局。」那彌勒佛先生氣極敗壞的說。後來不知怎麼的，竟沒有追問下去。

「你說你在二十年前就被釋放，那麼你恢復自由後已經過了二十年了？」

「是啊，甘火順是五、六年前才被釋放的，所以兩、三年前我才取得聯絡，重新跟他來往。」

「哦！那麼你們的交往很密切，是不是？」彌勒佛先生好容易逮到一條尾巴，很狡猾地微笑。

「沒有！我在小學教書很忙，一年裡頭頂多只找過幾次。甘火順好像犯的是臺共案件，而我卻不是！我只是被朋友連累罷了。」

「你不是臺共，那麼是臺獨啦？」彌勒佛先生笑嘻嘻的刺探了一下。

「我是三民主義的信徒，可以吧？」簡阿淘忍不住小小的螫了他一針。

「放肆！」彌勒佛先生漲紅著臉使勁的拍了一下桌子：「你如此傲慢無禮，不必跟你磨菇下去。即刻押解到臺北去！」

「對！對！這個傢伙這麼頑固，別饒他，揍他一頓，再押上臺北！」

那閒著無聊的一對黑白無常霍地一起床，凶巴巴，裝腔作勢地指著簡阿淘一陣亂罵和指控，最後一句結論是：「這種匪諜早就該槍斃了，還留著他幹什麼？」

簡阿淘對這種訊問方法瞭如指掌；他們通常分做正、反兩隊，一個扮黑臉威脅犯人時，另一個扮白臉用甜如蜜的話語安慰和懷柔，以期人犯供出他們所需要的口供。

「算了，他也不見得是故意的吧！」彌勒佛先生為了訊問順利進展起見，扮起白臉的天使來。

「你找他的時候，甘火順給你講過什麼話？」

「有啊！他家養了不少熱帶魚，出售賺了錢，他的太太去醫院開過刀，諸如此類的聊天。」

「廢話！我是問你甘火順有沒有講過政府腐敗，大陸共匪不久要渡海來攻臺，所以我們要好好準備，迎接共匪來臨，幫助共匪推翻政府等此類的話……」

「這倒沒有聽說過！」簡阿淘神定氣閒的說。

「你別以為我們不曉得你們互相勾結，圖謀不軌。你再不講老實話，一味地敷衍，我們可要動刑了。」

彌勒佛先生忽然勃然大怒，指著簡阿淘的前額，厲聲大罵。

那黑白無常正摩拳擦掌地等這個機會來臨，也就一下子衝到簡阿淘旁邊，左右各一個站著，把簡阿淘夾在中間，用力捏住他的肩膀。他們的手指甲戳進他的肩膀，一陣疼痛擴展開來。

「哼！你現在可要小心了。我再問你，他有沒有拿什麼刊物給你看過？」

「有！有！」簡阿淘連忙回答。

那黑白無常看到他願意認真回答了，這才鬆了手，又復回到床上去坐。

「什麼書？」

「幾本過期的《臺灣政論》和《中華雜誌》，」簡阿淘繼續說明：「《臺灣政論》是康寧祥辦的，《中華雜誌》是貴黨胡秋原辦的，都是政府允許發行的，合法的啊！」

「哼！嗯！」彌勒佛先生苦喪著臉，似乎有難言之隱：「這些雜誌都壞透了！你經常去買嗎？」

「沒有！我沒有錢去買。這些雜誌都是過期的，甘火順不要的。」

「好了，好了，雜誌的事不談了。除這以外，他有沒有拿其他的書給你看？」

「有一次因為我喜歡研究臺灣文學，所以他替我從日本買回尾崎秀樹所著的《舊殖民地文學之研究》。我付過書錢，並不是他白送的。」

「什麼叫作臺灣文學？什麼叫作舊殖民地文學？吃飽飯沒事情做，專搞此類莫名其妙的事情？」

彌勒佛先生厭煩得要死，每當簡阿淘提出他所不能瞭解的新名詞來，這似乎要他的命，會叫他頭痛欲裂，他又不得不設法瞭解，這使得他陷入一陣極端的混亂和惶恐中。

「還有沒有其他的事要談？」彌勒佛先生顯然問不出所以然來，也就準備結束訊問了。

彌勒佛先生迅速地寫好口供，叫簡阿淘看。簡阿淘仔細的看了那由一問一答所構成的猶如採訪錄一般的口供，發現了好幾個錯別字，這可不關他的事，他在心裡冷笑了一聲就在文末簽名按上指模。

彌勒佛先生又另外拿出一張用活字版印刷好的字條，叫他再次簽名。那字條上面寫著，嚴禁把此地的所有訊問過程洩露，否則願受法律制裁等話。只是簡阿淘心裡暗暗納悶，如果他把今天的情況告訴別人的話，到底觸犯了哪一條法律？

彌勒佛先生如釋重負，態度和藹可親的把他送到房門口，而且很客氣的替他開了門送他出去。臨別時，彌勒佛先生滿臉堆著笑，恭恭敬敬的再三叮囑：「如果你忘去講了什麼事情，請立刻趕回來給我們說一說。我們隨時恭候大駕光臨！」

簡阿淘聽到這句話，覺得啼笑皆非，幾乎以為彌勒佛先生發了神經了。

他迅速地走出外面，瞥了一下手錶，剛好是十一點半，他還來得及趕回小學吃他的便當。

香港

邱永漢

◎一九五五年八月至十一月首次發表於日本《大眾文藝》雜誌，並於同年獲直木賞。本文書稿同為允晨文化一九九六年版本加以修訂，譯者為朱佩蘭，校訂者王偉綱。

第一章　自由的俘虜

1

他是一個被追蹤的人。以現在的情形而言，逃亡是他唯一的目的。為什麼被追蹤？為什麼非逃亡不可？根本沒有時間解釋這些事。這是有原因的。歸根究柢地說，這得歸因於人類世界的政治鬥爭。一個既沒有殺人，也沒有搶奪別人財物的人，卻得活在時時怕被人追蹤的恐懼之中，這就是戰後發生在臺灣的實際情形。為了生存，與其思考，不如快逃。不過，該逃到哪裡，他幾乎是沒有方向感。在臺灣島內時有火車他就坐火車，有卡車就坐卡車。好不容易才偷偷潛入離開臺灣的機帆船，勉強保住性命逃抵廈門。離開廈門時他已經是機上乘客了。這是一九四九年初夏，南京決戰之前就已準備逃跑的國民黨開始移往臺灣時的事。

這架飛機的目的地應該是香港。但當飛機剛起飛，在空中漸漸升高時，他就立刻感到非常愉快。甚至肩頭的空氣的壓力，似乎也隨著飛機在空中愈上升愈輕鬆。他想：更上升、更上升，然後把一切都忘掉吧。

……雖然已經過了好幾個鐘頭，賴春木卻尚未從夢中完全醒來。螺旋槳的聲音依然在耳邊轟轟響著。雖然坐著，卻覺得迷迷糊糊、意識不清。

這時，默默坐在他前面的男人突然張大嘴，哈哈哈地笑起來。

「剛才你好像很害怕的樣子。」

被他這麼一說，春木剎時恢復了自我。過去的經歷也同時在記憶中甦醒。驚懼仍活生生地在血液中奔騰。

現在他所坐的地方，是靠近九龍半島機場的偏僻貧民區內一間由上海人所開的旗亭。雖然說是旗亭，也不過是比攤販稍微好一點排著三張油汙的桌子的違建小屋而已。店內除了他和坐在他前面的二個男人以外，沒有其他客人。店前面有蒸饅頭用的大蒸籠，從那裡發出咻咻的蒸氣聲。無疑的是這聲音讓他聯想起引擎的聲音。

旗亭中，有一盞油燈從天花板垂掛下來，取代電燈。這盞鍍鉻的新式油燈因為使用石油氣化的燈，像太陽般猛烈燃燒，把狹小的室內照得如白天一樣明亮。

在燈光下，他面前手支下巴而坐的男人皮包骨的面孔透著黃色。原本就其貌不揚，加上身上穿的短袖襯衫也破舊，是個看起來彷彿風一吹就會被吹走似的平庸男人。

我就是把這個人當成最後依靠，才千里迢迢的從臺灣飛到香港這裡來。這個男人就是李明徵。光是這樣告訴自己，春木心中就湧起一股火熄滅般的淒涼感。

被官憲追蹤，逃遍臺灣各地的春木，在頻頻改變居所之後，最後在個把月前輾轉來到一位朋友家裡。由於伙伴們一個個被捕下獄，這位朋友就勸他去香港。因為香港住著他的一位朋友，叫作李明徵。聽說這個人的生意做得很大，擁有大宅邸和自用汽車，應該可以幫助他。朋友說著，不但替他寫了介紹信，而且親自到基隆港為他交涉赴香港的機帆船。然而，花了昂貴的黑市船費搭乘的船，卻沒有去香港而直航廈門。因為廈門不是他的目的地，所以抵達港口時春木並未上岸。這時一批攜帶傢俱什物的難民突然上船來。據說，這艘船要載著逃避內戰而赴臺灣的難民重返臺灣。既然如此，再怎麼和船家理論，勝負都是一目瞭然。最後，他只有提著一個手提包在廈門登岸，別無他法。

經過二個月的逃亡生活，他早已身心俱疲。巴不得早點抵達目的地，安安心心睡一覺。錢包裡著的錢雖然不多，但春木一心一意認為只要抵達香港就有辦法，因而買了從廈門到香港的機票。

然而，真正抵達香港才大吃一驚，根據記事簿上所寫的地址，由滿洲人苦力帶路而到達的地方，非但不是大住宅街，且是位於緊鄰機場背面的小山丘上的貧民區。從寬廣的柏油路跨過一座石板橋，就突然變成狹窄、凹凸不平的斜坡路。夾著這條坡道，兩邊的木造小屋如同參差不齊的牙齒，有凸有凹。當他踏進此地區時，已是夕陽西沉之後，在遼闊的機場對岸，雖然有香港美麗的夜景夢幻般地浮現著，但這一地區似乎連電燈都沒有，只有零星點著幾盞昏暗的油燈而已。

「喂喂，走錯路了吧？」

他以不安的心情，叫喚走在前面帶路的苦力。

「沒錯，要走到最盡頭的地方。」

苦力的聲音帶著絕對的信心。

鑽石山？難道英語叫作「Diamond Hill」這麼燦爛華麗名稱的地區就是這種地方？應該是香港

數一數二的富豪居住的住宅區，怎會是這樣的地方？不，不，這苦力一定是不熟悉當地的人。他一面這樣想著，一面跟在苦力後面走。

但愈往裡面走，路愈狹窄，在潮溼的黑暗中，傳來房東商人奇特的叫賣剩菜、魯肉的聲音。穿過其間，再往裡面走時，小木板屋就稀稀疏疏，處處出現種植蔬菜的空地。

「就是這一家。」苦力說著，突然停腳。

「怎麼會？」

春木不由得懷疑自己的眼睛。與其說那是住家，不如說是山中小屋較恰當，只是極其粗陋的臨時木板屋而已。屋內連油燈都尚未點亮，白色的月光從屋頂灑瀉在小巷道。

「李先生在不在家？」苦力大聲叫喚。

「來了。」

裡面傳來沙啞的男人聲音。過了一會兒才慢吞吞地走出一個矮小的男人，就是現在坐在他面前的李明徵，也就是老李。

春木啞然失聲，什麼話也說不出來，老半天才擠出一句話：

「你真的是李先生嗎？」

「我是李明徵，你有什麼事？」

矮小男人回答的聲音意外的平靜。春木好不容易才把來訪的目的告訴對方，他有點吃驚的樣子，但沒有說請進，就直接把春木帶到附近這家饅頭店來。

春木肚子很餓，一口氣吃下了三個大肉包子。填飽肚子後，新的憂慮又塞滿他的腦中。說是憂慮，不如說恐懼比較正確。當愛惜生命而逃亡時，只是拚命地逃，一點也不考慮前途如何。因為覺得只要能逃命，最後總會遇見有錢、有俠義心的男人來救他。在不知不覺間，他把老李當作這號假想人物。

可是，現在坐在他面前的這矮小男人看起來既不像有錢，也不像有俠義心的人。似乎是營養不良，三餐飯都吃不飽的樣子。而且在一對粗眉下，敏捷閃動的眼睛，如同伺機抓小鳥的老鷹，絲毫不放鬆。也許連他內心的驚慌也看穿了吧？

「你大概聽說我在這裡賺了大錢吧？」

「……」他不知如何回答才好。

「喂，是這樣的吧？」老李又問了一次：「既然是這樣，那麼家鄉的人大概都這樣相信。李明徵這傢伙一旦在香港賺到大錢，就把故鄉和老婆都忘掉了。人在貧窮時老老實實，但有了錢就狂妄起來。是不是這樣說我？」

他並不期待春木回答，因為他沒有給春木附和的機會。

「一定是這樣，要不然，哪有人像你這樣特地到這裡來找我？我不曉得你會怎麼想，但對我來說，那是滿中聽的話。反正李明徵在香港很春風得意的話，是我自己散播的謠言。但事實上當然是如你所看到的樣子，這才是我真正的面目，有一頓沒一頓。像我這樣的人被故鄉的人們認為是了不起的成功者，這不是很有趣的事嗎？也許你會覺得奇怪，為什麼需要耍這種猴戲？以後你也會漸漸瞭解。直截了當地說，流亡到香港仍被人說過著形同乞丐的生活，臉上怎麼掛得住？與其這樣，不如被人認為賺了錢就把從前的一切都忘掉的好。說不定就像俗語說的，弄假成真，在被認為有錢、有勢時，真的變成有錢人哩。然後真正成為有錢人時，那就太好了。人們動不動就批評有錢人，事實上心中最羨慕有錢人，撇開這些不說，你到底來香港做什麼？」

既然已經瞭解對方的背景，春木就不打算認真地說出過去的經歷。與其述說過去的事，倒先懊悔起來，為什麼自己不顧一切，就魯莽地跑到香港來？為什麼無法像二十六歲青年一樣，採取有判斷力的行動？但反過來說，現在能夠這樣自我反省，表示已經可以稍事喘息。至少在現階段，他沒有未來，也沒有過去。因為在這之前他原來是被恐怖阻擋在面前。就好像被疾馳的火車追趕，一個人在鐵橋上死命狂奔。要是一步踏錯，就落入千丈谷底，而逃不及則成為鐵軌下的死鬼。因此，他拚命跑，氣都喘不過來。到鐵橋盡頭處捨命跳下去。這一剎那以為獲救了。然而，當他戰戰兢兢抬起臉時，原來他是落入了沒有盡頭的泥窪中。

「那麼，你不是政治犯就是思想犯吧？」

「嗯，是的。」春木小聲點頭回答。

「既然這樣，來到這裡就沒事了。眾所周知，香港這個地方沒有國民黨，也沒有共產黨。其實這個鑽石山也有國民黨的敗戰將官住在一起，但大家都是沒有差別的難民罷了。」

「真的嗎？」

「幹嘛對你說謊？與其我囉囉嗦嗦地說明，不如改天你自己親自看看聽聽。這裡是與眾不同的世界，住一陣子看看，想法就會改變。會覺得思想政治這玩意兒是很愚蠢的事。以為政治可以救人的想法，實在太天真了。人類不能依靠任何東西來得救！不能被拯救，絕對不可能得救，你懂嗎？」

老李並沒有喝酒，卻像醉漢般舌頭打結。春木雖然感到生氣，但沒有力氣和他辯論。與其談論這些，他更擔心的是今夜住宿的地方。提到這事時，老李一下子露出為難的表情。

「你在香港沒有其他認識的人嗎？」

「是的，沒有。」

「哦。」老李呻吟了一聲就閉嘴不響了。映在壁上的影子停滯不動。春木的不安漸漸昇高，蒸籠的蒸氣聲咻咻響著。他搭乘的飛機在烏雲中迷失了方向，要降落也看不見下面的世界。也許不久燃料就會耗盡。也許會就此墜落的恐懼使他忘了羞恥。接著的剎那，他拚命喊：

「房間角落或走廊，都可以，請讓我暫時住下來。如果暫時也不行，那麼一夜也好。我實在是沒有別的地方可以去。」

「我是很想讓你住，」對方以無情的聲音說：「但不知道房東會不會答應。說起來丟臉，我自己已經欠了好幾個月房租，現在正要被趕走。在這種情形下，房租都不付，還要帶另外一個人住進來，實在不方便說。當然把事情說出來，也許會答應住一晚，但事實上不是住一晚就可以解決的問題。」

「房租要多少？」

「只放一張單人床的房間十元港幣，我現在租的房間比這稍大，所以付二十元港幣。但以我目前的情形，要擠出這二十元都不容易。」

「那就是說，付了錢房東就會答應讓我住？」

「那當然。需要錢才出租房間嘛。你到底帶了多少錢？」

老李的身體突然探過來，以銳利的眼光盯視他的臉。

「哦，沒有多少。」春木慌張地搔頭，同時不由自主地以左手緊緊壓住放著錢的口袋。「離開臺灣時是帶了一些錢，但船抵廈門後被偷走了。運氣不好的時候，實在沒有辦法。莫名其妙地發燒，躺在旅館房間時，放在皮箱裡面的錢全部不見了。要不然，也不會落到這樣悲慘的地步。」

「放在裡面的有多少？不會是全部財產吧？」

老李似乎看穿了春木在說謊，所以對遺失的錢並未表示關心。春木無奈地露出苦笑說：

「要是全部財產，這個時候已經在廈門做乞丐了。還好身上也放了一些錢，否則的話，想到像那些乞丐到處求乞也得不到一個錢，就不寒而慄。因此，花了錢坐上飛機，想不到是失策。」

「後悔已經發生的事也沒用，更重要的是現實的問題。不知道你帶著多少錢？在香港這個地方沒有錢就只有投海，所以用錢非得再三考慮不可。房東那裡我會好好的和他談，能少就少。但假使二十港幣左右，拿得出來嗎？」

「是。」

春木彎頭一鞠躬。在這種時候，老李對他而言，好像神一樣。只會抓住人們弱點的神，在諸神之中屬於最低級的部類。但事實上此類神總是最靈驗。春木從口袋掏出皺巴巴的綠色港幣兩張遞出時，神的臉上突然綻開和藹的笑容。

「真的非得再三考慮再用錢不可。必須在變成窮光蛋以前，及早採取對策，否則會變成我這個樣子。啊，今夜好好睡一覺，明天再想辦法吧。不管任何事，我都樂意接受商量。」

2

老李的房間是在木板屋中狹窄、陡急的梯子上去的頂樓。因為牆壁和鄰家連接，除了屋頂採光用的玻璃窗以外，沒有其他窗口。可以放二張單人床的空間也不過大約一坪而已，但因為放著舊木床的關係，房內就擠滿了。襯衫外套之類掛在牆上，煮飯用具是和其他雜物全部塞在床下。

春木被帶回這個房間，當夜就和老李並枕而睡，但久久無法入眠。五月的香港已經相當悶熱，除了從屋頂玻璃宣洩入的月光以外，與外界阻隔的房間裡面連空氣也紋風不動。老李很快就睡著了，但聽著他斷斷續續的鼾聲，愈發睡不著。不但如此，鄰室的男人翻身的聲音也都聽得清清楚楚。我還是被捕了吧？逃了又逃，以為逃過了，但最後還是支持不住，直接跳到了牢裡吧？一定是這樣。這裡不是牢獄是什麼？沒有想到我做下了無法挽回的事了。如果在臺灣乖乖的被捕，被關在火燒島，也許度過了十年種芋頭的日子就解決了。那樣一來，只要浪費十年的青春就可以了。事實上和我一起組織祕密結社的人之中，有人被判刑九年，也有人被判刑七年。然而，拒絕這種刑罰而遠走高飛到香港的我，卻必須在沒有鐵窗的牢獄過著不知何時才能結束的流浪生活。

這是春木做夢都沒有想到的結果。以往的生活中，他早已習慣於不自由和貧窮以及痛苦了。出生於殖民地的他，走過的都是事與願違的道路。他出生於臺南沿海一個半漁半農的村落，公學校畢業後，馬上進入嘉義農林學校。畢業時正逢大東亞戰爭當中，被日本以幾乎徵用的方式成為拓殖公司雇員，被派遣到菲律賓的內格羅島。雷伊泰海作戰開始時，他就和日本軍及居民們逃入山中，以吃樹皮或蜥蜴充饑。之後向美軍投降，度過六個月的俘虜生活，戰爭結束又被遣送回臺灣後，回到原來的拓殖公司工作。但由於來自大陸的國民黨接收委員為了安插他們自己帶來的一家大小，不久之後以一張公文就把他革職了。於是，被革職者之中，由大學畢業的人為核心，組織了反政府的結社，但卻是不知屬於左翼還是右翼的不倫不類的團體。簡言之，是不滿分子的集會。由於事跡敗露而有許多人被捕，但也有數人巧妙地潛入地下工作。春木也是其中之一。不過，拿過去的生活任何一段來說，都沒有快樂的記憶。儘管如此，他都能夠忍耐過來。為什麼能忍耐？那是因為這些事都有期限。期限總有到期的一天。因此，即使是判刑十年，一天累積一天，不久之後十年就會消失。然而，這次等於是沒有期限的服役。至少，春木有這種想法。

所謂青春就是這樣的嗎？不，我本來就沒有過青春。他愈想愈覺得青春是無可取代的珍貴的東西。只是聽到「青春」這二個字，他的心就躍動起來。不過，他從不曾有過戀愛的經驗。與女人的關係不是十分動物性，就是相當事務化。對他來說，所謂的青春恰似星星在夜空閃爍發亮，毫無疑問的存在，但同時也是在伸手不可及的地方綻放光芒。雖然如此，他仍不住地夢想這顆星

「某夜」會突然飛到自己身上來。這個「某夜」，他認為該是有期限的痛苦結束時那一剎那才對。因此，假使說痛苦是沒有盡頭的，青春就永遠不會來臨。

他開始懊悔選擇這條沒有宣告也沒有判決的道路。旁邊的老李睡得很熟，光是這種神經就很了得。也許經過磨練以後，他也會變成這樣吧？春木彷彿目睹了自己未來的面貌，感到欲哭無淚。

不過，在開始迷迷糊糊入睡時，卻夢見被國民黨憲兵追蹤的場面。不知不覺間舞臺移到內格羅島，已無處可逃，他拚命爬上椰子樹。強烈的熱帶陽光從碧藍的天空射下來，讓人眼目眩暈。在這一瞬間，他聽到從大編隊發出的爆音，地上的高射炮陣也開始發射。

「啊！」他叫著，從椰子樹上掉下來，同時也從夢中醒來，他才撫胸安下了心。

天尚未亮，但已聽到房子前面的路上有車子和人經過的聲音。顯然附近有工廠，傳來機器運作的單調聲。到碼頭找工作的男人們，和到紡織工廠上班的女人們，使得結構上貧窮人的區域比有錢人的區域早晨來得早。

春木起身靜靜眺望逐漸變白的採光窗。

「怎麼，已經醒了？」

回頭看過去，老李微微睜開眼睛。

「還早，最好再睡一覺。」

「嗯。」他回答。

「昨夜你好像睡不著的樣子。但沒什麼好擔心的，不久就會變得睡了再睡還嫌不夠的程度，好睡得很哩。」

春木沒有回答，打開門，走下狹窄的梯子，到木板屋後門外面。屋後背對著背也搭建著形式相同的木板屋，二者之間成為小巷道。從小弄道那邊有個年輕人以扁擔挑著水走進來，看到他就輕輕點頭招呼。

「昨夜來的人就是你吧？」

「是的。」

「聽說是坐飛機來的？」

「對。」

這男人走到他面前過去，把肩頭的扁擔放下來。聽到飛機，似乎有點感動的樣子。抬起不像勞動者的纖細的手，擦拭額上的汗。從前也都是白色的額頭和頸項都曬成赤銅色。

「從前就認識老李的嗎？」那男人問。

「不，第一次見面。」

「那麼，不是老李特地從臺灣叫來的囉？我也覺得不可能是這樣的嘛。」

「李先生這樣說嗎？」

「哦，沒什麼。」

那男人笑著矇混，提起石油桶的把手，拿掉水缸蓋，刷——一聲把水倒進去。

「要到什麼地方挑水？」

「大約一公里遠的地方，因為水管只通到那裡。」
「那可真麻煩。這附近沒有水井嗎？」
「靠近海，挖了水井，水也是鹹的，不能用。」
「那太不方便了。」
「但因為這樣，我才有飯吃哩。要是這附近有自來水或水井，從當天起就沒有飯吃了。哈哈哈……」

那男人挑起空的石油桶，快步走出小弄道。

太陽高高昇起後，春木才由老李帶著出走出家裡。在太陽光下，老李看起來沒有昨夜第一次見面時那樣陰沈的感覺，也沒有那樣老。雖然眼尾有許多皺紋，但這是勞苦造成的，年齡頂多四十歲左右吧？

二人走在菜園極多的丘陵斜坡路上，是個晴朗的日子，前面叫作獅子山，都是岩石的禿山輪廓清晰地展現雄姿。從丘陵上面眺望，機場的跑道和海，以及海那邊聳立的香港島近得驚人。中國式小帆船閃閃發著光，在其間航行。

「我流浪到這裡時，剛好是二年前的這個時候。才二年，但窮困的生活過二年實在太長了。」老李感慨地這樣說。

今天早上的老李和昨夜判若二人，容易親近。也許是天氣的關係吧？或者是到處洋溢著陽光關係吧？

「世上有很多諷刺的詩人，把我們住的這破爛山丘叫作鑽石山。」

「已經超過諷刺，是罪惡了。」春木說。

「不錯，正是罪惡。因為對窮人來說，鑽石是毒藥。我曾經每天晚上夢見鑽石。好像蒙第克利斯特伯爵那樣。有時候當伸手抓到寶藏的剎那時醒過來，那時候總是懊惱得整天都吃不下飯。假使二年前我搭乘來的機帆船沒有半途發生故障，就不會落到這種地步了。」

二年前，也就是一九四七年，老李組織偷渡船，從臺灣出發。但在接近香港的海上，引擎發生故障。儘管船員全體搶修，但仍一籌莫展。船在海上漂流了二天二夜，好不容易已看見的島影又從視界消逝無蹤了。於是請求剛好經過的廣東人機帆船拖航，被對方藉機敲竹槓索取四萬港幣的報酬。不過，總比在海上繼續漂流好，於是彷彿是溺水之人抓住稻草梗讓他們拖到香港之內。從海事法上說，對方不應該索取如此鉅額的錢。但變成訴訟之後，在案子解決前，船被暫時扣留。對原本就是小額資本匯集而勉強開始的事業，這一來實在慘不忍睹。十多名貨主各有主張，船東則堅持那四萬港幣的支付他一個錢都不認帳。最後甚至船員的薪水也付不出來，使得船員公然偷走船上的機械器具、擅自出售。因而等到船回到手中時，已經變成不能航行的廢船。不得已，他只好帶著船員搬到這木板屋來。錢用光了，船員一個個減少，最後只剩下他一個人，儘管如此，老李仍無意回臺灣。不如說，是想回也回不得。因為與船東和貨主都有糾紛，而他本身的資本實際上是由親戚們出資，所以一定會被討債。

「一旦運過時衰就悲慘了。人就是在最需要錢的時候沒有錢，不需要錢的時候錢反而會聚攏來。所以人絕對不能貧窮，無論如何不能貧窮。即使出賣朋友也一樣。」

「開玩笑吧？」

「不，不是開玩笑，很認真的。」老李表情嚴肅地強調說：「連這樣的事都不懂，就是證明你還沒有吃過苦。反正你是小資本階級分子。今後幾年，你也試試我這種生活看看，不會變成和我同樣的心態才怪哩。目前住在那棟房屋的將近二十年。都很窮，都在掙扎著要脫離貧窮。掙扎中的人哪有道義心？」

「這麼說，我早上遇見的挑水男人，也是臺灣人吧？」

「周大鵬嗎？」

「哦，沒有問他名字。好像是老實人吧？」

「老實人？算了吧。」老李不屑地說，嘴角浮現輕蔑的表情：「像他這種人叫作傻瓜。聽說這傢伙本來在臺北一家銀行上班，因為領的薪水有限，卻每天受一疊疊鈔票的誘惑，終於造起反來。他偽造銀行支票，借給人做為投標時亮給對方看之用的錢，以此賺取利息。可見是有小聰明的傢伙。但有一次這張支票遺失，偏巧撿到的人拿到銀行兌換現金，事情才曝光。這是他自己說的，所以該不會錯。到這裡還算好。因為是人，難免會做愚蠢的事。但後來就不行了。來回一公里路，才賺十五港分，這管什麼用？連飯都吃不飽嘛。假使我有他那樣年輕和體力，寧願去當年輕牛郎賺錢，反正是同樣肉體勞動。」

沿著機場柵欄的寬大柏油路，在直射的陽光下如同盛夏一樣炎熱。這條路走了一會兒，就來到九龍城。

九龍城是勞動者的城市。到底是地價昂貴的香港，這裡也都是三、四層樓的房子並列。不過，全都是戰前的舊式構造。牆壁覆蓋著黑色的霉，還在滴落水滴的洗濯物飄掛在騎樓。街道微髒，騎樓下小攤販或小吃攤雜亂地延續著。

穿過其間，老李在路旁的竹椅坐下來。那只是擺放四、五把類似茶几的矮凳，連攤販都算不上，極其粗陋的便飯攤。梳著大髮髻的鄉下人模樣的房東女人把一個石油桶放在炭爐上，等候客人。石油桶內似乎是蔬菜和肉混合著烹煮，冒出熱騰騰的煙。

「你的朋友嗎？」女人看見老李時問。

「嗯，昨天從家鄉來的。真糟糕，有很多人以為只要到香港來就有辦法。」

老李以廣東話回答，但回頭看到呆然不知所措的春木，改以臺語說：

「這裡那裡研究的結果，最便宜又好吃的就是老太婆這裡。一碗飯五分錢，菜方面如果只是青菜，每盤五分，加一點肉的話是十分。所以有二十分或三十分，就可以吃一餐了。比自己煮還便宜。因此，只要天氣好，我每天到這裡來吃。」

春木雖然肚子餓，但湧不起食慾。看著餓鬼般狼吞虎嚥的老李，胸口比肚子先脹起來。

「為什麼不吃？心情不好嗎？」

「不。」春木搖頭。

「不過，有這樣的飯吃已經算不錯了。要是磨磨蹭蹭下去，連吃這種飯的錢都沒有了。所以在沒有落到那種地步以前，不想辦法是騙人的。」
「話是不錯，但沒有什麼我能做的吧？」
「什麼都還沒有做，怎麼知道做不來？我在變成目前這個地步以前，什麼事都試過。製作過甜豆、製作過果凍、糖果，甚至想過以小孩為對象，附贈糖果的抽獎等等，但都不順利。」
「從前做過這麼多生意？」
於是，老李突然歪歪嘴說：
「不要小看我。從前在滿洲還是做官的哩，只是人窮就鈍了，哈哈哈……」
吃完後，老李從口袋裡掏出一張十元鈔票要求找錢。瞬間，春木的眼睛發亮。一定是昨晚我交給他的錢。一定是向我拿了二十元，而只付給房東一半而已。因為事實上昨夜連肉包子的錢都是春木付的。
不過，老李全然沒有發現春木臉上所出現的變化。或者是假裝沒有發現也說不定。
「老實說，現在倒有確實可以賺錢的工作。」
「沒有資本也可以做的工作嗎？」春木諷刺地問。
但老李佯裝渾然不知的樣子回答：
「當然不能完全沒有資本，但就算要，也一點點而已。我想是適合你的工作。」
「不要以為我有錢。」
「不，絕對靠得住。五萬元有五萬元的生意做法，五十萬元有五十萬元的生意做法。這是以五十元資本就可以做，絕對會賺錢的生意。」

老李突然變得非常雄辯，眼睛也跟著發出異樣的閃光。聽說是五十元，春木不知不覺間已經心動了。這種數目的錢，他的口袋裡就有。

「那是什麼生意？」

「就是到市場做乾烏賊片販賣的生意。」

「乾烏賊片？」

「對。把烏賊烤熟壓成薄片。」

據他的說明，在香港的市場幾乎任何種類的食物都有人在賣，奇怪的是像日本人做的那種經過滾子壓扁的烏賊薄片，就沒有人賣。從日本進口的北海道烏賊魷魚，零售價是每斤二元左右。但經過燒烤加工後，不但量會增加，味道也特別好，售價就加倍。一天只要賣五斤至十斤，生活就可以確保了。

「問題只是沒有執照做攤販生意，一旦被警察抓到就完蛋。這些警察狗仔天天都來，要是跑得不夠快，就會報抓進牢裡。不過，是警察可怕？還是餓死可怕？根本不能比較嘛。事實上剛才我們走來的路兩邊那些攤販，差不多都沒有執照。」

老李話說得有道理，致使春木覺得自己所處的立場頗為可恨。對方也不好。假使對方是個比較穩重的人，就算最後的五十元全部報銷也不懊悔。然而，對方只是把自己當作可利用的對象，所以猜疑心就愈來愈大。不過，他的警戒心愈強烈，老李嘴角的微笑也愈大。果實一旦成熟，自然就會掉落。老李似乎覺得等待時機成熟就可以的樣子。

「嗨，難得吃飽肚子，散步一下怎樣？」

老李說著，慢慢站起來，探視騎樓間稍可窺見的天空。

3

老李是個活動力強的人，在春木尚未表示要或不要之前，就一步步調查摩羅街舊物市場哪一家店有滾子，海產物批發街哪一家南北行魷魚最便宜等。然後又帶春木到香港和九龍所有的市場去做市場調查。果然不錯，所有的市場都沒有賣壓成薄片的烏賊。

漸漸瞭解情況後，春木覺得這烏賊薄片生意似乎可以做。隨著口袋的錢一天天減少，他也開始焦急非快點想辦法不可。加上每天在同一個房間碰面，覺得老李也不是什麼壞人。既然要做生意，就需要合作的人。只要睜大眼睛注意，就不必擔心營收被矇騙。再說，最讓人感到安心的是，老李實在是有能力的工作好手。

在許多市場中，老李認為香港島的蕭頓球場邊出入的人最多，所以表示要在那裡設攤販。於是，買了滾子和炭爐，並且事先說好萬一警察來搜捕時逃跑的順序。炭爐體積大，而且笨重，萬一來不及的時候只好犧牲，滾子則由老李，魷魚由春木分別扛著跑。

球場是可以舉辦足球賽、籃球賽那樣大的地方，周圍以鐵絲網圍繞著，攤販就是沿著這鐵絲網設攤。有賣餛飩麵的店，有店前掛著乾鴨、香腸的飯館，有榨甘蔗汁的店，也有推著香蕉、芒果、山竹果等熱帶水果商。懸掛罹患性病的性器官照片，賣莫名其妙的膏藥的遠道商人，彈奏胡琴的女藝人。此外也有人賣日本製的低廉玩具和鋼筆之類的東西。從前就住在這裡的人們，加上新近流入的難民，夾雜混合在一起，每天有數不清的人們從早到晚來來往往，熙熙攘攘。白天強烈的陽光毫不容情地直射，加上灰塵、叫聲、嘆息、汗水、體臭，簡直令人發瘋。晚上，在乙炔燈藍白色燈光下，把圍繞在周圍的人們陰暗，疲於生活的影子投射在地上。聚集在這裡的人們，感覺不出有明天。人們走走，偶爾停停，投出渴望的眼光，然後又走。在鬧市走動的人們，腳步一定都是沉重的，而這沉重的腳步又會釀造出一種沉重的氣氛。人們究竟為什麼要來走動？恐怕自己也不知道吧？不，從開頭就是沒有目的。一定是人生過長，使得時間太多，不知道做什麼才好。人們只是反覆喊著、笑著、嘆著、賣、買，然後把沾著血和汗的紙幣從這隻手轉到另一隻手罷了。

在這種情形下，春木他們插入其中開始做生意當天，整天沒有受到警察的搜捕，非常平靜。正如老李的預測，因為是少有的生意，他們周圍聚攏了許多人。春木以不熟練的手烤魷魚，老李一面用滾子壓平，沾上醬酒，一面叫客，來呀，來呀，吃一次就永遠忘不了的魷魚呀！

老李不但不害羞，而且生意做得過分投入的樣子，反而使幫手的春木好幾次臉紅。

不過，奮鬥有代價，到收攤時已經有了十元左右的收入。其中一半是營利，使得他們二人忘了疲勞，彼此對望著，一時說不出話來。

雖然已經過了十二點，他們仍坐雙層電車的三等車箱到渡輪碼頭，換乘渡輪的三等艙到九龍。

那是個流星特別多的夜晚，海的腥臭味也不覺得討厭。類似希望，類似安心的東西，彷彿從黑色的波光表面冉冉升上來。春木想，老李果然是個了不起的人，我做不到的事，他可以無中生有。從不安變成安心，從幻滅變成有一線希望。

「如果每天都像這樣多好。」春木眺望著對岸鑽石般閃爍的燈光，喃喃說。

「好事多磨。」老李笑著說，「生意太興隆的話，很快就有競爭者出現，所以也許沒有辦法持續太久。反正能賺的時候儘量賺就是了。」

然而，翌日中午過後，巡邏車就來突襲鬧市。因為各熱鬧場所都事先派人遠遠的看守，所以聽到「噓」的一聲信號，沒有執照的攤販們馬上收拾行李逃走。眨眼間熱鬧市場恰似炸彈般騷動起來，四處揚起逃不及的女人和小孩叫聲。回頭查看都來不及的情形下，春木和老李也推開看熱鬧的人和行人，拚命跑。背著魷魚包袱狂奔，春木心臟猛烈地跳動著。為了這包袱中和心臟一樣重要的生意工具不被奪走，春木幾乎以自己的意識無法控制的快速動作移動他的腳。

不曉得跑了多久，發覺時已看不見老李的蹤影。雖然已經跑到警察不會再追來的距離，兩腿的顫抖仍不停止。在放心之前，先為老李擔心。想到萬一老李被捉怎麼辦？便忘了剛才的懼怕，又回到原來的市場。報紙和灰塵滿地的市場只留下數家有正式執照的攤販而已，剛才熙攘的人群已經無影無蹤。甚至稀疏留下的攤販前面，顧客也寥寥無幾。

春木回到他們數十分鐘前還在忙著做生意的地點。也許是用鞋子踢的，那新買的炭爐已四分五裂，滾落地上。春木感慨萬千，呆呆站立不動。一個人小小的希望怎麼會如此脆弱地被踐踏粉碎？防諜、衛生、交通等理由儘管堂正，但為什麼連與饑餓奮鬥的人最後的一點依靠也非加以摧毀不可？

春木拖著沉重的腳步離開市場，從繁華街道間往海岸走。那裡有開往九龍油麻地的小渡輪碼頭。當他走到有遮日篷的騎樓下面時，聽到背後有人叫喚：

「喂，賴春木！」

嚇了一跳，回頭看時，原來老李從旁邊的茶樓探出臉來。

「什麼？原來你在這裡？我一直擔心得不得了哩。」春木說著，總算放下了心。

「怎麼會那樣容易被抓到，我才擔心你哩。」

「反正沒有事就好。炭爐必須重新買，今天又得重頭做起了。」

「先進來休息一下吧。接下來幾個鐘頭之內是不行的，所以吃過晚飯之後再開始吧。」

在茶樓吃了簡單的飯後，他們二人重新買了炭爐，又來的熱鬧的市場。在電燈、石油燈、乙炔燈等各色各樣的燈火下，與昨夜絲毫沒有兩樣的許多攤販和群眾再度聚集，形成熱鬧的市場。白天看見的那種落花流水又無跡可尋。賣膏藥女人拉著胡琴，看官聽得呆然入神。看手相的老頭兒拉著路過人，不住地叫客。夜市愈來愈熱鬧，似乎只要有人類生存，夜市燈火就綿延不絕。這是沒有終結的貧民的祭典。

這天晚上生意做到深夜，所以沒有虧損，但也沒有賺多少錢。

「雖然不貴，但每次有警察來抓就要丟掉炭爐和木炭，也實在吃不消。」

春木想到流汗賺來的東西被弄得支離破碎，感到非常可惜。

「沒有辦法嘛，總不能為一個炭爐被抓走啊。」

「可是，不曉得這個新的炭爐還能保持幾天的壽命？」

春木一面收拾工具一面說。覺得他自己的壽命也與炭爐一樣，不知道明天。

「有形體的東西都會毀壞。毀壞又有什麼關係？但也有想毀壞也毀壞不了的東西。那就是人類的慾望。生存這件事，實在是很麻煩的事。」

老李說著，泛起了苦笑。想不到他看得很開，春木反而感到驚訝。

乾烏賊薄片的生意之後大約繼續了一週，這當中雖然丟了二次炭爐，但成績還算可以。也就是說，賺不了什麼錢，但要放棄卻又可惜。然而，有一天不知什麼緣故，沒有任何預告，警察巡邏車突然闖入夜市。

熱鬧的市場立刻人仰馬翻，亂成一片。由於事出突然，當老李發現時，警察已經逼到眼前。

「來了，快逃！」

老李用力撞了一下背著身在炭爐起火的春木肩頭，拔腿就跑。

春木要是立刻跟著他跑就沒事了，但他腦中忽然想起那包魷魚。為搶救它而返身時，腳尖撞到了什麼。一看是掉落地上的滾子。他迅速地一手抱起滾子，另一隻手抓起魷魚包要跑時，有人抓住了他的衣領。

「喂，這裡，這裡。」

嚇了一跳，回頭看時，是身材魁偉的山東人警察。春木想掙脫抓住自己的手，卻吱——一聲，自己的襯衫裂開來。

「不要亂動！」

手頸被緊緊捉住了。春木只得聽天由命。夜市一片混亂，傳出來不及逃走而被捕的人們叫聲和哭聲。忽然一抬頭，眼前展現的是蕭頓球場的鐵絲網圍牆。圍牆那一邊有中學生模樣的少年，快樂地玩著足球。老李想必是翻過著圍牆，逃到那邊去了。因為警察是從兩面包抄的方式而來的。少年們對捕捉攤販之舉似乎不感興趣的樣子，連看都不看一下這邊。春木看見他們活潑天真的樣子，竟忘了自己落在警察的掌握中。

當他發覺時，蕭頓球場的鐵絲網不知何時已經成為巡邏警車的鐵絲網，他和被捕的人們混在一起，坐在巡邏車的鐵絲網裡面。從鐵絲網內看出去，灣子的街道彷彿走馬燈，一幕幕往後退去。高樓大廈的玻璃窗反映著夕陽，顯得無比的感傷。

衣著威嚴的警官駕駛的巡邏車，不久就抵達警察局。做為物證而同時帶來的滾子和魷魚被沒收，身上攜帶的瑣碎物，甚至內褲腰帶也被抽出來，全部丟在臺上，然後春木就像動物一般被趕入鐵監內。女人和小孩關進警察局後還在抽噎哭泣。但男人之中有些是慣犯，走到坐在高臺上的英國監視員前面說了一些話。春木不久就明白那是在交涉保釋。高臺上的英國人露出已經見慣的微笑表示又來了，就把攤在自己面前的一張大保釋單金額收據簽上字，一手接二十元港幣，一手遞出收據。大約有三個商人領了這收據，折成四折收入口袋，揚起一隻手說「拜拜」，就推開剛才進來的門走出去。

然而，春木身上沒有二十元港幣。昨天和今天做生意的收入合起來二十元港幣，都在老李的口袋。心裡想，只要老李來了，現在就可以立刻出去。同時已開始掛慮起老李來。既然沒有被一起帶進來，想必是平安逃走了。但老李知道我被捉到這裡來嗎？假使在上次那家茶樓等候二、三小時我沒有去的話，就該知道而跑到警察局來看我才對。

不知不覺間已經日落西山，燠熱的夏天晚上來臨。但老李始終沒有出現。春木等累了，終於在拘留所的鐵監內睡著了。

翌晨，春木和其他的商人一起被帶上了法庭。活到二十六歲的他從不曾有過這種經驗，因此心中充滿了羞恥。戰後的臺灣對於道德或犯罪的想法，比從前改變了很多，尤其是因為政治問題而被國民黨逮捕，甚至被視為一種英雄而受到尊敬。然而，逃出政治追捕的他，如今被捉到法庭來的原因卻是不法行商，實在讓他連抬頭的勇氣都沒有。

雖然如此，控告他們的英國人警官的口吻也都是千篇一律，坐在臺上聽著控告的法官也露出索然無味的表情。申述控告的理由後，法官就對站在那裡的數十名人犯不分男女老幼，一律宣判「二十元港幣罰款或三天徒刑」。

法庭早已有許多攤販的親人聚集著，也許在昨夜之間張羅奔走，弄錢來吧？大部分的人付了二十元後，就匆匆回去了。然而，即使隔了一天，仍然看不見老李的影子。他不可能連香港這種情況都不知道，按理說應該會來才對。

春木的羞恥漸漸升高，開始變成激烈的憤怒。只能認為是被出賣了。僅為了二十元就出賣伙伴的人。即使倒栽過來搖撼，老李這傢伙也沒有二十元以上的價值。對方既然有這種存心，我也有我的打算。好吧，等著瞧。

載著春木的鐵絲網護送車經過叫作「happy ballet」快樂芭蕾的賽馬場旁邊的斜坡路，朝香港島背面的赤柱監獄而去。進入山路後，透過鐵絲網香港港景一覽無遺。蔚藍的海面清楚地浮現破浪前進的汽船。船尾的旗幟究竟是法國或是丹麥，因為太小而辨認不出來。大概是往西貢或新加坡航行吧？管它航往何處，反正船和人都只能到要去的地方而已。

第三天早上，春木被釋放，重新回到鑽石山的木板屋。當他輕手輕腳登上梯子，打開房間的門時，看見老李兩腳放在床上，茫然眺望從屋頂的窗口射進來的耀眼的陽光。

「嗨，回來了？」

老李說著，把頭轉過來。瞬間，春木覺得自己的頭被撞見了而感到怒氣衝天。他在被關進牢獄時，頭髮全部被剃光了。

「什麼話！」他猛然抓住對方胸口。

老李雖然被抓住胸口，但仍十分冷靜。

「嗨嗨，不要生氣，談談就可以瞭解。」

「我不想聽你狡辯！」

「不是狡辯。我猜想今天是你回來的日子，所以從早上就沒有出去吃飯，在等你。」

「既然知道我要回來，為什麼不來接我？那天為什麼沒有馬上來保？」
「是想去。能去的話就去了，但不能去嘛。」
「說說你的理由。」春木握著的手稍稍放鬆力氣。
「理由很簡單，假使那天我去警察局，二十塊錢就非拿出來不可了。」
「但那些錢本來就是我的錢。你連滾子都丟著就跑，還有什麼話好辯的？」
「說到這一點，我有我的理由。看吧，我的腳。」
老李說著，把他自己的褲管稍微提高。春木不覺把握著的手放開來。那是約莫有三寸，且相當深的傷口。雖然塗著藥，腿肉仍裂開，露出紅色的肉，看起來很可怕。
「逃走的時候勾到圍牆的鐵絲，因為拼著命跑，一直沒有發現，血從褲管流出來，被路人提醒我才知道。」
「……」
「沒有錯，滾子沒有拿就逃跑。你以為我是有時間拿滾子卻不拿就逃跑的人？想想看，只要有機會，別人的東西都敢偷走的人，為什麼會丟下滾子跑掉？我一再告訴你，無論怎樣一定要想辦法逃走。沒有順利逃掉，是你自己不對。把這事拋在一邊不說，只管責備我，沒有道理。」
「可是，錢是我的。」
「沒有錯，錢是你的。看吧，錢保管在這裡。」
老李從口袋掏出皺巴巴的二十元港幣紙鈔。

「為了買膏藥來貼，用掉一元，其餘的錢全部在這裡。當然你一個人被抓走，我沒有，難免你會不滿吧。這種感覺我瞭解。但就算我被捕，一定也和你一樣，在牢裡忍受三天吧。老實說，我也很想付錢保釋你。我自認為不是看到你被捕，剃光頭，就拍手稱快那種惡劣的人。但目前的情形不容許我們這樣做。想想看，假使為了逃避三天的牢獄生活而付出二十塊錢，今後二個大男人要拿什麼來吃飯？只要有二十塊錢，過最低限度的生活的話，可以維持好幾週哩。在這期間也許心情會好轉過來。假使像你所想的，一下子就把錢付掉，從當天起兩人都得餓肚子了吧？我是衡量雙方的利害得失做決定的。雖然想去保釋，但忍住了。假使你和我的立場顛倒過來，就算你要來付保釋金，我還是會拒絕。」

然而，春木仍無意全盤接受老李的話。因為老李是鼓舌如簧的人。我不會老實到上他花言巧語的當，被他所利用。春木受到的屈辱之大，使他不能不這樣想。

如果彼此是同志，就有權要求同生共死。然而，在這個以為是同志的人都靠不住的世上，何況只是偶然遇見的這個人，豈有依靠的價值？不過，經過三天後的現在看來，不繳交罰款而把錢留下來這事，其謹慎到可惡的態度，不得不令人佩服。

「實在對不起你。」老李再重複一次：「但我們沒有任何保證，非靠自己的能力活下去不可。我們是愛自由而拋離故鄉的。我們是追求自由而來了這裡的。然而，我們所得到的自由是滅亡的自由、餓死的自由、自殺的自由，都是屬於沒有資格做為人類的自由。經過這樣的生活還不能脫離善良市民根性的人，只能說是沒有神經的傢伙。我們沒有故鄉，也沒有道德。在這樣的社會，這些東西連狗都不吃。只有錢，錢才是唯一可靠的東西。」

「混蛋。」春木生氣地脫口罵道：「猶太！你這種人像猶太人一樣。」

「對，是猶太人。做猶太人是我當前的目標。」老李十分冷靜：「也許你會輕視，但儘管猶太人自己的國家被滅亡，還是好好生存在這地球上。看看棲居香港的猶太人那堅忍不拔的勢力吧，看看山腰那豪華的猶太人會館吧。在輕視他們之前先輕視自己。該嘲笑失去國家，又被民族拋棄，卻仍無法成為猶太人的自己。」

忽然，春木的腦海裡浮現了故鄉的山河。一望千里遠的嘉南平原綿延不絕的甘蔗園翠綠染眼。我為什麼拋棄這優美的故鄉到這樣的異鄉來？為什麼不像同志們那樣選擇被捕？臺北市的種種情景歷歷浮現出來。他的伙伴之一被穿上寫著「共匪」的紅色背心，載在卡車上，從這條街到那條街遊街示眾。這位朋友是臺灣南部屈指可數的大財主的兒子。假使他是共產黨，而且凡是有錢人都樂意成為共產黨，這個社會早就成為更理想的社會了。無疑的，他恐怕不知道自己為什麼被穿上紅色背心，恐怕到最後仍以為在做惡夢。於是，到了今天，可以說儘管他在臺北車站前面的廣場，在眾人的環視下被槍決，但還是比春木更為幸福。

第二章　偷渡船

1

「我早就料到遲早會這樣。」

周大鵬抬頭看看春木被剃得光溜溜的頭說。春木露出不高興的表情，他才發現自己失言。

「不過，犧牲者不是你一個人而已。因為老李這傢伙能言善辯，而且聰明，任何人至少會上當一次。我早就想忠告你，但和你的關係不是太親密，怕被誤會是嫉妒。對事物的看法見人見智，信任別人而被出賣，不算羞恥。至少第一次是出賣的人不對。很抱歉這樣說，不過應該是一次很好的教訓。」

不但是教訓，而且是過分嚴厲的教訓。

擁有二百五十萬人口的香港，被警察逮捕判徒刑或罰款的情形是家常便飯。除非可成為新聞登報的大案件以外，像春木這種因為違法行商而下牢過三夜的人，誰也不會在乎。儘管如此，春木對這三天的事卻始終耿耿於懷。覺得在這小木板屋的窮人都在取笑他。最糟的是在牢裡被剃光頭這件事。中國人之間沒有一個人是光頭的。即使英國人當兵的，也都留著斜分的頭髮。光頭等於是宣告剛從「那個地方」出來。也難怪，因為人們取笑他，未必是他一個人的被害妄想。他剛回來時，房東太太說了一句：「哇，賴先生的頭型很好看嘛！」，從此他就不和房東太太說話了。後來房東太太抓住老李埋怨：「賴先生這個人不能隨便開玩笑。」木板屋的人們雖然取笑他，但那不是輕視從監獄出來的人，也沒有什麼惡意。勉強說的話，就是取笑他糊塗到被警察抓走罷了。然而，對春木來說，只是在路上交身而過的人投來的一瞥，就覺得被看到的是頭部而湧起莫明的敵意。

這除了說是敵意以外沒有其他。住在這木板屋的人們多半是找不到工作的碼頭苦力，或從上海流亡而來的中年夫婦，以及看不出幹哪一行，整天在外面遊蕩的人，全部都是沒有明天，過一天算一天的人們。在這種情況下，卻都彼此抱著敵意過日。剛來這裡時，春木對於大家非但不相互合作反而彼此憎恨，感到不可思議。但現在已經漸漸明白窮人的心理。那是對只有別人得救，也許自己一個人將永遠被拋棄的莫名的恐懼——使得窮人焦急、陷入絕望，甚至變為冷酷。敵意事實上就是從這恐懼而來的。反過來說，如果住在這木板屋的人大家都注定不能得救，無疑的，人們一定會比現在更和睦，彼此說些安慰的話。然而，事實是即使推倒別人也要得救的慾望強烈到可怕的程度，所以人們才以猜疑和嫉妒的眼睛互相嚴密監視。要讓這些「眼睛」發紅，實在很簡單。就是其中突然有人出現好景氣。人們的眼睛將持續不斷地追蹤為要得救而執拗地掙扎的魂魄，眼睛隱含著咒詛的言詞。失敗吧、失敗吧，快點失敗吧。咒語像細菌一樣在空氣中散播開來。然後當失敗變成現實的剎那，眼睛蕩漾起了笑意。所以笑就是淚，笑就是得救。

春木的敵意是被這樣的笑所環繞而反射地湧現的。在他自己不知不覺當中，成為驚人的激烈敵意。這也可以說，窮人的根性已經在他身上生根了。

雖然在同一個房間起居，春木卻幾乎不和老李說話。儘管知道他自己來不及逃脫而被關進監獄的過錯不在老李，春木仍懷恨老李。然而，雖然一方面懷恨，一方面仍每天得碰面過日，完全是為了經濟上的理由。需要錢，只要有錢，就不必忍受這種討厭的感覺。然而，除非發生奇蹟，否則錢不可能自己掉下來。剩下來的二十元港幣現在也幾乎花光了。不要說坐巴士出去，連吃飯都非慎重考慮不可了。

小木板屋的夏天實在夠難捱。由於屋頂是以防水黑紙貼成。而且沒有窗口，所以恰似在乾燥室中脫水的香蕉。不知不覺間蒼白、營養不良的面孔漸漸變成黃色。

「每天躲在屋裡，對身體不好。」大鵬說。

自從那件事以來，大鵬處處表示關心。他的工作是早上和晚上的放水時間而已。除此以外其他時間都是空閒，所以老李出去不在時，他就到春木這邊來聊天。大鵬和老李不同，是個爽快的人，在春木隨便敷衍之間，就把春木當作親友看待了。

但對春木來說，他根本不在乎健康的問題。沒有青春的人生，肉體的健康有什麼用？他雖然感謝大鵬的關心，但內心卻輕視他。像大鵬這樣為了一天吃兩頓飯，以石油桶挑水，把自己的青春消磨在一公里路程往返四趟的人生，實在可笑。與其過這種生活，不如伸展四肢躺在床上，不住地做黃色、變態的夢。閉上眼睛時，耀眼的陽光在眼瞼上面，覺得恰似躺在原野。附近醬油工廠傳來的單調機器聲，只要耐性地忍受，聽起來倒是蜜蜂白費力氣的振翅聲。於是，他落入了埋身於野花中奄奄將死的幻想。對了，還有死亡。給予一切無法解決的問題答案的，就是死這大自然的寶貴底牌。

春木臉上不覺浮現了笑容。他除了微笑以外，已經喪失了表達感情的方法。

「放水的時間快到了，你反正閒著，一起去看看怎樣？」

有一天，在大鵬的慫恿下，他來到挑水場。

挑水場是在穿過貧民區，通往寬大街道的半路上，戰前香港人口才一百萬人，戰後加上從各地湧來的難民已膨脹二倍以上。然而蓄水設備仍維持昔日的狀況；因此香港經常為缺水所苦。自來水限制在早上六點至九點，傍晚五點至七點，供水時間僅五個鐘頭，其他時間不供應自來水。鑽石山的貧民區原本是政府的公有地和農地，難民未經許可而擅自搭建的臨時木板屋聚落，當然沒有自來水管設備。因此，必須到有公共給水栓的地方挑水。

雖然四點剛過，挑水場已經有許多男女列隊在等候放水。載著垂掛黑色布緣籐笠的廣東女人、蓄平頭的年輕難民、從前可能當過連隊長身材魁偉的軍人出身的大叔等，都在陽光直射下等著水。海洋近在眼前，人們卻必須為一滴水而每天在這裡站立等候。

春木不知不覺聯想起沙漠。他夾雜在茫茫沙漠中追尋水草而行走的一群人裡面。他口渴，只要一杯水就好。但這麼一杯水也沒有人肯施捨，他已經沒有力氣走了，一個人落在後面。就這樣精疲力盡而亡也無所謂。然而，人們不許他這樣。走吧！別落伍了！不要仰賴別人的施捨！那是從太古至無限的未來，人類存在不變的鐵則。基於這鐵則，他被強迫行走。

「我也沒有想到會到香港來過這樣的生活。」

大鵬擦著額上的汗水說。曾經是白領階級，那纖瘦的身材看起來怪可憐的。雖然如此，他的眼睛像蔚藍的天空一樣清亮。

「要不是遺失銀行支票，這個時候也許已經在臺北的銀行做了股長吧？」

聽到春木這樣說，大鵬天真地笑著說：「可不是？」

「撿到的人存心不良。否則的話，這是可以協商解決的問題。因為通貨膨脹的時候，董事長、總經理他們都以種種名義從銀行借錢買房子、囤積物資。銀行利息便宜，經過三、四個月，很快就可以本息一起還清。當然我偽造支票是不對，但當時這種事誰都在做，我不過是運氣不好罷了。」

「為過去的事悶悶不樂也沒用。」

「說的也是。世上有下雨的日子，也有晴朗的日子。不至於壞事連連吧？你也不必悲觀。」

「哼。」春木不覺以鼻尖笑了一下。但大鵬似乎不瞭解他嗤笑的含意，仍認真地強調自己的主張。

「所以，非得撐到那時候不可。俗話說，石頭坐三年也會暖。也許三年後，你也可以大搖大擺衣錦還鄉了。目前為了吃飯，不妨和我一起挑水。這樣可以運動，也可以使心情轉為開朗。」

不能計較心情好不好的問題。春木知道為了生存，任何事都非做不可。

第二天起，春木就挑起扁擔，不論下雨天或吹風的日子，每天八趟一公里的路程。長久以來不曾勞動的肩頭，被扁擔無情地壓擠著。頭一、二天挑完水後，累得連話都說不出來。而且所得到的報酬只是六十港分，付了房租就沒有飯吃，吃了飯就付不起房租。

「總有一天好運會臨頭，這期間忍耐才是重要。」大鵬不住地這樣鼓勵。到底經驗較久的關係吧，大鵬的身材雖然瘦長，但力氣大，挑起水桶來竟像脫兔般竄跑。春木氣喘吁吁，但仍說：

「哪會有好事，笨蛋！」

「怎麼能這樣斷言？」大鵬停腳站在路旁，肩頭喘動著喊：「去年就有一個和我一起挑水的人，跟日本的朋友聯絡上了，現在已經在跑走私船。賺了不少錢哩。最近會從日本回來，到時候我也要參加。」

「唔。這倒可以研究研究。」

「這個人叫作洪添財，很夠朋友的傢伙。他說過，只要他走了運，會照顧我。我沒有資本，只好先接受他的幫助，但以後應該漸漸有基礎，那時就讓你加入。」

「啊，到時候就拜託了。」

春木不知幾時變成了反諷挑釁的態度。

對於春木這樣的態度，老李總是浮著分不出是諷刺或憐憫的微笑旁觀著。說到困苦這一點，老李更嚴重。但再怎麼困苦，他絕不訴苦。而且無論如何，他絕不像春木那樣淪為挑水工渡日。他瞧不起勞動者，認為勞務工作者不可能致富。他是那種與其賣勞力求生存，寧願餓死的人。事實上，老李有種種想法，只要他有少許資本或是有後援者，總有一天會成功。但因為一次又一次反覆的失敗，現在已經信用掃地，沒有人再理他。

「啊——假如現在這裡有一千塊錢多好。」他自言自語的說，「那麼，就可以馬上從日本購買切割積木的機器，製作積木玩具。」

但春木裝出聽若無聞的樣子。雖然沒有那麼多的錢，就算有，他也已經失去了和老李合作的意願。再說，在目前的情況下，孤立老李也是一種對他的無言的報復。

老李已經向所有認識的人借過錢了。但為了生存，除了更加厚著臉皮重頭來以外，別無他途。由於沒有交通費，本來坐巴士十分鐘就可到的地方，就要徒步三十分鐘、四十分鐘才能到渡輪碼頭，從那裡花十港分坐三等艙去香港島。有若干同鄉在香港做貿易商。他在那裡耗上五個鐘頭、六個鐘頭，賴著不肯走。最後都是對方按捺不住，給他一點點施捨。但有時也像乞丐一樣被趕出來。他為了防備這種情形，經常預備十港分帶在身上。否則的話，就得游過一海哩的海才能回到木板屋來。他一進房間就仰身衝著天花板叫喊：

「畜生！畜生！為什麼不生為女人？要是生為女人，赤身裸體還可以賣錢。神太不公平。畜生！畜生！」

這一點春木也有同感。近來春木時常夢見女人。在貧窮的時候夢見女人，虛無飄渺，泥糊朦朧，真夠難受。由於一天總共奔走八里路，所以健康體力已經恢復。只是肉體恢復，精神卻仍像個迷失的孩子。

白天空閒的時間他常走到木板屋外面，到附近的山路散步。渡過水量微少的小溪，有一座被竹叢環繞的尼姑庵，剃光頭的尼姑偶爾從圍牆上面眺望外面。尼姑的頭雖然一律剃光，但頭頂有二點線香燒的痕跡。走過尼姑庵前面時，春木常常不自覺地摸摸自己的頭。頭髮已經長得差不多了，但再長下去就得擔心理髮的錢了。

過了尼姑庵，從田圃間登上去，有一棟三層樓的巨大廢屋。戰時被美軍轟炸毀壞，戰後也沒有修築，連窗子的鐵框也腐鏽損毀了。從這廢屋一帶俯視眺望，港內進出的船隻和飛機都看得清清楚楚。自從大陸的局勢開始告急以後，交通量只有日益增加。廣東和香港之間有「空中巴士」定時起飛，鑽石山上螺旋槳的聲音不絕於耳。機場前面柏油路分岔的地方有巴士終點站，鮮紅色大型雙層巴士經常有三、四輛停在那裡。到了中午，這條路就有最新型的自用車川流不息地經過。穿著紅色綠色黃色等各種花俏原色泳裝的男人或女人握著方向盤往海濱去。

女士們美麗的泳裝包裹隆起的胸部。春木遠遠的眺望，一面做著非分的想像，然後嘆氣。儘管住在海附近，卻一次也不曾踏入海中。南國的海景優美。宛如由無數的珍珠填埋而成的海，再怎麼憤怒的眼睛看起來都是美的。然而，這對現在的他有什麼幫助！

2

漸漸吹起了秋風。

有一天傍晚，春木要去挑水的途中，被大鵬猛力拍打肩頭，差一點叫出「好痛！」來。回頭一看，大鵬滿面蕩漾著微笑。

「聽說，洪添財這傢伙二、三天內會抵達香港。」

在此之前，大鵬幾乎每天談起他這位好友的事。據他說，添財是受過大學教育的知識分子，也是因政治因素而流亡香港。一度因生活困難而到這木板屋來，和大鵬一起做過挑水工作。但畢竟是有才幹的人，很快就和日本的朋友取得聯絡，已經轉運發跡，到連窮人的「眼睛」所不能及的地方。不過，據說還在挑水那時候，洪添財向當時剛流亡到此的大鵬借過錢，而且一直記得這份情。當他回到香港時，每次大鵬去訪，都親切地歡迎大鵬，讓大鵬吃飽喝足。並且說過一段時間後需要人手時，就要讓他幫忙。不過，這個人在這違章木板屋的風評最壞。尤其是老李，說他「這傢伙靠不住，逼不得已時說的話，大鵬還把他當真，實在無可救藥。」凡是後來賺了錢的人，沒有一個被這裡的人家稱讚。尤其是老李，曾經去借錢被拒，所以恨之入骨。因此，春木認為被說得多壞，都不影響這個人真正的價值。大鵬的話究竟有幾分可靠性不得而知，但關於知識分子，以及政治亡命的事，奇妙地在他心中留下深刻的印象。而且在每天聽著這個人的事之間，春木不知不覺也對這個人寄以期待。

在船抵達前二、三天，春木感到坐立難安的焦燥。他整天到丘陵上面，眺望進港的船隻。英國船、法國船、荷蘭船、丹麥船、瑞典船等飄揚著各國旗幟的船駛進港來。然而，那個人乘坐的船不知是其中哪一艘？因為並非正式買票坐船，所以在本人到達之前，不得而知。據大鵬說，坐一次黑市船需要一千塊錢。花上如此鉅額的費用還有利可圖，可見走私是多麼賺錢。假使能加入其中該多好。

大鵬每天耐性地打電話聯絡。添財的情婦住對岸的香港島，電話就是打到那裡。但過了三天，得到的答覆仍然是尚未抵達。他們二人終於再也等不下去，第四天早上挑完水，就大起早坐巴士出門。

油麻地碼頭因渡輪通勤的上班族和學生而擁擠吵雜。這裡的渡輪可以直接乘載卡車、汽車，所以碼頭市場滿載貨物的卡車列隊停放著。當船一到，跳板降下來時，就像鯨魚從口中吐水一般，汽車從龐大的軀體中一輛輛跳出來。轉眼間，覺得鯨魚的腹部好像消扁了。把乘客和汽車全部吐盡後，鯨魚大大地喘口氣，再度吸取海水。停在市場的汽車如同雜魚，一輛不留地消失於腹中，然後鯨魚發出滿足的聲音，慢慢離開碼頭。

當渡輪駛到海中時，碰到一艘黑色煙囪的輪船要進港。渡輪發出嗚——的汽笛信號，徐徐啟航時，有一艘黑色輪船從其前面乘風破浪的衝過去。那是約莫一萬噸的貨輪，船員在甲板心不在焉地眺望著港口風光。

「啊，這艘船一定是從神戶來的。」大鵬叫道。

「那麼，也許在這艘船上。」

「對，一定沒錯。除這艘船以外，這二、三天沒有從日本來的船。」

二人的眼睛都在追蹤黑色貨輪。渡輪已經抵達對岸，貨輪仍慢慢在海上前進，往西環的方向移動。沿著海岸有大小新舊船隻停泊著，從搖動的船隻之間可以看到稻草、果皮、報紙、油汙等浮在水面。苦力從橫靠在碼頭的小駁船上挑著大籠子出來。籠內放著數十隻雞，隨著籠子搖擺，發出咯咯咯微弱的聲音。

洪添財在香港的家是位於干諾道西。這裡是海產物店和鹹魚店並排的街衢，瀰漫著鹹魚發酵的一種難以形容的臭味。事實上，從有了這條街以來一直存在的老舖較多，所以臭味早就連牆壁都滲進去了。即使捏住鼻孔吸著氣都不行。想不到賺大錢的男人竟讓情婦住在這樣骯髒的地方。雖然如此，仍比春木現在住的違章木板屋高出好幾級。

「這裡的二樓。」

被指示的那三層樓房的一樓也是鹹魚店，二樓的梯子是在屋後，所以繞到側巷時，可能是洗魚用的腥臭味水桶就放在石階上。隨著大鵬登上梯子，就是油漆斑駁的門。按鈴後，探視窗開了一條縫。

「誰呀？」女人的聲音問。

「洪先生還沒回來嗎？」大鵬問。

「啊，周先生，船才剛到呢。」

門打開，二十三、四歲的年輕廣東女人燙過的頭髮蓬亂，反而顯出了妖媚的姿色。

「說是船上還有貨要下，所以還沒回家，要不要等一會兒。」

「不，到船那邊去看看。船務行是那一家？建隆嗎？」

「對，到那邊去問就知道了。」

「好，待會兒再回來。」

他們二人沒進去就直接返身下樓。

「好漂亮的女人。」春木在電車路邊走邊說。
「可不是？在舞廳撿到的女人。」
「但也一樣嘛。」
「那裡，錢的吸引力哩。」
「不過，好像對你特別有好感的樣子。」
「沒有這回事。」大鵬有些難為情，但滿高興的樣子，「不過，我不行，沒有錢。」
「美男子沒有錢也占優勢。洪添財不在的時間很長，那女的如果想交男朋友，一定會順利的。」
「那樣做就沒有臉和添財見面了。」大鵬雖然感到為難，但也沒有不高興的樣子。
「所以要偷偷的幹。你不是常說，不曉得好運會從那裡來嗎？沒有傻瓜會讓這樣的機會跑掉。要是我有像你這樣的臉孔，絕對不會讓機會跑掉。」
不知幾時春木變成說話像老李的口氣。被他開玩笑的大鵬，是個有趣的男人。樣樣事都立刻當真。
果然他落入了沉思，微俯著身走路，差一點撞上汽車。
「丟那媽！（你這混蛋！）」被司機吼罵，大鵬的臉紅到脖子。
建隆行在面對海邊的路上，從不分晝夜亮著黃色電燈的昏暗木梯上去的三樓。表面上的生意是船貨的裝卸工作，但也兼做為招待香港的各地水客（以船做生意而來的人）居住小客棧的工作。不過，本行是處理黑市貨物和仲介黑市船的工作。當然這方面的收入最多。洪添財正巧在店內客廳喝茶。

從大鵬的談話，想像洪是個子高、神經質的男人。真正見了面，始知是矮胖醜陋的人。絲毫看不出知識分子所具的冷靜，以及站在他人角度替人設法的親切。

「現在又得馬上上船了。」他一看到大鵬的臉就露出為難的表情。

「我們可以一塊兒去。」

「是嗎？那就走吧。」

他說著就一躍而起，跑下樓梯。店前面就有小蒸汽船在候客，他們一坐上，立刻揚聲向停泊在海中的黑色貨輪而去。

「日本已經很冷吧？」

「對，很冷。」

「這一趟要暫時留在這邊嗎？」

「不，很快就要走。」

「很快是什麼時候。」

「要儘量快。」添財回答：「現在正是時機，所以如果明天有船，明天就走。」

「那太太真可憐。」春木插口說。

這時，他才好像發現春木的存在似的說：

「那沒什麼，人生到處有青山，哈哈哈……」他笑得天搖地動。

一上甲板就動員全體船員，把藏匿於船艙的貨物搬下小船。由於船員們聚精會神地搬運，轉眼間貨物就收拾乾淨了。

「事關金錢時，中國人就是這樣勤奮的國民。假使有心像這樣為國家效力，那力量實在驚人，根本沒有發生內戰的餘地。哈哈哈……」

因為是冒充船員潛入香港，所以穿著相稱的粗陋衣著，其實他看起來比任何船員都威風，即使水手頭都對他唯唯喏喏。想像不出這男人在大約一年前還與大鵬並肩挑水。難怪大鵬說，人生並不那麼悲觀。然而，大鵬漏掉了重要的事。認為一起挑水的人發跡了，所以他也會發跡的理論能成立嗎？不知怎麼，春木感到悲哀。拂過頸項的風太冷，使得他打了個大噴嚏。起重機起起落落的喧鬧聲奇妙地深入他的心。

這天晚上，添財請他們二人吃飯。但二人的衣著太寒酸，不適合到一流餐廳或夜總會。

「喂，把我的舊衣服拿出來。」添財對太太說。

「你的衣服他們穿不下啦，二位都個子高，而且清瘦。」

「沒關係，拿出來。」

拿出來的衣服穿上去，果然長度不夠，胸圍寬鬆，一望而知是借來的。但也不是完全不能穿，何況總比棉布衣好得多。尤其是穿上白襯衫，打了領帶後，大鵬簡直判若二人，變成了帥哥。春木也覺得自己出現了驚人的魅力。

「現在要先到另外一個地方，你們也一起去吧。」

坐上汽車後，添財這樣說。計程車經過霓虹燈閃亮的皇后道，從香港上海銀行後面開始上山。右邊聖約翰教會、接著維多利亞公園的大片綠蔭等寧靜的區域過後，車子左轉，進入麥當勞道。這裡是富豪們居住的大邸宅街。一棟棟房屋都在土地狹窄的香港少見的廣大地基環繞之中，門前的車庫停放著高級座車。

「這裡就好。在這裡等我們一下。」下車時，添財對計程車司機說。

昏暗中仰頭看去，一棟似乎接近完工的堂堂三樓建築聳立在他們眼前。

「唔，差不多完工了。」添財一面喃喃自語，一面推開尚未油漆的鐵門進去。

「這是你的家嗎？」大鵬問。

添財含笑點頭，看到大鵬大吃一驚的樣子，添財開心地說：

「工作太忙，都交給建築公司。這裡可以看見海。」

果然不錯，即使不上屋頂，從院子也可以眺望港口。亮著燈的輪船在海上閃閃爍爍，對岸九龍半島的燈火，宛如美女全身綴滿閃亮的寶石一般豪華。

「目前神戶蓋的房子進度也差不多這樣。不過，那邊是日本式的。」添財若無其事地回答。

「美極了。」

「裡面要住的，也是日本人嗎？」春木問。

他嘻嘻一笑做為回答。

接著，三人又下山，到位於石塘咀的一家豪華廣東餐廳。添財渴望油分。日本的所謂支那料理店不合他的口味，而且在船上的一週生活，除了攜帶牙刷和毛巾以外，只有身上的衣服，與其他船員吃相同的三餐，不瘦也會瘦。所以下了船，比什麼都要先解決的就是填飽肚子。不用說，他是相當健談的人。但說到饑餓這一點，大鵬和春木也一樣。三個人都豪飲猛吃，好像餓鬼一樣。

久未喝酒，大鵬的面孔紅到額上的血管都暴露的程度。醉意一出現，似乎急欲讓春木看到自己和添財是如何的親密，不住地纏著添財。絮絮不休地提起一塊兒挑水時的事，但添財臉上不悅的表情卻沒有逃過春木的眼睛。春木對大鵬的這份遲鈍感到焦急。不過，從另一個角度來說，他也希望添財對他有好感。他伺機說：

「聽說，你也是因為政治上的原因而離開臺灣？」

添財突然嚇了一跳，轉過來看他。臉上浮現一種悲痛的表情。這時春木內心想，果然這個人也一樣。但即便如此，也好比流雲遮擋太陽，只是剎那間的事罷了。

「這種事，不要談吧。我現在是商人。商人談政治，於事無補。」

聽了這話，春木覺得自尊心大受傷害。因為他對添財暗中抱持的期待完全被破壞了。本來嘛，添財現在是如旭日昇天的暴發戶，而他只是挑水糊口的窮人而已。假使說，二人之間有某些親近感，那就是同樣擔負著亡國命運的感情而已。要是沒有這種認知，那就毫無接近對方的理由了。他不由得恨自己在不知不覺間想要依靠不相識的對方。對自己的厭惡感愈強烈，愈鄙視大鵬那親暱的口吻。

吃過飯後，換了三家夜總會。每一家的舞女都認識添財，從他給小費的情形就知道在此之前他投入了多少資本。要離開舞廳時，他從口袋掏出一疊百元鈔，一張張抽出來分給舞女們。無疑的，這種程度的錢對現在的他是不痛不癢。然而，春木只覺得是故意要他們感到絕望。顯然舞女們對金錢有本能的嗅覺，只對添財獻媚。他們不過是被利用為烘托他的配角而已。想到這樣，春木就一點也不感謝他的請客了。

在一群舞女的歡送下坐進車內，添財的情緒好得不得了。

「明天起又要忙了，不能再奉陪。大約二個月後就回來，那時再來玩。」

車子經過行人稀少的深夜街道，抵達統一碼頭。

「對了，需要去換衣服。」春木想起地說。

「不必了，穿回去好了，反正已經不要。」

不過，雖然車門已經打開，大鵬仍在車內磨磨蹭蹭。

「說真的，現在有困難，能不能幫點忙？」

當他有些難以啟口的這樣喃喃說時，添財立刻露出不愉快的表情。不過，似乎因為對方既然已經開口，要拒絕也嫌麻煩的樣子，伸手插入口袋，抓出一張十元紙幣。

春木不禁想把面孔掉開。這時大鵬伸出去的那纖細的手，毫無疑問的是乞丐的手。假使那是他自己的手，恐怕會拿把刀來當場砍斷吧。多汙穢、多腐爛的手，多不知廉恥的手。

「你為什麼不求一下？」

在渡船上，大鵬毫不在乎地問。春木心中充滿了輕蔑。（我不是乞丐）他想這樣吶喊。然而，說不定有一天我也會做出和這個人相同的事，這樣想法在他內心一角渦捲著。這漩渦愈捲愈大，最後他自己也迷失在其中。

「我沒有你和他那樣親近。」他聲音軟弱地回答。

「說的也是。但我說的沒錯吧？他是夠朋友的人，你該和他多接近。」

「嗯。」

春木覺得沒有辦法再和大鵬談下去，他把手放在渡輪的欄杆，眺望深夜的海。海面反射著星光，藍白的光線閃爍。不知怎麼，覺得今夜的潮流比平時湍急。於是，落入了獨自泛著小舟在波浪間漂流的錯覺。自己只是隨波逐流而已，不容許划槳與潮流對抗。看不見陸地，也毫無海鳥飛翔的形跡，糧食也差不多吃完了，剩下的只是等候肉體死亡而已。

3

翌日，大鵬又來勸他一起出去。春木提醒大鵬，昨夜已被對方告知不要再去時，大鵬卻滿臉不在乎地說，這是那傢伙的習慣，事實上只要去幫忙一下，他就又高高興興地邀請作陪了。但春木不想去，應該說沒有體力去。因為昨夜一下子吃了大魚大肉，胃腸受不了，黎明時開始拉肚子。非但不能出去，連去工作都辦不到。已墮落的胃腸要加入活力，一次就夠了。

最後單獨去的大鵬到深夜才帶著一大包東西回來。打開一看，原來是在路邊攤販賣的美軍用棉被。在昏暗的燈光下，春木伸手觸摸時，忽然全身發抖。冬天快到了，冬天恰似悄悄來襲的猛獸，已逼近眼前。

「今天覺得很難為情。」大鵬折疊著包裝紙說。

「為什麼？」

「穿著筆挺的西裝，手裡卻拿這種東西，不是破壞了紳士的形象嗎？」

聽到這話，春木訝異得說不出話來。比女傭或服務生都還不如，幹著挑水的苦力粗活才勉強維持生命的人，竟然還抱持著虛榮心。

「老洪送的嗎？」

「不，今天得到十塊錢，回程到深水圳的夜市場買的。穿著西裝到夜市場買這種東西，所以大家都盯著我看。」

「胡說，能買到棉被就該謝天謝地了。要是我，一定神氣地帶回來。」

「你當然不同，因為你的膽量大，況且也有和老李在夜市賣過烤烏賊的經驗。」

「這和挑水有什麼差別？」

「當然有。這裡大家都在挑水，混在其中，一點也不受注目。偷偷的窮，還可以忍受，但我討厭在人們面前暴露貧窮。這無異是男子漢被迫赤身裸體走到眾人面前。」

「原來如此。」

「我把你的衣服帶回來了。」大鵬說著，就把報紙包著的春木的衣服丟過來。「我說你因為吃太多而拉肚子時，老洪在擔心哩。要我轉告你好好保重。」

「見到美人嗎？」

「什麼話。」

「沒有美人的口信嗎？」

「少說蠢話，吃太多而病倒這種話，我怎麼好意思說？會傷害你形象的事，求我都不會說哩。」

「老洪什麼時候出發，決定了嗎？」

「沒有確定哪一天，但大概快了。因此，今天整天幫忙包裝盤尼西林和鏈黴素，連休息的時間都沒有。飯也是在船務行附近簡單地解決。」

「那麼，明天還要去嗎？」

「當然去。」

翌日，中午過後大鵬就回來了。說是添財為了孝敬太太，要陪太太出去，所以提早回來。

「他是很忙的人。像古代的蒙古人那樣多吃飯儲存體內，一旦戰鬥開始，一週二週都可以捱過去。他就是海上的成吉思汗。」

大鵬對添財寄以絕對的信任。因為他不斷地稱讚添財，確信添財有一天在走私貿易方面賺了大錢，一定會提拔他。

「等我出人頭地以後，再來就輪到你了。我已經做了將近二年的挑水工作，該畢業的時候了。」

隔日，大鵬到鹹魚店的二樓時，海上成吉思汗已經啟程遠征去了。美人迎接他，請他吃午飯，他得意洋洋地回來。

「聽你說之前，我完全沒有注意到，今天仔細看時，發現她果然是絕世美女。尤其當她笑起來時，那對眼睛可真迷人。你看女人的眼光真有一套。」

「當然。可是，討女人歡心的第一祕訣，你知道嗎？」春木以暗示的口吻說。

「是什麼？是什麼？」大鵬探身問。

「話說在先，你不要誤會。不是美男子。」

「不然是什麼？是要有錢吧？」

「也不限於錢。只要有錢，女人會跟上來。這跟人沒有麵包就不能生存一樣，是萬古不變的哲理。不過，也有人不是單靠麵包生活。女人並非是只跟著鈔票走的動物。」

「那麼，是愛情嗎？」

「糊塗！」春木露出白牙，惡作劇地笑著，「又不是王子和公主的戀愛故事，不要開玩笑。」

大鵬似乎不知所措的樣子，近乎可笑地數度改變神色。

「不要賣關子了，快說吧。」

「好吧，那就告訴你。很簡單，但很重要。就是要儘可能對女人親切。」

「什麼？這事我早就知道。」

「你也這樣想吧？但沒有比對女人親切更困難的事了。比方即使不愛她也要表示你是多麼熱愛她的樣子。還有，要記著，她要你舔她的腳底，你再不願意也得舔。要你按摩她的背，就要幫她按摩。」

「這種事一點都不痛苦，我樂意做。」

「所以我說，你可以做到。必須讓對方相信：這個人一定願意為我犧牲一切。只要讓對方有這種信賴感，其他的事都好辦了。女人一旦想定了，任何危險的玩意兒都敢做。」

「有道理。不過，開頭還是要男的積極行動才行。」

從以前大鵬就比別人更注重自己的穿著，從此事以後，對服裝方面愈發神經質。若說這是銀行員時代遺留下來的習慣也說得通，只是在這木板屋過著有一頓沒一頓的生活情形下，他到最後仍捨不得放棄唯一的西裝。另外他擁有一雙雖然陳舊不堪，卻是紅色的皮鞋，而且有一打領帶。對他而言，在這世上有什麼僅次於生命的重要東西，那應該就是整整齊齊收藏於皮箱的這些紳士不可或缺的全套身上用品吧。恰像古代武士寧願餓死也不願賣鎧甲一樣，為備萬一，大鵬非得穿得像有前途的紳士不可。

然而，要有紳士的打扮，就必須附帶某種痛苦。因為非得表現出紳士風度不可。但是，雖然說在渡輪上的時間短，也不會磨損鞋底，所以坐三等艙倒無所謂，但總不能穿上皮鞋，花上個把小時步行到渡輪碼頭。巴士車資加上渡輪費用，最起碼要六十分港幣。就是說，為了表現像個紳士的樣子，大鵬必需以扁擔流汗挑水達八公里的路程，而且還要餓一天的肚子。這種虧本生意當然不可能每天持續。不過，大鵬是很有耐性的人，大約每週一次渡海赴香港。

據大鵬說，由於山坡上的大廈已經完工，洪太太已遷居那裡。他說車庫前面常停放一輛四九年型豪華轎車，漆成銀色的鐵門內掛著「內有猛犬」的牌子。紫丁香、紫陽花等花卉盛開的庭園內有個小池塘，浮著睡蓮。大鵬每次深夜回來就詳細描述其豪華的情形。然而，關於那女人的事卻絕口不談。

「如何？好像一切順利吧？」

儘管春木打趣地問，但他卻只是笑而不答。因為他不說，二人之間的情形如何發展，不得而知。不過，又經過一段時間後，大鵬突然變得十分多話。譬如說，今天坐她的車去兜風，今天陪她到皇后戲院看電影，或與她到金陵酒家去吃飯等做夢般的話題。

「既然從前做過舞女，那方面的手腕一定很高明吧？」春木問。

大鵬慌張到可憐的程度。

「不該問這種事嘛，雖然是好朋友。」

「獨樂樂不如眾樂樂，可以多少透露一下啊。上次只是瞥了一下，那乳房相當不錯。」

「沒有水準，」大鵬阻止地說：「和你說話，連我的水準都要喪失了。」

不過，大鵬的話有些可疑的地方。假使他和那女人真的發生了密切的關係，那他不可能每次都穿那套相同的西裝。因為對方也知道他貧窮，按理說會送些禮物給他才對。

有一天，大鵬又穿上西裝，與平時一樣出門，春木就隨後跟著悄悄出去尾隨他。看到他上了巴士二樓，便溜進巴士下層。春木為了避免在渡船上被大鵬撞見，大手筆地買了頭等艙。抵達香港島後，在柱蔭下躲躲藏藏地跟蹤對方。

大鵬在街上慢慢走著，來到陳列流行服飾的名店櫥窗前面，停腳仔細瀏覽櫥窗內，一雙百元以上的皮鞋、英國的晨袍、薄呢襯衫等。都是與貧窮的人們無緣的紳士用品。他站在櫥窗前面，似乎打從心裡享受其樂趣的樣子。在鐘錶店是如此，在皮鞋店亦復如此。他幾乎不像只看而不買的客人，看得非常入迷。

然後穿過十字路口就是中央市場。因為他的蹤影突然消失不見，春木連忙追過去，經過溼淋淋的走廊有公共廁所。一個老人在廁所入口處賣衛生紙。等了一會兒，大鵬從廁所內出來。

接著，他走進百貨公司。百貨公司正在大拍賣，所以人擠人，相當混亂。顯然大鵬的時間充裕，擠在人群中慢條斯理地走著。在賣香菸用具的地方停下腳，讓店員拿出櫥窗內的菸斗、打火機等出來看，櫃臺上面排滿了這些用具。大鵬不知說了什麼，然後突然笑起來。那是生活有餘裕的紳士笑容。以為要買什麼，卻就這樣離開櫃臺。

其次是電影院。他在張貼廣告和照片的地方佇立了好幾十分鐘。那是一段冗長的時間，不要說本週的節目，下週要上演的電影從演員的名字到他們的服裝都可以牢記不忘。從他離開家到這時候已經有三個鐘頭以上，但時間好像還很充裕的樣子。雖然說冬天的陽光下山快，但尚未傾斜到山頭。大鵬抬起頭看鐘塔。春木開始焦急起來。大鵬又開始走，下一次再停腳的地方是咖啡店前面。撲鼻的咖啡香飄到路上來。他在那裡好像等候人的樣子，但一次又一次的做深呼吸。

狹窄的香港繁華街到這裡應該已經沒有可消磨的了。他終於離開這裡然後穿過銀行前面，走到登上公園的斜坡路。總算要赴山上那棟豪宅了吧？然而，經過聖約翰教會前面的路，和登山電車車站後，大鵬直接走進維多利亞公園。

周圍已經完全黑暗了，椰子葉在冬風吹拂下颯颯作響，顫抖的冷意從春木體內湧下來。公園內幾乎沒有人影。大鵬一個人坐在長凳，定定地注視著海。這裡是與洪添財的邸宅眺望的同樣的港口海景。

他也許在等誰，說不定那女人會避開人們的眼目，偷偷出來幽會。手托著下巴，一付沉思狀的他，像是在等人的樣子。

就這樣幾個鐘頭過去了。對岸的燈光在入夜後就增加，但隨著夜愈深就漸漸消失。不知已經幾點了？沒有手錶，所以大鵬應該也不知道。他從長凳站起來，開始在公園的通道往原來的方向走。冰涼的石階除了風，沒有人影。

晚二、三分鐘回到木板屋的春木問：

「怎麼這麼晚才回來？因為冷得受不了，我剛跑出去填肚子。今天的情形怎樣？」

「今天她叫我留下來過夜，我拒絕了，無論如何那太過分了，但她卻說我太冷淡。記得有一次我對你說過，女人很可怕，現在更是這樣想。」

「真的？」春木一本正經地回答。

「近來我開始對女人厭倦了。女人在不認識時才是一朵花。我也厭倦香港了。下次老洪回來，我要請他讓我去日本。」

春木畢竟沒有勇氣揭露真相。大鵬語調悄然地說：

「近來每次看到船，總覺得都是要去日本的船。我實在羨慕老洪。始終和同一個女人在一起時，再怎麼大美人，還是會厭倦的。」

之後，大鵬就不再到那女人的家去，只一心一意的等候添財回來。一天走八公里的路，即使在冬天也是汗粒如珠。他招手揮汗，一面說：

「等那傢伙回來，向他要些錢買衣服、鞋子之類的必需品。因為東京物資缺乏，外國製品一定很貴。那時候假使你不嫌舊，我的可以給你。」

不久，聖誕節來臨，街上的櫥窗紅色青色燈光閃閃爍爍，攜帶大包小包的外國人來來往往。但這鑽石山只有吹襲寒冷的風，看不見聖誕老人蹤影。

有一天，從對岸回來的大鵬帶回來佳音。

「聽說，那傢伙明天會到。」他在木板屋內急步來去徘徊，一面說話，「你也一起去迎接怎樣？」

「不，下次有機會再說。」

「可是，這是難得的機會嘛。不要像上次那樣猛吃，吃少一點就不會怎樣的。何況為了將來，還是保持聯繫有益處。」

「請你代為問候就好。」

「那當然，即使你不託我，這種事我也會做。」

然而，第二天大鵬氣呼呼地回來。他是不懂得掩飾感情的人，好像喝了酒一樣，紅到脖子。

「我，我，被信以為是好友的人出賣了，完完全全的出賣了。畜生！賺了一點錢就昏了頭，不過是走私抓到泡沫金錢罷了，就擺出天皇陛下一樣的面孔。」

「我早就料到會是這樣。」春木並未感到驚訝。

大鵬繼續說：「人真是不容易瞭解，從前他不是這樣的人。和我一起挑水時，總是發誓說，等他出人頭地時，一定拉我一把。但賺了錢就不認帳了。」

「有困難時，誰都會這樣說。人對自己不利的事，總是會忘得乾乾淨淨。」

「才不會這樣？不騙你，等我有錢時，我會為你做各種事。比方給你零用錢，你有困難時也會和你商量。我絕對不說謊，可以向神發誓。」

春木勉強抑住了幾乎要衝出來的笑聲。

「你到底發生什麼事？是不是女人的事被發現了？」

聽了這話，大鵬忽然一驚，抬起臉來。語塞似的呻吟著。

「我會做這種笨事嗎？」

「可是，你老是要逃避。也許因為這樣，女人才不顧一切的揭露祕密。女人很可怕哩。」

「不，絕對沒有這種事。我不是那樣笨的壞男人。壞是壞在老洪這混蛋，這傢伙是惡棍！」

大鵬似將哭出來般叫喊著。

「錢、錢、錢，就是沒有錢。錢不是在天底下流動的嗎？豈會只有惡人得勢？誰敢斷言我現在就絕對不會有錢？瞧，這個。」

他從口袋掏出一枚紅色紙片，那是香港春秋二季定期舉行的賽馬票。

「假使這張馬票中了頭獎，明天起我就立刻變成百萬富翁了。是港幣的一百萬元哩，美金就是二十萬元了。即使買了大樓，環遊世界，還有找哩。在香港一定有人中獎，誰敢斷言那不會是我？」

從每天挑水賺來的微少工資之中，他犧牲自己的肚子，忍著饑餓，買下了這張二元港幣的馬票。他把一切夢想寄託在每期約出售二百萬張卻只有一張中獎的馬票。沿著海岸並列的倉庫中，暹邏米堆積如山，這好比從其中選出一粒米般。對如此之低的或然率也不絕望的一個人，他認為就算這一期不中，下一期再下一期仍不中，還有再接下去的一期，總有一天幸運會來臨！

「誰敢斷言那不會是我！」

大鵬發瘋似的反覆說。聽到這話，春木已經忍耐不下去，以為要哭，卻揚聲大笑。眼淚隨著笑聲從眼中迸出來。

第三章　海的沙漠

1

黃色的木棉花宛如樹木的果實叭噠叭噠掉落時，維多利亞公園的淡紫色丁香也開始綻放了。春天已經到了。不下雪的香港整個冬天颳著刺膚的冰冷西北風，但當風向轉變，從海的方向開始吹來暖和的東南風時，天氣也就一下子暖和起來。公園的樹木一齊長出綠芽，草坪一天比一天綠油油。

賴春木坐在山坡公園的椅子，眺望遠遠的下方經過的輪船。夾在九龍半島之間的海峽屬於深海，直接形成良港，無論是景色秀麗，或出入船隻之多，都是世所周知的。從公園的梅樹下，可以清清楚楚地瞭望整個港景。他已經在這裡坐了三個鐘頭以上，因為日落較遲，太陽仍高掛天邊。這三個鐘頭之間有三艘輪船出港，四艘輪船進港。另外也有航往澳門的小型船和中國式帆船等出入，但這些都沒有計算在內。不過，像這樣心不在焉不做思考，入神地看著風景，確實是很好的消磨時間的方法。

把這方法告訴他的人是周大鵬。去年年底那寒冷的日子，表示要去和女人幽會的大鵬，事實上是悄悄到這公園來，眺望船隻的出入直至深夜。這事大鵬隱藏了很久，有一次談話間春木順便問起，他才終於說了真話。據他說，開始的時候她親切地歡迎他，也請他吃飯，但並未超越他是她先生洪添財的朋友界線。然而，大鵬沒有弄清這當中的區別而頻頻去訪，於是她便佯裝不在家。但因為自用車停在門前，不可能不在家。因此有一天大鵬在附近的學校運動場耗著不離開時，看到她從後門口出現，坐進自用車離開了。大鵬的自尊心受到嚴重的傷害，從此不再去找她，但也不甘願說出自己的挫敗。後來，他每週一次到這裡來，專心等待添財從日本回來。他打算等添財回來，請添財出錢讓他坐走私船赴日本。然而，添財回來，大鵬提出這項要求，卻被一口回絕了。由於期待太大，所受的打擊也格外深刻。從此以後再也不到公園來了。

但是春木取代了他，時常到這裡來。為別人走一天走八公里路去挑水，因此才勉強糊口的生活實在沒有任何希望。要是被關進監獄，還可以盼望刑期屆滿恢復自由的一天。但在這青空下的牢獄，似乎永遠沒有盡頭。當然春木的想法開始逐漸改變。雖然不希望像老李那樣成為徹底的猶太，不過除非追求機會，努力出人頭地以外，別無選擇是很明顯的事。

我們沒有任何保證，非得靠自己的能力活下去不可。我們得到的自由是滅亡的自由、餓死的自由、自殺的自由，都是屬於沒有資格做為人的自由。只有錢，錢才是唯一可靠的東西。

這是老李有一次在憤怒之下所說的話，那時，就深深烙印在春木腦中。現在，這些話漸漸帶著真實感逼近來。

不過，春木不像大鵬那樣，認為幸運總有一天會來臨。幸運是必須自己去掌握的。因此就非得時常睜大眼睛不可。所以坐渡船去香港時，同樣在人群中走動，也不會像大鵬那樣在乎自己身上的衣著，或對有了錢就立刻要買的東西加以注意。比方經過格洛斯特飯店的篷拱廊時，他不會在冷氣用品或電器用品前面駐足。而一定在花店前面停腳。探視花店的櫥窗時，店內陳列許多唐菖蒲、三色紫羅蘭、香豌豆等各種花卉。不過，他看得出神的是陳列於櫥窗上段的洋蘭。有一次問起價錢時，店員說是一盆三百元港幣令他聽得目瞪口呆。正在納悶這樣不合理的價錢有誰會買時，剛好一位約莫二十歲，衣著時髦的女性與同年輩青年相偕進來，問：「這盆多少錢？」店員回答：「三百元」，就說：「好，買這盆。」而立刻打開皮包。皮包內一大疊百元鈔，從其中抽出三張遞給店員。「是不是要送到府上？」店員問。「不必。請你拿吧。」女的對旁邊的青年說。青年大概是她的情人或男朋友吧？順從女友的命令捧起洋蘭，跟著她匆匆走到停放自用車的路上。從此春木每次到香港，必經過花店前面。仔細觀察，發現洋蘭的銷路相當不錯。有人說，賣藥一本萬利，但洋蘭恐怕還不止。在農業學校時代曾經跟隨日本人老師栽培過洋蘭，與多雪多霜的日本不同，熱帶地方栽培洋蘭不需要溫室，栽培上也簡單。要是能租到一塊地來栽培洋蘭，想必可以賺錢。他這樣想。然而，不管做什麼，除非有某種程度的資本，否則就都談不上。因此，最後還是只有嘆氣而已。

近來走路成為他唯一的樂趣。由於時間過剩，因此常常前往公園，若在公園坐厭了，就像野狗般到街上閒逛。卻也因此得到了想像不到的知識。比方說，在百貨公司也可以殺價、九龍城的魚價錢反而比中央市場便宜之類。不過，這些事有什麼幫助？凡是錢當先，沒有錢的人再怎麼去努力都於事無補。

這天，他也與平時一樣，茫然自失地坐在公園的長凳時，五、六個男人熱鬧地笑著從他的旁邊經過。突然，他聽到其中一人以日語和福佬話混合著對其他的人說話。

「啊！」他差一點叫出來。是臺灣人，一定是臺灣人。剎那間，思念之情油然而生，他突然從長凳站起來，魯莽地加入他們之間問：

「你們是臺灣來的嗎？」

對方驚訝地轉過頭來看他。其中身材特別高大強壯的男人先開口：

「好極了，總算碰到臺灣人了。我們是從臺灣來的，老實說，因為語言不通，正在傷腦筋。」知道春木是臺灣人後，他們就過來圍著他。另外一個穿著開襟襯衫的男人說：

「問問這個人怎樣？我們對當地不熟，很多地方不方便，陪我們一起到旅館怎樣？」

「是啊，能幫忙嗎？」

這幾個人說，他們是坐船的，現在住在西環的海邊附近的旅館。他們是十天前駕著一艘半走私的船，從臺灣來到香港的。所謂「半」，是因為國民黨的某將軍以救助大陸難民為名，載運平常嚴禁的食米，公然從基隆港出航。香港的米價比臺灣貴一倍以上，所以運到香港，將軍的口袋就滾進了鉅款。不過，將軍的計畫惡毒到極點，偽稱船要進塢整修，讓船員住到現在的旅館，趁船員忙著遊覽香港之間，把船賣掉，迅速地躲藏起來。

「二、三天前去船塢看時，連船影都不見了。向船塢的人打聽，據說是往菲律賓那邊去了。這艘船是從前日軍做為登陸用的，有無線電設備，全速航行時可達十六海哩，最適合走私。」大漢說。

其他的人接下去。

「這傢伙一定從開頭就有陰謀，要把米在香港賣掉，要不然怎麼會這麼快就談成？這艘船要是自己的還好，事實上是租來的船。」

「事到如今，埋怨也沒有用。不如趕快換到更低廉的地方去住，不然明天就會破產。」

他們住宿的旅館春木曾經數度經過，在海岸路這邊算是最便宜的地方，但住一夜也要花六塊錢港幣。在這種情形下當然無法維持下去。由於他們口口聲聲的訴苦，春木只得回答會設法考慮對策，然後回家來。翌日，六個男人決定搬到他住的違章木板屋來。

最初和春木交談的大漢叫作楊金龍。他是澎湖人，因為高頭大馬，所以什麼都不怕，即使處於窮途末路也沒有憂慮神色，連說話也一副閒適的樣子。

「香港漂亮女人真多，就這樣回去太可惜了。」

「不過，沒有比香港更難居住的地方了。這裡是沒有錢只有投海自殺的地方哩。」

和金龍在一起時，春木驚訝地發現自己說話像老李的口氣。不過，金龍的反應不一樣。

「那裡，錢算什麼？這不成問題。我已經想暫時留在香港了。不曉得哪一家船公司可以僱我？」

「船員的工作不容易找到。」

「但我的經驗長，潛水的工夫也很拿手。如果是清理船底之類的工作，我有把握不會輸給任何人。」

「嘿，專門潛水的？」

「別說得太難聽，像我這種出生在澎湖島的人，從小就在海裡捉蝦撿貝長大的。不是我吹牛，這不是別人做得到的。」

聽到金龍這樣說，春木內心喊著「好極了！」。西餐廳用的龍蝦，在香港的價錢一定很高。因為香港當地的漁民不諳水術，只會用手釣。想到如果好好利用金龍，也許會賺錢，就更覺得挑水是很笨的一件事。

雖然海水尚冷，有一天春木帶著金龍到香港島太平洋岸叫作石澳的地方。在多岩石的海岸小丘上面，紅色屋頂的西洋式別墅一幢幢排列著。這裡是住在香港的富豪們夏季期間來游泳的地方。海浪平靜，而且島影點點，景緻秀麗。儘管尚未有人來游泳，但聽說可以捕捉龍蝦，金龍就按耐不住了。他脫下衣服，迫不及待地鑽入海中。在岩石之下游動，幾次從海面消失蹤影，然後接著把頭伸出海面。

「喂——」他喊著，一面高高舉起手來。

一看他的手，豈不是抓著一尾龍蝦！

春木情不自禁地瑟瑟發抖。覺得某種激烈的感動從胸底湧上來。眼睛一時模糊不清。好極了，好極了，這一下我可以從饑餓獲得解放了。神啊，祢是見證者。

金龍從海中爬上來，一面擦拭滿面的海水一面說：

「這一帶不行，要到遠一點的海。」

他手中抓著的蝦大約五公分長的小蝦而已。不過，雖然小，已經證明可以捕捉蝦了。

「不冷嗎？」

「冷也不要緊，要趕快租船到海洋去。」

「可是，沒有準備其他的東西，也沒有裝蝦的容器。」

「那裡需要準備東西？這是靠身體幹的活哩。」

說的不錯。春木跑到附近的小船出租店，租了一隻小船，二人就往海洋划去。

浴著和煦陽光的南國海洋平靜如沉睡。若說北方的海那深遠的蔚藍是沉思，那麼這裡是幻夢的眼眸。璀璨瑰麗的午後海洋是女人光澤柔嫩的肌膚。這裡沒有悲傷，沒有嘆息，也沒有怒吼和焦燥。只有陽光與和風，以及這三者交織的柔美歌聲。

到了海上，金龍立刻發揮討海生活的男人本領，全身赤裸裸一絲不掛，隆起的結實肌肉不覺令人讚嘆。

「船停在這裡等我。」他說著就翻身跳進去。

從他跳入的地方濺起水花。春木握著槳，摒息靜氣地盯著海注視。一分鐘、二分鐘、三分鐘……水面終於波動，金龍的黑色頭浮上來。

「這裡太棒了。」

接著的剎那，「啊！」地歡呼的是春木。因為金龍手中握著的是剛才不能比的巨大龍蝦。春木脫下自己的內衣，把袖口和領口綁住，將龍蝦放入其中。看著為求生存而激烈跳動的蝦，他自己的心臟也砰砰跳動起來。長久以來沒有感覺的喜悅油然而生，要壓也壓不住。

「好冷，好冷。沒有酒會凍死。」

「那改天再來，弄壞身體就划不來。」

「不，再拚一下。回去時喝一杯就好。」金龍說著，再度消失於海底。

最後這天只捉了十隻蝦，但二人已覺得彷彿變成百萬富翁般志氣高昂。回程拿到有魚市場的香港仔叫賣，然後就衝進最近的一家酒屋。

「喂，酒！拿酒來。」

只要是酒，任何種類都好。服務生送酒瓶和酒杯來，連斟酒都不耐煩般，拿起來就一飲而盡。

「唔，好香。」金龍滿足地發出呻吟聲。

因為長時間沒有喝酒，很快就醉了。金龍的面孔轉眼間紅得像關羽。醉意一出現，膽子就壯，聲音也大了。

「喂，不要小氣，多拿一些來。」

春木看著排在桌上的酒瓶，忽然擔心付帳的問題，醉意一下子醒過來。然而，金龍正值騎虎之勢，勸他也聽不進去。這時候只好自己先裝大醉。

一會兒，看到春木終於仆伏在桌上，便說：

「喂喂，怎麼喝這一點點就醉了？真沒出息。」

金龍看似醉了，但意識相當清楚。

「回家的路還很遠，加油加油。」

「我不行了，已經不能動了。」

「別胡說，好，站起來。」

看來帳是付清了。春木在金龍的扶持下來到外面，往繫著漁船的海邊巴士站走。醉意逐漸轉濃，心情也舒適。白白的大月亮掛在林立的桅桿上，夜晚的海皎潔明亮。眺望著月亮時，春木內心浮憶起了故鄉，不知怎麼漸漸湧起感傷。春木竭力抑制這容易受傷的心，但令人意亂情迷的鄉愁卻恰似澎湃的浪潮而來，令人束手無策。無論如何思念，故鄉是再也見不到了。不，我從開始就沒有故鄉啊，不是我這樣而已。人根本就不能有故鄉！

「明天要帶酒來，工作才有勁。」

金龍的聲音充滿張力。

2

第二天就開始了真正的捕捉龍蝦。

春木不得不立刻肯定金龍是能幹的潛水者，每次從海裡忽然冒出時，手中一定抓著龍蝦。在海中大約工作了一小時後，就到船上來，不歇口氣就拿起酒瓶，嘴巴就著瓶口猛喝。/反正都是男人，金龍赤身裸體就坐在春木面前，一點也不在乎。

「記不得是幾年前，曾經在基隆附近海岸的工程做工，因為天氣熱，大家都打赤膊。但是有一天監督工程師的老婆來了。到這沒有一個女人的工地來。於是，發生了奇怪的事。第二天，大約二百人全部都穿上內褲工作。並沒有人下令這樣做哩。女人的威力真驚人。哈哈哈……」。

「那你也是穿上內褲的人之一吧？」

「對，當然穿了。我們平時不穿衣服的比較多，所以穿著衣服的時候反而敏感。」

「嘿，真的嗎？」

「比方說，女人一絲不掛，還不如桃紅色三角褲若隱若現來得誘人吧？今天再拚一下，然後去看女人的三角褲。」他這樣說著，就又離開小船進入海中。

帶來的魚籠大約裝了半籠時，太陽已經沉入海中。在昏暗中探手摸索籠內，金龍已忘了一天的疲乏。

「唔，大約有五十斤。可以回去了。」

尚有太陽餘溫的沙灘已經沒有人影，別墅處處亮起了燈光。入夜後滿天星光閃爍，但二人只一心加快腳步往香港仔而走。興奮溫暖地包裹著春木的心，如果以目前的情形繼續下去，就算因當天的市況而多少有出入，一天至少也有將近一百元的收入。扣除酒錢、船的費用、伙食費等，手邊還是會有不少錢留下來。即使一個月休息幾天，只要整個夏季工作下來……只是想像就令人興奮不已。

然而，他的如意算盤尚未結束，夢想就粉碎了。因為龍蝦賣掉後，金龍就把貨款全部收入自己的口袋。春木目瞪口呆，說不出話來。他當然有權要求分一半的利益，計畫是他擬訂的，金龍潛入水中，其間他也一起工作。然而，金龍不但不分給他一份，而且次日再次日，還有錢可花之間絕不出海。到娼窩招妓過夜，白天不是看電影就是一早就喝酒。因為與自己的口袋有直接關係，春木感到十分不服氣。

「不必每天，但至少努力一點，自己買隻船。光是省下租船的錢就有價值了。」

「又不是魚，常常鑽入海裡怎麼吃得消？」

「可是只有夏天能做的工作，不多賺點準備過冬，以後就苦了。」

「算了，到時候再說。多餘的擔心會禿頭。」

這個人只是軀體龐大，沒有多少腦筋。春木是看透這一點才加以利用，但不僅軀體上比不上他，在一起肉體上還會有壓迫感。金龍這邊他認為春木頂多是臨時性的船夫，高興時給他五元、十分，其餘時間都擺出主人的面孔，一塊兒吃喝由他付錢而已。即使春木想打架，也是從開頭就知道勝負，使得春木頗為憂鬱。因為憂鬱的原因明確，憂鬱的程度也愈來愈深。

終於有一天，他想嘗試一下以往不曾做過的事。那是與平時一樣，從海裡回來，進酒館喝酒的時候。趁金龍喝得醉醺醺而去廁所時，春木迅速地從放在椅旁的金龍的外套口袋偷出十塊錢鈔票，塞入自己的衣袋。他認為不過是把被奪走的東西搶回來而已。但還是不免感到胸口撲撲的跳，坐立難安，一會兒，金龍從廁所回來，看到他就問：

「怎麼了？臉上好蒼白。」
「不太舒服，大概喝太多了。」
「哦，那不好，到附近的客棧躺一下。」
「不，我要回家。」
「回家幹什麼，與老李對著屁股睡覺有什麼用？」
「但我還是要回去，突然想回去。」春木這樣說。金龍也不勉強阻止他。
「一個人不要緊嗎？要不要我送你？」
「不必了。」
春木留下還想喝酒的金龍，獨自搭上渡輪。被海風吹拂後，亢奮的心情也漸漸平靜下來。我何必提心吊膽？我不是小偷，只是把被偷的東西偷回來罷了。這暫且不說，這傢伙為什麼這樣不畏懼明天？是不是認為仗著他的身體，錢就取之不盡的源源湧進來？即使再強壯的人，也有賺不到錢的季節，或生病的時候，那時候怎麼辦？至少這是我無法仿傚的大膽作風。想到這樣，愈發覺得自己是軟弱的人而從心底重新湧起自我厭惡感。
然而，翌日，向來除非把錢全部花光，否則不回來的金龍，竟然慢吞吞地回來。
「混蛋，昨天被臭婊子耍了一招。」
金龍在春木躺著的床緣坐下說。
「一定是在我喝醉的時候偷的，今天早上要回來時，口袋裡面少掉十塊錢。」

聽到這話，春木的心開始忐忑猛跳起來，為了避免被對方發現，非得裝出若無其事的樣子不可。

「為什麼知道是妓女幹的？要偷就全部偷了。昨夜喝得相當醉，不會是在路上掉的嗎？」

「我不會在路上掉錢，醉得再厲害，我都記得口袋裡有多少錢。要是全部偷走，事情就不一樣，只偷一張，以為不會發現。這是婊子的技倆，我一氣之下摑了她一巴掌。」

「嘿，那麼對方就不聲不響了？」

「怎麼會？偷了錢，還反過來咬住我不放，要把我扭到警察那裡啦什麼的，鬧個不休，結果反而又被敲了十塊錢哩。香港的婊子死不要臉。」金龍打從心底痛恨地說。

春木覺得啼笑皆非，不知如何敷衍他才好。以為這個人天不怕地不怕，但看來害怕警察。否則他是打死也不會拿出錢來的人。不過，也由此可以瞭解，要從這個人身上拿到錢，鐵定是辦不到的事。

「也許你還不知道，在香港這個地方你再有道理，都是出手打人的錯。」

在旁邊聽的老李突然插進來說話，金龍瞪起眼睛來怒視他。

「對就是對，錯就是錯。打做壞事的人為什麼錯？」

「不管好壞，法律就是這樣規定的。要不然，豈不變成暴力的天下？文明社會就是不憑暴力而憑智慧來決定勝負的社會。」

「哼！」金龍在鼻尖嘿嘿地笑：「就是說，你想說像你這種人出頭的社會吧？因為你是有智慧的人。」

「在嘲笑我以前，你該先想想會不會是在酒館找錯了錢？或者掉在客棧床下？先找找看才對。一下子就伸手打人，那女的也真倒霉。」

「倒楣的是我。混蛋，臭婊子！」

「反正暴力是行不通的。要是真的控制不住想揍人時，最好是敲打桌子。」

「無聊。」金龍一手握拳頭，敲打另一隻手的掌心說。「喂，春木，去看電影。明天已經要幹活了，今天要輕鬆一天。」

「我不想去，你找別人去吧。」

被冷淡地拒絕，金龍也沒有情緒受傷的樣子，一個人慢吞吞地走出去。目送他離去的背影，老李浮現意味深長的笑，回頭對春木說：

「這傢伙根本就是天生的勞動者。難得抓到一個好傢伙，沒有理由不搾他一下。」

「但別看他這樣，很仔細哩。吝嗇而且力氣大，所以不好對付。」

「這要動腦筋啊。拿不到錢，就拿蝦好了。」

春木一驚，抬起臉來。自從和金龍搭檔幹活以後，他就特別警戒不讓老李接近金龍，自己也假裝不知情的樣子。但顯然該看的，老李都看到了。在老李的注視下，春木無法說謊。

「這種事怎麼能做？船很小，沒有地方藏嘛。就算有地方藏，總不能我單獨留下來，事後再帶走。」

「那麼，用袋子或網子裝著，垂入海中呢？」

「他是從海中浮出來的，被他發現就不得了。」

「從海中浮出來，總不是從小船底下吧？」

「嗯，當然不是。通常是從幾公尺前面突然冒出來。」

「爬上船的時候是從船尾吧？」

「唔，對。」

「那就掛在船頭好了，你們走後，我再去拿。不過，代價是平分。如何？」

春木還在猶豫不決，老李便不住地煽動他。

「這要有訣竅。任何事情都有風險，潛入海中的危險性很大，那麼在船上就絕對安全嗎？也不見得。反正提心吊膽是拿不到頭獎的。」

結果，與其說屈服於道理，不如說屈服於慾望吧。

這個好主意金龍果然沒有發現，爬上船時斜斜頭說：

「今天覺得抓了不少，才這一點點。」

聽了這話，春木內心惶惶不安。想矇混，頂多也只能偷十來隻，而且還得和老李平分利益，可以說是消耗精神多，收穫少的事。開頭的時候，做一天就精疲力盡，連走路都吃力。好幾次想放棄不幹了，但每次都被老李從背後推著走。

「這麼好的機會，沒有理由放掉。要是我會划船就可以代替你，可惜我不是在海邊長大的。況且金龍這傢伙對我沒有好感。反正比挑水、比小販，不曉得好多少倍哩。趁現在儲蓄一些下來，將來暫時沒有工作也不必擔心。」

這恐怕就是老李真正的想法吧。他將蝦賣掉的錢，分一半給春木，但春木並不知道正確的重量，所以只有默默接受，別無選擇。不勞而獲的漁翁得利！每次想到老李在占便宜，春木就氣得跳腳。早知如此，不如乾脆從頭就雙方都一文不獲。可是，這一來又變成金龍一個人單獨獲利，這也是令人不甘心的事。鈔票人人愛，但想起來沒有比鈔票更可恨的東西。被錢所玩弄的人最可悲了。經過千辛萬苦而得來的錢即使積存下來，反正也不可能成為大資本，連栽培洋蘭的本錢都不夠吧？不知是否在無意間受金龍的影響，或是神經過度緊張的結果，春木的心情漸漸變得暴躁。只要口袋裡有錢，就莫名其妙地焦慮起來。

最近金龍邀春木去看電影或玩女人時，春木已不再拒絕。甚至金龍的錢花光時，還反過來找他。

「你變得相當豪放了。」金龍感嘆地說。

這種時候，春木只得隱藏著狡猾的笑說：

「這都是你教出來的。」

「哈，也好。與其過得悶悶不樂，不如痛痛快快。哈哈哈……」

春木恨不得丟一顆炸彈到這張大嘴巴內。也許把這個人炸成粉碎，人生才會痛快。至少，悶悶不樂的海底的龍蝦群會大感痛快吧。

3

整個夏季之間，石澳的海邊因自用轎車階級的出入而熱鬧。道路兩旁成排停放左邊駕駛的敞篷轎車，女士們穿著上下分開的尼龍洋裝。紅色、藍色、黃色等各種顏色的遮陽傘下，胸前長著金毛的西洋人或躺著，或懶洋洋地眺望著遠方海上的船。沙灘是白色的，海是淺淺的藍色。

不知不覺間，日曆已經進入九月，但熱帶的海仍炎熱如盛夏。不過倒是一度相當多的學生蹤影大為減少。然而到了週末，自用轎車的數量反而比仲夏時更多。

當金龍潛入海底時，春木在小船上隨波漂浮，眺望著海邊聚集的人們而消磨時間。也許船夫偶爾觀望乘客時的心情也像這樣吧？會以浪漫的眼光看海的人，只有把錢投入海裡的人們。像船員或漁夫想從海裡撈錢的人，海是極其單調無聊的地方。

有一天黃昏，當春木心不在焉地眺望海邊時，金龍突然上船，過來站在他的面前，春木驚訝地抬起臉，剎時堅硬的拳下飛下來。他來不及閃。

「混蛋！」

小船隨著大大的搖擺，春木險些落入海中。在晃動中，春木的眼前出現了他懸掛的龍蝦袋。

「我一直覺得奇怪，原來是你做了手腳。揍死你！」

「要殺死的話就殺看看啊！」怒火在胸中爆發，春木忘掉了處境，但也沒有力氣還擊。

「你是竊盜，到今天為止，我開除你。」

「什麼竊盜，你才是竊盜。」眼圈已腫脹發青的春木喊回去：「這個工作不是二人一起開始的嗎？就算我不開口，分我一半才是常理。但你一個人獨占，我只好出此下策？」

「什麼話？不服氣就自己潛入海中，看看捉得到捉不到一隻蝦？一隻都捉不到，還敢講大話。」

「講大話的是你，要不是我告訴你，你那裡知道這邊有龍蝦？你這種人不是人。」

「嘿嘿，假使我沒有想到這件事，怎麼會僱用你這樣笨手笨腳的人做船夫？」金龍非常冷靜，「但現在不想讓你划船了。走開，我自己划。」

金龍從春木手上搶過槳，立刻朝陸地划動。船一靠岸就自己扛起漁獲，頭也不回地走掉。

春木獨自留在籠罩夜色的沙灘，癱瘓般坐在沙上，只有拍打海岸的波浪聲強烈地敲打著他的心。濺起白色泡沫的浪潮冲洗著他的腳，又退回去，他卻沒有力氣站起來。彷彿覺得就這樣被海浪擄走以無力抵抗。

「喂，怎麼了？」

抬頭一看，是老李站在面前。看到春木死魚般混濁的眼神，老李已明白了一切。

「運氣不好。這麼久都沒有被發現，今天是怎麼搞的，被他發現了？」

春木沒有回答，只是茫然失神地坐著。

「不過，反正這種工作天氣冷了就不能做，就當作提早結束吧。」

聽了這話，春木冒起了無名火。

「你以為這樣說，氣就消了嗎。你多少替我想想吧！」

「喂喂，別光火。要打架，也要看對象。像他那種人，幾條命都不夠。」

「你以為我怕他？」

「不以為。但俗話說，輸就是贏。這傢伙雖然說不要和你一起幹活了，不過，也許不出二、三天就會來求你哩。」

「開玩笑，再和這種人一起做，怎麼受得了？」

「喂，這種說法，簡直像小孩子撒嬌。在大人的世界，只要對方有利用價值，再不高興也得咬牙忍受。後腳踢沙的事，過後再來也不遲。」

老李的話像預言，充滿了自信。

不久，他的預言一點不差地證實了。因為大約過了三天的早上，金龍發出高大的腳步聲，踩著木板屋的梯子上來了。

「喂，小賴，幹活去囉！」

裝睡的春木肩頭被他猛力搖動，沒有辦法繼續假裝。

「你不是說開除我了？」

「嗨，不要生氣。那天我也不對。所以，從今天起每次給你二十塊錢，可以吧？」

金龍換了一個人似的，以討好春木的語氣說話。

「要當船夫的人多得不得了，但搭擋還是要意氣相投的傢伙。」

金龍的內心，春木早就看穿了。因為僱用不知底細的廣東人做船夫，無法安心潛入海中。這一點，如果換做對象是春木，隨時可以用暴力制伏。

「喂，伙伴。」

再度被這樣稱呼時，春木全身酥癢起來，覺得三天前的怨恨一下子消失不見了。

「知道了。」春木仍背對著他，享受著小小勝利者的喜悅。

夏天已經所剩無幾，到海邊的人們一天比一天減少，只有對氣候不太敏感的西洋人，在黃昏時分駕車來轉一下而已。他們似乎不是來海水浴，而是躺在沙灘享受日光浴。

隨著這些人們的減少，春木他們出海的日子卻相對地增加。顯然捕蝦的日子已不多，金龍自己也焦急起來。不過，與其說是想趁現在打拚以備過冬，不如說是自覺青春漸流逝，欲使尾聲璀璨奪目的年輕人悲哀的內心掙扎。因此，這幾天賺得多，花費也多，相反地，心靈也荒廢得多。儘管一次二十塊的工資變成加倍，也無法挽救春木現在的心靈。人生除了活在剎那以外，沒有其他嗎？他覺得勉強串連著剎那的金錢這條繩索持續一天，人生就持續下去。然後這條繩索突然中斷時，人生本身也結束就行了。

他這種剎那主義在秋風開始吹起時，感到更加無法對抗。即使曾經在內格羅斯山中受到美軍軍艦炮射擊或空襲，處於隨時可能喪命的環境下，也沒有感到這樣緊張。那時候的恐懼，說起來在山中到處逃命是所有的人們都遭遇的命運。但現在則是加諸他一個人身上。甚至一起工作的金龍，恐怕也無法瞭解他自暴自棄的心理吧？不但如此，金龍每次從海邊爬上船之前，必先檢視船底一圈。上了船後，在抓起酒瓶前，眼睛先掃來掃去地檢查船內。被他懷疑是沒有話說，但正因此，愈來愈陷入孤獨的心情使春木無可奈何。

有一天，金龍從海裡上來就大聲叫嚷。

「混蛋！為什麼這樣冷？」

他好像是對著海怒吼。雖然大口大口地喝下酒，仍無法使身體的顫抖停下來。那是個陰沉沉寒冷的日子，冷得在船上的春木穿著衛生衣都不能不喝酒。不過，這天的成績特別的好，魚籠裡已經有超過五十斤的龍蝦。

「好，再拚一次。」金龍說著，再度進入海中。

太陽完全沉沒海中後，潮音忽然變大。那是人類蒼白的慾望，對永不回頭的夢想的執迷，那是一種即使被殺死也不放棄人生的不捨感情。忽然，春木陷入被單獨棄置於沙漠中的幻覺。另有一件事使這幻覺火上加油。那是隨著酒量增加，在魚籠內彼此推擠的龍蝦掙扎的聲音，開始傳入耳朵。他掩住耳朵。但龍蝦的掙扎愈來愈激烈。啊！遲鈍的龍蝦喲，你們是厭倦了海底的生活嗎？或是在海底的生存競爭敗北而在茫然自失之際被俘虜的？再不然就是自尋死路、自投羅網？啊，可憐而愚蠢的龍蝦喲，若是自己選擇的道路，何以到現在才慌張不知所措？你們的命運已經到盡頭了。

然而，龍蝦們對醉漢的心境毫不知情，依舊傾軋不停。

「吵死啦！」

春木瘋狂般地搖動魚籠。爬到上面的龍蝦仰身摔落在同伴們身上。

「你們將成為晚餐花得起十塊錢的階級犧牲品。變成漂亮的鮮紅色，排列整齊地放在沙拉菜上面。事已至此，掙扎也沒用。」

這樣叫喊的是他本身，但他覺得彷彿是誰在向他這樣說。

不錯，是我在掙扎。在這黑暗的沙漠中，獨自在掙扎。在我的頭上，偏偏今夜連星光都沒有。我已失去了方向，失去了人生的希望，也無緣邂逅接受愛的誓言的戀人，就這樣永遠從人類社會消失，被人們遺忘。

「是誰，是誰，把我丟棄在這裡的是誰？」

他直挺挺地站在小船上面。

這時，奇怪的是看到海岸點點燈火閃爍。雖然是冷冷的閃爍燈光，但恰似神的啟示，使他激動。他幾乎本能地抓住船槳。一面發出斷續的叫聲，船槳一面開始猛力移動。海潮的聲音已經聽不見了。

「喂——喂——」

似乎聽到海的那一方傳來這樣的叫聲。春木覺得確實聽到了，但他連回頭去看一眼都不願意。

「沙漠之王啊，再見吧。」

他向黑暗中這樣叫喊。

4

不記得到底走過哪裡？

春木口袋裡約有一百塊錢鈔票。在霓虹燈閃爍的皇后道中，他覺得背後似乎有人跟蹤而不時回頭，或有時突然轉入小巷。出售工業原料和藥品的巷內商店早已關門，從鐵格門裡面洩出電燈的亮光。他急促地走過冷冷的石板路，來到海邊道路。

他想起約莫一週前在海邊的娼窩認識的女人。這家來路不明的客棧叫作陸海空通。名稱複雜，但含意大概是凡以國際港埠香港為根據地的人們，無論是陸地、海上、天空在那裡都可暢行無阻。陳舊的建築物漆成庸俗的青色，一望而知是廉價客棧。在那裡透過服務生召來的女人也同樣是便宜貨。那女人叫作莉莉，年齡可能與他差不多，但她自己說是二十三歲。這倒無所謂，只是與年齡的相稱地有些戰戰兢兢的樣子。一張上海女人的冬瓜型豐滿的臉蛋，皮膚白晰如雪。上床前她躊躇了許久，好不容易才下定決心似的把手伸到春木面前。春木當然瞭解是要求先付錢的意思，但他突然想惡作劇，握住她的手輕輕搖了二、三下。她愣了一下，但當他笑起來時她也笑了。

「因為是生意啦。」

「我知道。」

「那就不要開玩笑，今夜又不是第一次玩。」

「但真的是第一次。瞧，心臟砰砰跳哩。」

他說著，把她的手拉過來放在胸口。心臟果然砰砰跳著。
「那沒有辦法囉。」
莉莉死了心似的躺在床上。
如果說春木對這上海女人有好感，那只能說是出於那幾乎惹人憐愛的容易想開的特質吧？否則也不至於現在走在路上會想起她。他以往從不曾和相同的女人過夜。
推開客棧玻璃門進去，直接經過帳房，立刻奔上樓梯。見過面的服務生在那裡。
「喂，給我叫莉莉。」
關上房門，單獨一個人時他才放下心來。不到五分鐘之後，走廊就傳來高跟鞋的腳步聲。
「我就猜到你一定會再來。」
夜已深卻仍有空，顯然莉莉是相當沒有名氣的女人。但看到她打從心裡高興的樣子，春木突然不高興起來。
「呀，怎麼了？」
「沒有什麼。」
「但你今夜怪怪的。」
「那有什麼奇怪的？不說這個，我肚子餓了，給我叫餛飩麵。妳也要吃的話就叫二碗。」
一會兒，餛飩麵送來，莉莉在旁邊注視著餓鬼般狼吞虎嚥的春木。
「上次你說把太太孩子留在家鄉，但後來我想來想去，覺得你不像有家庭的人。」

「哪有這樣的事?」

「是的。但即使同樣是玩玩,有家庭的人總是顯得比較從容的感覺,你卻沒有。好像漂浮在海上的樣子。」

「別說討厭的話,難得來玩,再囉嗦就要回去了。」

「瞧,奇怪的地方就是這裡。我說的也是這個。」

「呸!」春木不覺咋了一下舌。即使在女人面前赤身裸體,他還有一個從不曾讓人見過的面目。現在他想讓這個面目赤裸裸呈現出來。這女人看起來有點傻,但也不可疏忽大意。

不過,這一次他反而湧起了安寧的感覺。今夜就把面孔埋在這女人的黑髮,一面嗅她的味道一面慢吞吞享受人生吧。

然後明天呢?明天再隨波逐流好了。

「我的母親一個人留在上海。你的父母還健在嗎?」

「不,統統到那個世界去了。」

他說了無心的謊言。其實父親還在,住在嘉義附近的鄉下。是位社會再怎麼改變,自己的生活方式絕不改變的頑固老父。

「那至少精神上就沒有負擔了。像我,因為母親還在而很辛苦。母親一定沒有想到我過這樣的生活吧?」

這夜莉莉特別健談。

「說這些事，其實沒什麼用。」她先這樣說著，開始娓娓敘述自己的身世。

莉莉的父親是在上海交通局任職多年的親日派，由於戰時協助日軍，所以戰爭結束就被冠上漢奸罪名。不過，軟弱的父親在被逮捕之前就先服用氰酸鉀，結束生命。莉莉和母親收拾細軟，投奔姊姊家。但共產黨統治以後，姊姊一家也被視為資本家而加以清算，如今早已沒落離散。

「那妳沒結婚？」

「那裡談得上結婚？當父親的勢力還不錯時，雖然有人喜歡我，一旦潦倒就沒有人理睬了。為了生活，有一度接受別人的照顧，但這個人也被視為封建地主，不但土地被沒收，他也上吊了。我這個人就是天生命苦。」

「唔。」

春木的心並不太受感動，與此類似的故事以往聽得太多了。難民的遭遇都大同小異，過去一定都有一段輝煌的時代。沒有未來，也沒有現在，唯有過去而已。而這過去是真是假，沒有人知道。

「不過，我的父親是無名小官，還算好。像周佛海、陳公博他們都被判死刑呢。汪精衛先生倒死得逢時，他的兒子現在也住在香港。」

「哦。」

「你不知道嗎？住在鑽石山的違章木板屋啊。」

「真的嗎？」

春木反射般抬起身來。我居住的貧民窟也住著汪精衛的兒子。這麼說，不幸並非只落在我一個人身上！

「你知道鑽石山嗎？華清池附近不是有一座舊寺院嗎？就是從那旁邊進去的地方。汪精衛的幕僚有好幾個住在那裡，聽說租田地種菜、種花，但個個生活都很苦。」

「別再談這些了，令人憂鬱。」

「可不是？但知道不是只有自己一個人不幸時，我就感到有些安心。」

「傻瓜。」

「對，我是傻瓜，的確是傻瓜。」

不知不覺間，她緊緊貼在他的胸前。

5

翌日，春木睡眼惺忪地從這家客棧門口出來時，突然被埋伏的刑警捉住了雙手。

他一點也不慌張。當刑警給他扣上手銬時，客棧周圍聚攏了許多人。他抬起頭來看這些人。人群中沒有莉莉的蹤影。他的臉上泛起了人們不知情的微笑。因為他想起了當他把自己身上的錢一個不剩地給她時，她那驚訝的表情。

「喂，走開，走開。」

刑警撥開人群，攔了計程車，讓春木先上車，自己也坐在他的旁邊。

這不是第一次給警察添麻煩。與當小販而被捕時比起來，現在他已經冷靜得多。因為這豈不是他的最後目的嗎？

是否被當作凶惡的人犯不得而知，但被關在單獨的牢房是他求之不得的。角落放著鐵床，大概是撒了ＤＤＴ，地板縫間散落著白粉。雖然是狹窄，但乾淨，而且不必和任何人說話是最感輕鬆的地方。

到了下午，鐵格門打開了。以為是要偵訊，原來是老李來了。

「到底怎麼回事？」

老李似乎非常驚駭。然而，春木看見老李，一點也不覺得高興。

「沒什麼。」

「聽說，你把金龍留在海裡，單獨一個人上岸？」

「那又怎樣？」

「開玩笑，你這樣做以為不會有事嗎？金龍一絲不掛地遊回陸地，在海岸徬徨打轉時，被警察逮住。他在警察局穿上借來的衣服回來時，我才聽到這事而嚇了一跳。你為什麼做出這種事？我實在想不通。」

「那有什麼理由？只是不由自主地想這樣做而已。」

「傻瓜。」老李說著，突然壓低聲音說：「同樣要做，也有別的方法嘛。第一，那麼近的距離，遊一下水就可以上岸了。我以為你會更聰明一些哩。」

「這件事，我想都沒有想。」

「喂，你神志清楚嗎？」

「嘻嘻……非常清楚。」

春木想像金龍一絲不掛地被警察逮捕的情景。這天不怕地不怕的大漢唯獨懼怕警察的情景似乎歷歷可見。

「你簡直瘋了，明知自己投下的石子要自食其果，那不是等於在虐待自己？」

「也許不錯。」

聽到冷冰冰的答覆時，老李詫異得啞口無言。

老李走後，春木又回到單獨的牢房。從來不知道獨處是這樣好的事，假使能這樣終其一生該多好。反正又不是快樂的人生。也許會被控殺人未遂罪囉，但就算不是一生，數年也無所謂。總之，春木已經厭倦了靠自己的力量或別人的力量活下去。假使這裡的政府要白養，也是可以。

到了晚上，他憶起了許久沒有回憶的母親。母親是在他還小的時候去世的，所以說回憶，頂多也只是三十年代女人的年紀罷了。經過十年、二十年，活在他心中的人面貌卻絲毫不蒼老，實在不可思議。

「媽媽。」

他叫喚。於是，意念中的母親靜靜抬起臉注視他這邊。母親的臉上泛起一絲微笑，但那是極其憂鬱的表情。啊，到底母親已經去世了。

母親的面容消失，接著浮現的是莉莉的容貌。莉莉看起來一點也不像吃過苦的女性。莉莉生活過得好嗎？吃著一般人都能吃的食物嗎？這麼問時，她笑了，笑得開朗燦爛。眼尾尤其柔和。是的，她仍然活著。想告訴她，活著是很難的事，但她根本聽不進去。不過，幸好已經傾囊將自己所有的錢都給了她。因為我已經不需要用到錢了……

然而，翌晨，將近中午時，拘留所的人員鏗鏘響著鑰匙聲進來，打開他的牢門。

「喂，快出來，釋放你了。」

「放？」他揚起了比被宣告死刑更驚訝的聲音。

「不要拖拖拉拉。你是好運氣的傢伙。」

到底怎麼回事？簡直莫名其妙。被驅逐般來到外面時，看到老李站在警察局後門的地方等他。

剎那間，春木的表情變得可怕。

「你幹嘛多管閒事！」

「混蛋！」老李以不同於平時的威嚴聲音喝道。

春木被這氣勢所懾，閉嘴無聲。

「要是這樣留戀牢獄，就重新走進剛剛走出來的地方好了。」

雖然聽老李這樣說，卻沒有勇氣回頭走進去。不過，事實上要進去也不能隨便進去吧。

警察局位於山坡中腹，從後門就成為陡急的斜坡。沿著斜坡到海岸，一層層建著房屋。秋高氣爽的陽光從晾曬衣服的老舊高層樓房間露著臉，附近郊區骯髒的小店並排。有篷的花店裡，廣東女人在路旁製作葬儀用的大花圈。

老李領先走在前面，春木彷彿跟隨牧羊人的綿羊，跟著他走下去。

「儘管厭倦這個世間，也沒有理由向監獄求救。假使真的那樣厭倦，那就乾脆上那棟香港上海銀行十三樓從那裡跳下來。那就一切問題都解決了。高樓大廈到處林立，不光是土地狹窄的關係，建築師也為厭倦世間的人們著想而設計的哩。」

「……」

「如果不願意這樣做，那就不是真正厭倦這個世間。為了賭氣而入獄逃避，世間只會嘲笑你的愚蠢而已。沒有錯，世態炎涼。但要不是經過這般涼風來冷卻腦袋，人就會忘記生存的意義。為了一時的逃避，也許監獄不失為方便的場所。但人們真正想要生存時，並不需要這樣。自由，是累贅的東西。比方說，女人在眼前時令人厭煩，但又不能沒有女人。也就是說，它是受不了的孤獨。」

「……」

「你要做出什麼事，我一點都不痛不癢。踐踏伙伴攀升、搶奪別人的錢，或把金龍這傢伙丟到海裡不理他等等，我都不責備你。反正這世間從一開始就是不公平的。誰得到好處，就有誰吃虧。所謂共存共榮、所謂右頰被打，左頰也伸過來，都是政客或和尚的三餐藉口。只是不能忘記，現在是文明社會。所謂文明是人類使用巧妙且間接的方法，來取代訴諸於原始的暴力手段。不論是政治、生意、學問，莫不如此。因此，只要人類容許自由行動。對自己有利的機會來臨時，就可以隨時抓住它。在監獄裡面卻沒有這樣的自由。我為你擔心的，就是這一點而已。」

「那麼怎樣說服金龍？」春木問。

與其沒有用處的長篇大論，不如更關心這個問題的答案。

「那是很簡單的事，這傢伙根本不認為你想謀殺他。他更捨不得的是被你帶走的龍蝦。這傢伙要不是赤身裸體被警察捉到，可能也不會告訴警察。他好像很討厭和警察打交道。所以當我告訴他，龍蝦的錢我代付時，立刻答應和解了事。這傢伙實在是單純可愛的人，哈哈哈……」

然後他突然想起地接著說：

「對了，好像是昨天吧，聽說這傢伙收到臺灣來的入境證，他的老婆一再的催他回去。這傢伙有家鄉可回，回家鄉去就行了。」

冷風從海那邊吹過來，正想往渡輪碼頭走時，忽然看到遠遠的港中二噸級的龐大英國輪船靜靜地在轉變方向。突出海中的九龍碼頭擠滿了歡送的人們。載著二人乘客的渡船已穿過海到達對岸，巨船才只移動一點點而已。

青青校樹

萋萋庭草……

船上的樂隊奏著驪歌。也許是在小學時學過的，老李隨著旋律發出沙啞的聲音唱著這首老歌。

春木在聽到菲律賓的孩子們演唱之前，不知道這是外國歌。春木不記得當他知道時，非常悲哀。對於自己模仿專門模仿外國人的日本人，感到說不出的悲哀，情不自禁地流下淚來。然而，現在已經不哭了。因為即使哭泣流淚，已經喪失的夢也已不復返。

第四章　搖錢樹

1

農曆年過後，春木才發現像老李這種人也會迷信。

大約有三個月時間，春木全然沒有做事，完全靠老李給他飯吃。因為詐騙龍蝦而儲存的錢還有一些，老李也沒有對春木擺出討厭的臉色，同時春木本身也已提不起挑水的意願。

「耐心等待必有機會到來。」老李冷靜地說。

機會何時會來到，並無眉目。但既然老李這樣說，就姑且這樣吧。老李是預言者，以往沒有一件事不被他說中，那就做他的徒弟，既然在他這裡，那就聽他的吧。

聖誕節過去，新曆年又過後，到了農曆歲尾，在香港海濱高士打道與九龍半島的旺角這個地方出現花市。桃花、大麗花、唐菖蒲、水仙、菊花及其他當季花卉綴滿了花市，其中以桃花最受歡迎。桃花是香港的新年不可或缺的花，即使平時不買的人家，也要插一大瓶以迎接來訪的客人。並且認為桃花開放的情形，是預告來年的收穫。

老李已經有好幾年沒有過這樣的年，今年卻從年底接近時就說要買桃花。由於大陸內戰，難民如同雪崩似的湧進香港，發生了種種激烈的變化，但過去的一年之間對於當地的生意人來說，應該是最佳的一年。一枝五十塊錢、一百塊錢的桃花成為搶購的對象。春木不認為老李有辦法模仿這種有錢人的做法，但老李說：

「我真的要買。不過要等到年過後，賣花的找不到地方去棄花的時候才買。」

老李的話的確有他的道理。

到了除夕晚上十二點，鑽石山的貧民窟也開始放起鞭炮。以此為信號，老李硬把已鑽入被窩的春木叫起來。

「老實說，我現在有了不錯的主意。會不會成功，雖然還是未知數，但總覺得今年會成功。」

「怎樣的主意？」春木不由得坐起來問。

「快穿上衣服，到外面去說。」

坡度不大的鑽石山小路到處都是紅色的鞭炮屑，他們踩在紙屑上面。

「說穿了，其實是很簡單的事。我很奇怪為什麼以前一直沒有發現。」老李說著，點著頭。

「總而言之，人再怎麼聰明，也要看運氣到不到。一樁事業，或一個心願，要成功都有時機。比方說，花有花季，除非季節到了否則不會開花。既然這樣，問題大概就在於人能不能忍耐到花開的時候。」

「說教留到後面吧。」春木不耐煩地嚷道。

「哈哈哈，不要急。記得你有一位在臺北開茶莊的朋友吧？」

「有。」

「今夜回家後，馬上給這個人寫信，請他拿樣品來怎樣？」
「樣品？要茶葉樣品幹什麼？」
「反正照我的話做就是了。」
「是不是想開茶行？」
「一點也不錯，幹嘛發呆？」
「沒有比茶商更難做的生意了，內行人都叫苦連天，何況是沒有經驗的外行人，而且一文不名。」
「有資本而要做專門行業，傻瓜都會做。拿別人的東西謀自己的利益，才是精明的商人。」
「是不是有不正當的企圖？」
「你等著瞧吧，總有一天要讓香港的人刮目相看。」
老李深具信心地泛起微笑。
二人從終站搭乘紅色的雙層巴士，到旺角的花市前面下車。已經過了午夜一點，但商店前面仍然到處都是人。讓司機捧著大麗花盆栽的闊太太、小心翼翼地抱著千葉水仙的長衫老人、以及一面注意時間一面叫客的賣花商人。
「來吧，一週前開車來的紳士出價三百元都不賣的漂亮桃花，現在才五十元。五十元而已，來來來，請買一盆。」
人們機械化地慢慢移動著，很像放在流程作業機器上面的半成品，被推擠著不斷地往前流動。

「等一下五塊錢就可以買到。我們來早了些，先找個地方吃粥。花店會替我們付吃粥的錢。」

粥店到處都客滿。

「看來人們的想法都一樣。」

在門口站了一會兒，裡面有了空位，二人便進去，坐下來吃添加內臟的稀飯「及第粥」。及第這名稱很古怪，不過，廣東料理的粥不是貧窮人吃的（窮人吃飯），所以也許是生存競爭及第者的食物之意吧？以嘴巴吹著熱騰騰冒出來的氣，一面把粥送入口中時，熱熱的食物就穿過食道流入胃中。整個身體一下子熱起來。雖然不算是豪奢，但至少也有富人的感覺。

走出粥店，自己又變成半製品，在人潮中推擁著走。

有賣金魚的店，也有賣發條式青蛙玩具店。以為只有小孩感興趣，卻連大男人也入迷地看著慢慢移動的青蛙。

午後兩點過去，三點也過後，人潮的密度終於漸鬆，不知何時商人也開始打烊。

「差不多可以講價了。再等一會兒就可以白拿，但元旦一早就白拿不吉利。」

因為早就瞄準一家價格便宜，品質不錯的店，所以就走進去。

「這個，多少？」老李指著店內最漂亮的一盆問。

「是，五十元。」

「什麼？你以為現在幾點了？元旦要僱工人拿去丟掉可不便宜哩。」

「那麼，多少才買呢？先生。」

「唔，二元怎樣？」

「開玩笑，要賣兩塊錢，不如白送算了。」

「不好意思白拿，所以才說要付兩塊錢。」

「那太過分了，先生，多少加一點嘛。」

「好吧，加五角。」

表示多一分錢也拿不出來的態度後，商人就乾脆地接受了。這時附近已經沒有人影，花市的燈光也差不多全部熄滅了。春木把花抬起來。

「這麼大，巴士恐怕上不了。」

「那就走回去。」

「真是麻煩。」

「我早就看中這棵了，只是沒有想到二元五角店家肯賣，這棵一定會開漂亮的花。」

「聽起來好像在說，會賺很多錢的樣子。」

「反正你等著瞧就是了。」

老李的情緒好極了。

天亮後，整個違章建築的居民都在談論老李的桃花。因為沒有花瓶，只好插在罐頭空罐中。把綁著桃枝的竹繩解開時，原來狹窄的房間就擠滿了。為使桃枝容易吸水，老李以棉花浸水，夾在桃枝與桃枝間，棉花乾了就又浸水，一天反覆好幾次。彷彿老李本身今年的運氣全決定在這株桃花的開花情況似的那麼謹慎。

這天早上，春木在木板屋後面，被挑水回來的大鵬叫住。

「聽說老李花了二十五元買那株花？」

「嗯。」

一定是老李自我宣傳的。事實上桃花有這樣的價值，而且也有嚇唬木板屋窮人的效果。

「那麼多的錢是怎麼賺來的？光買花就付這麼多的錢，一定是賺到很多錢。」

「不知道。」

「你們不是天天在一起嗎？怎麼會不知道？有好消息也不要獨占嘛。」

「真的不知道，知道的話會公開。」

「這傢伙走運的話，你也有好處，到時候不要忘掉我。」

「還早得很，用不著操這個心。」

事實上春木根本不知道老李究竟在搞些什麼，只是依照他的指示把信寄往臺北後，很快就收到以航空寄來的茶葉樣品。老李把這些樣品換上其他包裝，然後寄到卡薩布蘭卡的一家貿易商。寄送人是香港的聯邦公司，聽都不曾聽過的公司名稱。

近來老李幾乎每天坐船去香港，有一天帶了一疊印刷品回來。拆開包裝紙一看，裡面是油墨味尚新的信紙和信封。信封上面印刷的地址是老李一位朋友的地址。連電話號碼和電報縮碼都是借來的。

「如何？很不錯吧？反正對方是非洲商人，只能看信紙判斷公司的大小。所以特別用最高級的信紙。這一來任何人都會以為是第一流的貿易公司吧？」

「光看信的時候也許不錯，但彼此連見面都不曾，對方肯寄訂單嗎？我想，至少會先透過銀行做信用調查。」

「這一點可以放心，銀行的調查課原則上不會寫對顧客不方便的報告。反正訂單會不會來，這兩週之內就會知道。」

春木根本看不出老李憑什麼這樣充滿自信。

然而，進入二月後，加上天氣漸漸暖和的關係，桃花接連綻放，老李那樣蒼白營養不良的臉上也少有地好像出現了陽光。

之後不到十天，老李手中握著一通電報，急急奔進來。

「如何？我的眼光沒錯吧？」

他遞出來的是五百箱烏龍茶的訂單。春木感到狐疑不解。

「可是，要怎樣讓臺灣那些茶出來？我目前絕對沒有這樣的信用。」

「那不是問題，只要卡薩布蘭卡那邊的信用狀開來，就可以做為抵押，向臺灣開出信用狀。」

三天後，透過法國銀行，收到換算港幣約一萬五千元的信用狀。

看到這樣，春木不能不驚訝。因為向臺灣的進價是每箱三十六港幣，原價總值是一萬八千元港幣，所以這次交易就要白白虧損三千元港幣。對貿易外行的人來說，也許認為一文不名的老李不可能做這種生意。但二次戰爭後的臺灣和香港之間的貿易，由於官方匯率和黑市價之間的差額達好幾倍。因此，不可能依照信用狀面額進行交易。比方五百箱茶葉的信用狀是以一箱二十四港幣計算，總計為一萬二千港幣。餘款六千港幣是到貨後，才以港幣付款給臺灣方面所指定的人。老李的計謀就在這裡，但他自己沒有能力彌補三千港幣的損失，所以到頭來這筆帳還是由臺灣方面負擔。

「你這樣做的話，我的面子就完了。還是打消這個主意吧。」

「你以為我不付餘款？」

「你哪裡付得出？」

「你幹嘛這樣斤斤計較？」老李反而以輕蔑的口吻說。

「我李明徵不可能以五千元或六千元就出賣別人。不要小看我，我的野心可不小哩。也許你認為我的做法沒道理，但在我看來，你的算術停留在學校所學的，毫無進步。假使一加一是二，二加二是四，那麼世上的商人早就滅亡了。商人世界的金錢，另有一套計算方式。總之，我一定會依規定付帳，放心好了。」

被這麼一說，春木就沒有第二句話。老李花了一個月一百塊錢的租金，在朋友的事務所借用了一張桌子，外面也掛出了聯邦公司的招牌。

「請你擔任副理，每天來上班。開始的時候可能薪水不多，不過，一旦開始賺錢，我會替你另做考慮。」

反正本來就靠他吃飯。春木便聽從老李的話，每天到事務所去。不久，來自臺灣的五百箱茶葉寄到了。然後把這些茶葉裝上開往卡薩布蘭卡的英國船，從船運公司領取裝貨證明書和保險證書等一切必要文件類齊全後，就向銀行提出，於是立刻領到了三千元的差額。

「喂，難得的機會，喝茶去吧。」

在香港商人城市的茶樓，是生意人邊喝茉莉花香的香片茶、廣東省六安產的六安茶、及其他水仙、龍井等各自喜歡的茶，一邊談生意的地方。在這廣東人口占大部分的商港，從中午十二點到三點左右這段時間是茶樓生意最興隆的時候。因為任何一家商店，原則上早晚二餐要提供給店員吃。但不論是有錢階級或貧窮人，午餐都是喝茶和吃簡單的點心而已。

隨著老李進去的茶樓，是在辦公街的大樓頂樓。擺放著好幾十張桌位的大廳，充滿了裝扮漂亮的人們。一見之下就知道是屬於高等難民的上海人和北京人，不論男女都穿著華麗的衣服。進入這些人之中時，他們二人唯一的華服也顯得頗為寒酸。

「生為人，必須要有錢。」老李環視四周說：「假使不能成為有錢人，就要做共產主義者。」

「一點不錯，看著這些人，我也忍不住想做共產主義者。」

「那是對自己沒有信心的人說的話。因為這是當今的社會流行。不過，也許在不久之前，這些人還是國粹主義者。也就是說，會成為左派的人也會成為右派。在窮途末路時人都很類似。我輕視這種人，但不責備這種人。因為我也不曉得多少次想依靠別人生存哩。」

「怎麼好像在說我一樣？聽起來耳朵會癢。」

「不，像你這種人大概也不能做共產主義者。」

「哦？是更糟糕嗎？」

「哈哈哈……何必這樣自卑？在我看來，你不是真正的弱者，只是缺乏鍛鍊而已。」

「那麼，要怎樣鍛鍊？」

「要多多吃苦，你的勞苦還不夠。」

「是嗎？」

「當然。你不是常常過得戰戰兢兢嗎？這就是證據。還需要一段時間，你才能練到天不怕地不怕的地步。」

「這是性格的問題。」

「唔，當然也有關係。不過，你懂得悲哀。懂得悲哀的人即使想當共產主義者，恐怕也做不成。原因是，悲哀扎根於人性的最深處，社會制度再怎麼改善，都沒有辦法解決它。」

「不過，人類的社會還有許多改善的餘地。」

「那當然。不過，不管社會如何變化，人絕對不會信任別人。從結論來說，人的生活方式只有二種。就是討好民眾而活，或神氣地活。如果是討好民眾而活，這個人會活得愈來愈懷疑別人，最後會受懷疑之累而滅亡。這不是共產或民主之類表面的問題，已經是超越了這些的極限問題了。」

「那麼，你可以過得神氣活現的囉？」

「不錯。與其言不由衷地過著哈腰作揖的生活，不如這樣反而適合我的個性。」

老李不過是無名小卒，講話卻總愛誇口。食量也相當驚人。不知不覺間，二人面前已經堆了一堆蝦餃、燒賣、炒麵等空盤。

「今後一段時間可能會被討債的人催逼不休，但你可以全部推到我身上，一概表示不知道就行了。沒有還債能力的人憂憂愁愁，那就可疑了。」

要離開茶樓時，老李這樣說著，悄悄從口袋裡掏出一百塊錢鈔票放在春木面前說：

「暫時做為零用。好，明天在事務所見面。」

2

夕陽落入山後，香港街衢突然籠罩著陰影。

夕陽餘暉仍照射的港口一角，紅得彷彿海上著火。

已經不知在維多利亞公園坐了幾個鐘頭了，春木從剛才就想，該離開了。但不怎麼，好像長凳有磁鐵似的，想站起來就又坐下去。

什麼都不願意思考。反正思考也沒有用。加入騙取別人金錢的行列而生活，就是意味著這兩年的成長嗎？老李看起來好像是沒血沒淚的人，但也不能說全然如此。以為他所做的都是拿別人當墊腳石，但似乎也會幫助我的苦境。他為什麼要幫助我？我到底有什麼利用價值？完全沒有理由可言。果真如此，那麼老李和我是價值觀差異懸殊的人吧？也許我是把過去的生活環境所產生的學識及良心珍重地收藏著，而老李是生活在完全不同的世界吧？或者，人與人雖然彼此見面、交談、微笑、生氣，而實際上是生活在完全不同層次的世界？反正一切都弄不清楚。

然而，對目前的春木來說，唯一迫切的問題，就是如何使用放在口袋裡的一百塊錢。從剛才一直掛心的，與其說是人生的謎，其實是這個問題。沒有手錶，也沒有西裝。想買鞋，襯衫也破舊不堪。這些東西要全部買齊全，一百塊錢太少了，但要買當前所需的日常用品卻又太多了。因為是事先沒有預期的收入，所以引起的煩惱也比想像深刻。最後終於叫了一聲：

「哎呀！」

於是，他想起了莉莉。不，不是現在才想起她。事實上當他拿到一百塊錢的剎那，首先出現於腦中的就是莉莉，但認為稍稍躊躇一下，自己才算是有良知的人，也對得起自己。

已經有四個月沒有與莉莉見面。當然這是沒錢的緣故。也許沒有錢莉莉也肯見面，但在這方面春木倒頗有潔癖。反正是以金錢而結的緣，一旦沒有錢，莉莉大概也不會有好臉色，不如在鑽石山的木板屋瞪視天花板上的節孔。換句話說，在不知不覺間他已對莉莉抱持著某種印象。在男人的心中，也許好像有好幾個房間的大邸宅那樣，各種不同的人進入各種不同的房間和他接觸。但不論任何男人，至少保留著一個房間不容許別人進入。假使說，有人能進入春木這間祕密房間，那就是莉莉。

春木下山到燈光稀稀落落的街上，並且往幾個月前去過的叫作陸海空通的客棧走。那是變動激烈的行業，所以他認為莉莉可能已不在相同的地方而小心翼翼地登上樓梯。服務生已經換了人，但當他問是否可以叫莉莉這個女人時，回答說請稍候。不過五分鐘後，莉莉就進入房間了。一看到他，立刻揚起了極其感動的聲音。

「呀，好久不見了。」

「嚇了一跳吧？」

「因為太久沒有來，以為死掉了呢。這一段時間你在幹什麼？」

「回家鄉，籌措做生意的資金。」

「原來如此。那麼，生意順利嗎？」

「還差不多。」

莉莉看起來一點沒有改變。

「妳呢？都還好嗎？」

「也還好。」

「上次見面以後就生病了，要不是你給我那些錢，說不定我已經死掉了。我瘦了一點吧？」

「是嗎？聽你這樣說，我就安心了。你回家鄉快樂吧？好久才看太太和孩子們。」

「想起妳哩，真傷腦筋。」

「你真會說客套話。」

莉莉雖然這樣說，但很高興的樣子。

「真的，到母親的墳墓去拜祭的時候，突然想起妳。還是像妳這樣，有母親的好，雖然掛慮多，但總有心靈的支柱。想到這樣，就突然渴望和妳見面，所以就趕快來了。」

「你講這種花言巧語，我才不會上當呢。」

和莉莉這樣閒聊之間，春木覺得心情漸漸平復了下來。

這天晚上，春木在深夜醒來，搖醒在在他臂彎熟睡的她。

「喂，莉莉。」

她輕輕睜開眼睛，看見男人的目光就安靜地泛起微笑。

「妳放棄這種生活，跟我在一起怎樣？」

「為什麼？」

「當然不是說現在馬上。等生意稍微上軌道以後。」

「為什麼突然提這種事？」

「不願意嗎？」

「不，不是不願意。」她搖頭，「但你不會厭倦嗎？」

「不會。我倒是擔心因為我太窮，不能幫妳什麼忙。」

「完全沒有錢也不行，但只要普普通通生活就可以。」

「真的嗎？」

認真地問她，她嫣然一笑。這眼神和她上次在拘留所中想像的一模一樣。果然她還活著。翌晨，準時於九點到事務所時，一個男人已經在那裡等著他。不必問也知道是來催討六千元的人。

讓這男人等候，但十點過後仍不見老李的踪影。

「怎麼這麼遲，平常都是這樣嗎？」

「不是這樣。也許繞到別的地方去了。假使沒有時間，下午再跑一趟怎樣？」

「也好，那麼假使李先生來了，麻煩打這個電話通知我。」

這個人剛走，老李幾乎是交身進來。一看，身上穿著全新的西裝。鞋子和領帶也是新的。看著這位派頭十足的紳士，誰能想像他是二年前在灣仔的夜市場賣乾烏賊片的男人？

春木轉告有男人來等候的事時，他說：

「你可以不必讓對方等，告訴他銀行的錢還沒下來就行了。」

「他說下午還要來。」

「那來了就這樣告訴他。你說銀行的手續有一些錯誤，本週之內都不行。現在透過仲介在找事務所，我現在正要去看看。如何？很合身吧？」

「不錯，很合身。」春木稱讚地說。

「改天你也訂製一套。不穿高級一點的衣服，人家就不肯信任。好，我出去一下。」

老李透過仲介在尋找新的辦公室並非謊言。之後幾乎每天都有不動產仲介人出現，老李像大資本家那樣從容不迫地面對這些人，有時候流露出駭人的凌厲，迫使對方不得不相信他的實力。老李原本受過專科學校教育，講起話來能言善辯，所以表演起來演技相當自然。不過，讓仲介進出的另一個原因，是為了牽制茶行的收款人。事實上口袋裡並沒有什麼錢，但老李顧左右而言他，使付款延到下週。到了下週，再延下一週。到了沒有藉口可以拖延時，就先付一千元，下週五百元，再下週又五百元，共付了二千元。其餘就說等手邊的貨品賣掉後再付，然後就一概不理。事實上就算要付也沒有錢，因為賣了各種身邊的用品後，口袋裡恐怕頂多也不超過三百元。

雖然如此，李明徵仍氣定神閒。看到這種情形，春木反而產生奇妙的錯覺。也許即使是過一天算一天的人，若以百萬富翁的架勢過日，就是百萬富翁。相反地，百萬富翁像窮人一樣寒酸兮兮地過日，就是窮人。果真如此，那麼老李顯然變成百萬富翁了。

四千元借款全部還清時，春木才恍然明白了他的詭計。

載運五百箱烏龍茶的英國船經過新加坡、孟買等港口，抵達目的地卡薩布蘭卡，共費了二個月的時間。貨箱全部打開來看後，到底是自稱在臺灣產地擁有茶園的公司，茶葉與樣品的品質毫無兩樣，且比其他貿易公司的價錢便宜得多。非洲商人高興極了，認為不可錯失良機，立刻追加一萬箱的訂單。老李再度以信用狀為抵押，付清餘款四千元之外，其餘的錢就向臺灣購買大量的茶葉。不過，這次從臺灣運來的茶葉是稱為茶骨的粗劣品，價錢不及從前的一半。另外再買一些高級茶，散布在茶骨的表面，打算做為高級品的茶葉賣給對方。

聽到這項計畫時，春木並不驚訝。想起來這正是李明徵的作風。他買通公證人，在高級茶葉品質保證書上面隨便蓋章，裝船後，完成所規定的手續，就拿到了約三十萬元的付款，但至少有一半落入他個人的口袋。

一拿到錢，老李立刻離開鑽石山的違章木板屋，搬進香港島賽馬場附近的豪華飯店。

這家飯店前面停放著長排最新型自用轎車，打開大片玻璃門進入裡面，鋪著紅色地毯的大廳冷氣效果極佳，與外面的熱度相比是涼爽微冷的程度。老李在住宿旅客名簿的職業欄填寫貿易商，原籍地也寫上新加坡。然後由服務生帶上五樓。那是臥房和客廳相連的二間，浴室整個粉紅色。走到陽臺時，海景一覽無疑。

「這裡住一天多少錢？」

「聽說是七十元。」

「嘿，好貴啊。」

在坐下來整個人都陷入的沙發中，春木想起不久前他才在九龍城的工人街，津津有味地吃著以石油桶煮的食物，因為討厭一輩子吃這種食物，老李才想冒這一生一世的險嗎？不過，雖然如此，等輪船抵達卡薩布蘭卡時怎麼辦？他未做完的夢，頂多只有二個月的壽命吧？

「商人都是虎視眈眈地尋找機會，所以絕不會坐失良機。等拍了已完成裝貨的電報後，一定還會再追加一次訂單。然後生意也就完了。」

「那麼，到時候你打算怎樣收拾殘局？」

「到時候再操心也不遲。反正民事問題，即使成為訴訟也會拖得很長，只要掌握了錢，這邊就占優勢。我已經有點錢，所以從這個月起，每個月付你一千元薪水。不過，每天要到新的事務所上班，並僱用適當的人，熱鬧地做吧。我要留在這飯店，仔細考慮今後的對策，有事跟我聯絡就好。哦，對了，你最好還是早日離開鑽石山。和那些窮光蛋生活在一起，雜音太多。」

事情已經到這種地步，再想不開也不行。反正我只是被僱用的人，受僱者既然拿薪水，只有聽從主人的命令做事。春木也以自己的方式下結論，決定等候命運的來臨。以副理的職務來說，一千元的薪水並不算少，他就在九龍的尖沙咀住宅區租屋，和莉莉一起生活。

莉莉因為幾年來過得不安定的生活，所以對這新的生活特別高興。事實上這種生活並不算安定，但看到莉莉那樣喜歡，春木就不敢坦白說出實話。不安定是人世之常，就算已看到未來的不幸，在那日來臨之前，保持冷靜的心情生活是最理想的生活方式吧？

「親愛的，你疼愛我是好，但也不要忘了太太和孩子。」莉莉說。

好善良的女人。春木不由得嘆息了一聲。

「因為都沒有來過信．儘管家鄉有財產，有時候也該匯些錢回去。」

「從前常寄信來。因為沒有回信，已經死了心吧。說匯錢，我收入又不多。」

「就算五十元也好啊。這只是關心不關心的問題而已。女人只要一點點關心就很高興了。」

春木笑著不理她，莉莉就自己上街買了女人用的長衫衣料，和小孩穿的牛仔褲，說要寄到臺灣。這種心理，春木很難瞭解，也許是出於成為他的情婦，獨占他而產生的贖罪心理吧？春木只好一聲不響地讓莉莉隨意去做。

正如老李說的，一週後又從卡薩布蘭卡寄來追加一萬箱的訂單。

「商人為什麼這樣愚蠢？」春木感到不解。

「因為第一批那五百箱產生了效果。我向對方表示，我們這邊還有一萬箱庫存。卡薩布蘭卡另外一家同業來函表示希望買有過交易前例的公司貨。由於我們的價格比一般行情略便宜，若被其他同業買下而造成崩價，還不如獨占。」

「那就要趕快包裝了。上次那艘船不曉得已經到達什麼地方了？」

「今天剛好抵達西貢。」老李立刻回答。

老李一副滿不在乎的樣子，但顯然一切都已計算在內。

「特地挑選速度慢的船，至少還要二個月才會抵達卡薩布蘭卡。因為要繞好幾個小港。」

「那麼，這次也要向臺灣訂購嗎？」

「不，太麻煩，現地收購就好。反正是最後一次，以後會變成怎樣都不管，所以就算發霉的舊茶葉也無所謂，數量夠就可以了。」

老李親自到事務所來，動員所有的茶葉仲介商，收購全香港的劣質茶葉，因此，不足的部分只買空箱。裝進小石子或舊報紙調節重量，達到所需要的數量。

為了趕上開往非洲的船期，四、五天之間春木忙得團團轉。終於完成裝船工作，回到事務所時，老李滿臉笑容地迎接他。

「嗨，辛苦了。今天晚上要慰勞你，一塊兒走吧。」

坐計程車回到飯店時，老李的房間已經來了一位客人。就是在日本做黑市生意的洪添財。添財不但還認得春木，而且狐狸面孔泛著笑，伸出手來握手。

「什麼時候回來的？」

「大約十天前。」

「日本的景氣如何？」

「近來相當不好做，因為走私的組織愈來愈擴大，而且開拓了美國直接的路線，沒有大資本是不行的。因此想請李先生助一臂之力，大大地發展一番。」

「哪裡，這話該是由我說的。」老李在一旁插口說。

然後三個人坐上停在飯店前面的添財的豪華轎車，到石塘咀的金陵酒家吃晚飯。座位寬大舒適的豪華車，三個男人坐在一起仍覺得寬敞舒適。乘坐這種轎車，難怪對隔岸的共產主義感到是隔岸觀火，事不關己。

「好久沒有拜訪尊夫人，還好嗎？」

「還好，馬馬虎虎。」

「但常常不在家，不擔心嗎？」

「怎麼會？香港女人只要給她一付麻將牌，沒有男人都不要緊。這一點，比日本女人容易對付。」

「擔心的是夫人這邊而不是先生吧？哈哈哈……」老李哈哈大笑。

這天晚上，老李是請客的主人，晚餐後，又到夜總會去。不論到任何一家夜總會，添財的面子都很吃香，舞女們爭先恐後地圍繞這肥胖的矮小男人。老李被冷落一旁，單獨倚坐沙發，觀看在幽暗中跳舞的人們。在香菸雲霧中，水晶燈周圍朦朦朧朧。

「喂，小姐們，不要只顧圍著我，多招呼一下這位老朋友吧，這位李先生是我不能比的肥羊哩。」添財開玩笑地這樣說，終於有幾個舞女到老李旁邊來。

「李先生好像是老實人。」一個舞女說。

「人可不能貌相。」添財嚷著說。

「李先生是做什麼生意的？」另外一個舞女問。

「妳說呢？看起來像做什麼生意的？」

「唔，南洋回來的華僑，很有錢的樣子，對不對，洪先生？」

「不錯，妳很敏感。李先生在馬來半島擁有兩處橡膠園。好好哄一哄，可以大大榨一筆哩。」

「真的啊？」舞女們笑得很開心，「來，跳一支。」

「不，我不會跳。」

再怎麼慫恿，老李都仍坐在沙發不站起來。他只悠閒地叼著香菸，旁觀添財和春木摟著女人跳著節奏快速的舞步。十二點過後，舞廳因不斷地湧來的客人而更加擁擠。與其說在玩樂，不如說瘋狂到極點。紅色青色燈光相繼變換，女人的面孔就添增妖豔的色彩，每一個女人所穿的長衫都閃閃發亮，腰枝的線條搖擺如流水。

將近一點的時候，他們三人才走出夜總會，走經幽暗的樓梯時，老李拍著春木的肩膀說：

「剛才那些女人，要是白天看，似乎各個都會令人失望。」

3

有一天，春木在事務所時大鵬來訪。首先他對事務所的豪華感到驚訝，接著，對春木所坐的辦公桌之大再一次表示驚訝。

「好驚人的發達。」

「那裡的話。而且再怎麼說，我只是傭人罷了。」

但大鵬顯然誤會了，說：

「不要緊張。放心好了，今天不是來借錢的。」

「我並沒有擔心。」

大鵬拿著去年那件有補釘的外套，翻過來的襯衫領也已破裂。顯然馬票尚未中獎。

「聽說茶葉生意不好做，但看來還是可以做的樣子。」

「反正就是像你看到的，還可以維持。」

「唔。」大鵬呻吟了一聲。

「老李果然是了不起的男人。我早就想過他遲早會做出名堂，現在終於實現了。」

春木賣乾烏賊片被捕時，大鵬諷刺老李的事。他已經忘得乾乾淨淨。既然如此，也許還是老李的生活方式才正確。

「你們離開木板屋後，我孤單得很。最近又有一個人從臺灣來，還算好。有一陣子連說話的人都沒有，真傷腦筋。」
「哦，是怎樣的人？」
「聽說是在臺北開鐘錶店的，因為被戴上共產黨的帽子，差一點被捕而跳出來的。姓鄭，談得來的好人。」
「那太好了。」
「現在和我一起挑水。聽他說，臺灣已經愈來愈不像人住的地方。遲早會流行共產主義，趕走蔣介石，否則臺灣人無藥可救。」
「嘿嘿，看來你受了相當的洗禮。」
「不見得。反正他是個信念堅定的人。」
「既然他是有信念的人，為什麼不去中國大陸？」
「聽說現在正與上海的朋友在聯絡當中，總有一天會去的。」大鵬答稱。
「那你也可以一塊兒去吧？」
「唔，我也正這麼想。要是能像你這樣抓住機會的話，我也不想去。但看來這種機會很難遇見。」
「不要說得這樣消極。難得你來了，不如今晚一起去吃飯，玩玩女人怎樣？」
「那不行，女人怎麼……」
定睛一看，大鵬連耳根都漲紅了。春木不由得想捉弄他，於是決定今晚一定要教大鵬如何玩女人。

大鵬每天走八公里路，已經做了四年為別人挑水的工作。這樣做下來，每月只賺十八元，卻要他玩一夜五十元的女人。這麼說，二十八歲的大鵬應該仍然堅守著童貞。雖然他以此自誇，但事實上倒也不是那樣純情。如果不是在路上遺失一張支票，這個男人的命運想必完全不一樣了。他曾經想過這件事嗎？假使想過，勢必遏止不住由心底湧上來的絕望感。

「像我們這種年齡，還說是單身，會被女人笑死。」

「我也知道啊。」大鵬不好意思地回答。

「那就好。以為女人喜歡單身男人，那就大錯特錯。因此，要是被人問到你為什麼要來玩？就回答因為老婆技術不高明。女人聽到這話都很高興，會做特別的服務。」

這夜，春木半強迫地把大鵬接到娼館。召了二個女人，讓大鵬挑選。看到二人進入房間後，春木佯裝帶著另外的一個女人進房間的樣子，卻委託服務生收拾殘局，自己逕自回家。

翌晨上班前再到那家娼館，在走廊遇見昨夜的女人。對方一看到他就說：

「你的朋友是個怪胎。」

「為什麼？」

「因為始終不脫衣服，但一躺下來就突然抓著我接吻。」

想不到在這裡聽到了意外的祕密。

「雖然只是一次，但我覺得很開心。因為以往接觸過各色各樣的人，卻從來沒有人吻我。這個人是第一次吻我的呢。我真是開心極了，所以就盡量給他最好的服務。可是，到了早上，他只顧掛慮時間，也不聽勸阻就坐第一班渡船回去了。下次見了面，請你告訴他再來玩。」

春木總不能說大鵬是掛心挑水工作才急著回去，只好笑著點頭。

次週，大鵬再來訪，因此問他上次玩得如何？他什麼都不提，只說：

「接吻可真無聊。在電影中看到時，二人都渾然陶醉的樣子，所以很嚮往，其實完全不是那回事。」

其後大鵬仍不時來訪，老李卻一直不見人影。載運茶葉的輪船正一天天接近卡薩布蘭卡當中，老李的性命也危在旦夕。既然是同舟航行，春木本身的生活也逐漸接近終點站。不過，他無意躲避即將落在自己身上的災難。

「這一切都是我做的事，所以不會牽累你。」

老李這樣說。也許不錯，但就算不是這樣，又有什麼好驚怕的？人之所以會驚怕，是因為對人生尚留戀不捨。是因為尚抱著也許幸運會來臨的一線希望。但對於連生存的勇氣都消失的人而言，災難算得了什麼？人的命運如何就該如何吧？

對現在的他來說，如果有所掛慮，那就只有莉莉的事而已。一旦失業，莉莉的生活就發生問題吧？讓莉莉發生問題，並非他的本意。萬一事情落到那種地步，只好和莉莉分手。她可以回到原本的老巢，捕捉別的男人。她是善良的女人，總有一天會找到不錯的男人吧？世界之大，有落井下石的，也該有雪中送炭的。

一旦這樣下定決心，就迫不及待地想和莉莉見面。他比平時提早離開事務所，往渡船碼頭走。

想到莉莉愛吃奶油捲。便順路在糕餅店買了一盒。

把它挾在腋下，從天星碼頭坐渡船到九龍半島。九龍這邊的碼頭右側有個大鐘塔，連接廣東和香港的廣九鐵道起站就在這裡。隨著中共統治的大陸漸漸安定，難民的流入也幾乎停止。不過，成為彈壓對象的反動資本家，或封建地主，仍然採取各種手段逃到香港來。對於這些沒落階層來說，香港是最後留下的唯一天國。

回到家裡，少有地來了客人。是個三十四、五歲的瘦男人，他的旁邊有個五歲左右的女孩子在舐著冰棒。忽然看見春木進來，男人慌張地從椅子站起來。

「這是我姊姊的先生。」莉莉說。

但從男人的樣子看起來，春木可以感覺出大概是她自己的丈夫。這男人慌張到令人不忍看的程度，拉起女孩子的手就要出去。

「啊，沒有關係，留下來吃飯吧。」

「不，還有事要辦，改天再來。」

一張窮酸的面孔在微髒的襯衫上面哭笑不得。雖然憔悴，但從脖子到指尖，纖細到除了筷子沒有拿過更重的東西似的，臉上也殘留著沒有吃過苦的少年時代容貌。也許是來香港以前，未曾操心過生活的人吧？

莉莉送這一對父女到玄關。走到樓梯口時，女孩子突然回頭叫喚：

「再見，媽媽。」

春木聽到這叫喚聲忽然被父親的手掌捂住。其實就算沒有聽到，他也已經瞭解。

回到室內的莉莉臉色蒼白。

「是妳的孩子吧？」

「聽到了？」莉莉低著頭。

「沒有必要隱瞞。」

「但總覺得對不起你。」

「我瞞著妳的事也很多。當然不會為這樣的事責備妳。人總有一些連最信任的人也不能透露的祕密。」

「我沒有祕密，什麼事都想告訴你。但想到也許你會不高興，所以才沒有說。其實……」

「別說了，不聽也知道。」春木阻止地說，「不管妳的過去怎樣，我對妳的心情都不會改變。這一點希望妳瞭解。」

「是的。」莉莉點頭。

「另外，我一直沒有告訴妳，其實我在家鄉沒有妻兒。」

「我已經知道了。」

「那妳為什麼還買種種東西寄去？」

「因為我應該對你說的事，無論如何說不出口，這種心情不曉得怎樣處理才好。對不起。」

莉莉淚流滿面，雖然看見她這樣，卻沒有氣力把她拉進懷中。

「老實說，我應該放棄這個人。他生長在不知勞苦的富裕家庭，變成共產社會以後就完全不行了，毫無生活能力。不能依靠父母，就轉過來依靠我。窮得連當天的生活都有困難時，也不想找工作。我給他張羅，找到工作，他也很快就不做了。我對他實在厭倦透了。可是，我們之間有小孩。因此，我得勞苦工作。」

室內早已籠罩著黑暗，莉莉在這黑暗中悄悄飲泣。也許這是二人別離的時機。不久之後，春木也得悄悄結束這短促的黃金時代了。輪船應該已經通過夾在沙漠之間的紅海，接近蘇伊士運河。當沙漠日落，星星在天空閃爍時，地上又有一朵花要凋謝了。凋謝後被風一吹，就無影無蹤，不知去向。

不知多少次，春木想把自己的祕密告訴莉莉。然而，每一次都被心中的另一個聲音叫住。現在說實話有什麼用處？說實話，或反過來拚命隱瞞，總有一天時機到了就會被發現。事情還是順其自然才好。對於在茫茫大海上泛舟，毫無目標地漂流的人來說，豈有急急往前奔的必要？

之後大約過了一週的黃昏，老李突然打電話來。說有事商量，叫春木立刻去。坐計程車趕到飯店，老李已經在房間等候他。

「再過二、三天船就抵達卡薩布蘭卡。」老李請春木入座，一面說，「我想暫時到日本去避一避。」

「……」

「問題是你，你怎麼辦？」

春木默默不語。

「假使你也要一起去，當然你的船費我可以負擔。不過，我是認為這件事和你沒有任何關係，即使警察要來逮捕，你也可以說是僱員，什麼都不知道。你一定要始終堅持這個說法。」

老李的視線尖銳如射擊。春木避開他的直視，看著陽臺那邊。

「老實說，我還有另外的計畫。你大概也已經發現了，就是香港和日本之間的黑市貿易。因為情況不太瞭解，開頭需要利用洪添財。但老實說，我並不信任這傢伙。所以，假使你願意留在這邊監視，對我的幫助就很大。那麼，你今後的生活我可以照顧，也打算給你機會賺一些資金。」

「那你是要暫時留在日本？」

「當然囉，不能隨便回來嘛。洪添財知道我不能回來，所以不斷地慫恿我去。假使這邊沒有可以信任的人，要怎樣搞都是他的自由，我就不想合作了。總之，拜託你。」

「那你什麼時候出發？」

「今夜。」

春木很難判斷自己是否真的被老李信任。假使真心信他，為什麼到出發當天才通知他？但假使全然不信任他，今夜又何必通知他，乾脆把他單獨留在香港，做為警察的誘餌，借他的落網而調離警察的眼睛。

「反正我留在香港就是了。」

「你願意留下來？工作方面也願意接受嗎？」

「目前還很難說。」

「但你還有今後的生活問題啊。」

「當然知道。」

「要商量的就是這些而已。因為是突然決定的，忙得不可開交，請你幫忙打點行李好不好？」

這夜十二點過後，添財才坐車來到。老李告訴飯店的人說，因為明天一早要坐飛機回新加坡，所以今夜要移到機場附近的旅館。讓服務生把行李送上車，三人也坐入後，車子就在深夜的街道開動。顯然開始飄落小雨，從敞開的車窗飛進小雨珠。輪胎輾過濡溼路面的迴轉聲傳到心中來。

車子經過行人已稀少的皇后道，停在曾經與大鵬二人去迎接添財時，那家叫作建隆行的船務行前面。登上幽暗的樓梯，建隆行裡面擁滿了要坐走私船的人。三人在那裡等了一會兒，但並肩而坐的春木和老李的談話無法接續。

「那麼，各位，出發了。」

店裡的伙計一聲令下，大家都站起來。海岸有小型汽艇等候著大家，春木也一起上船。雨勢漸大，即使深夜也聽不見引擎的聲音。

片刻後，小汽艇離開碼頭，朝著停泊於港中央的輪船航行。停在船頭的水手以手電筒忽亮忽滅，於是輪船的甲板也回應同樣的信號。小汽艇橫向靠近輪船，一個個從垂放下來的跳板攀上甲板。

「那麼，請保重，到了那邊再通知你。」

老李伸出來的手是冷的。走私船的乘客們從甲板消失後，小汽艇就離開輪船，開始返回原來的碼頭。對岸的燈光已大部分熄滅，只有通宵不滅的廣告塔在深夜的港口閃亮。最末班的渡船時間也已過，岸邊靜悄悄的沒有人影。

春木在細雨綿綿的街道騎樓踽踽獨行，奇怪的是湧不起責備老李的心情。人各有自己的生活方式，今天老李離開，明天莉莉也會走掉吧？即使現在也不能責備莉莉。不，人原本就不能責備誰。雖然如此，往自由的道路是條多麼殘酷的道路啊。

夜琴

李渝

◎一九八六年一月五日至七日首次發表於《中國時報》人間副刊

曾經有一陣霧。缸蓋布滿細密的水珠。水蛭留下彎曲的走痕。瓜樹落下掌形的葉影，在仰起的臉上。

水和喉骨一齊咕嚕嚕上下。

用毛巾擦去嘴角的牙膏沫，身後吱呀地籬笆門開了。

進來端秀的婦人。北方人。除了寬白的臉龐八月也曬不黑，已經沒有北方的影子。

穿著米底碎花的短褂，深藍色的長褲，拿著水紅色石竹的雙手，騰出一隻，帶上後門，彎身道早。

早。微笑邊擦去臉側的水，從窗外探頭望聖堂裡的掛鐘也還早，不急換衣服。

缸蓋上的盥洗東西都攏到手裡，臂上搭著毛巾，木屐挪緊了腳趾，從墊階小心走下來。

掃把簸箕刷子抹布都從竹棚裡找出來。一樣從缸裡舀出水，先提到牆腳，石榴和長青澆到盆的邊緣，再提到房門口的石板路邊。

移開書，打開抽屜，掀開被單和枕頭，竟找到了兩天都沒有找到的黑框眼鏡。拿起几上的報紙。

這邊提著桶也跟進了房。手掌浸進清涼的水裡，手指之間沾滿晶亮的水珠。在身側前後的撩動，地面出現了點點的水珠。

小板凳搬到木瓜樹的葉影下，眼鏡戴好，再把報紙打開，平攤在膝頭。

彎下腿，一手扶著床緣，先把一雙黑皮鞋和一雙長統黑膠鞋從床底拿出來，再把掃把伸到最邊角。

紅色的頭髮蓬翻在葉影裡的晨光裡。從愛爾蘭來，也是一種北方。

枕頭拿起來，用力一抖，從喇叭花的心裡掉出一綹紅色的鬈髮。

木瓜開著成串的花，從來不結瓜。航空版的英文報紙特別薄，油墨都浸過來這邊。看不清楚。再湊前一點。一股油墨味。十一、二天的舊報紙了，還能沾著一手黑。

總要重新洗好手，在衣側把掌紋裡的水痕都抹淨，才敢掀開燙金字的書面。

他們在路上必得飲食，在一切淨光的高處必有食物，不饑不渴，炎熱和烈日必不傷害他們，因為憐恤他們的，必引導他們，領他們到水泉旁。

周邊起黃的書頁發出木的陳香。輕手闔上，這才覺得自己從六天半的油膩裡脫身，一寸寸地爽快起來。

再看眼掛鐘的時間，眼鏡這回仔細放回口袋，報紙摺回原先的形狀，從圓凳站起來。

她讓出房間，轉到聖堂這邊，推開一排木窗的下半。風開始吹進，吹起了聖像上的灰塵。

舊花拿出去，新花置放在新水瓶中。新水也加在進門的水盤裡。

等她坐在壇臺上的風琴前，太陽已經從塑膠防雨板照進來，青光柔軟地落在琴蓋上。

她用一塊乾淨的毛巾來回擦抹琴蓋，吹去慢慢飄起的細塵。黑漆木上出現了自己的臉龐。

四十餘歲的婦人，眉目收拾得很整齊。黑色的漆底，看不見皺紋。

把琴蓋掀開，用食指包著布，依序抹亮黑鍵和白鍵。

站起身，擦去刻紋裡的積塵，那是風琴後頭的雕花屏風。楠木開始出現一週一次的茶褐色的光輝面目。

屏風的後邊，龐然一件東西罩在暗綠色的布幕下，占去了整面牆角。不能碰的一座東西，第一天就這樣給關照過。就讓它留在那裡，別清理它別動它。她依了囑咐，離它遠遠的，把它當作聖壇的一部分，和十字、聖像、聖杯、聖燭一體。

神父換上黑色的法衣和鏤花的白罩衫，腋下夾著燙金字的厚書，拉開大門，親自迎進第一位教友。

她把清掃用具一一放回竹棚，拍了拍襟前的塵土，攏了攏頭髮，把鬆下來的挪到耳後，走去最粗的木瓜樹後。

晨光柔軟現在移到了頂頭。神父慢慢舉起手，在雪白的鏤花罩衫前劃聖號。在雪白的帝特龍襯衫前劃聖號，一排排伏身跪到膝前的矮墊，低下一律是烏青色的頭。我們的天父，願祢的名字顯揚，願祢的旨意奉行在人間，願祢的國來臨。

風從木窗的下半再一次降臨，掀動了早禱的書頁。

綠色的窗框，綠色的牆。從塑膠防雨板照下來，太陽現在比較亮。神父轉過身，在綠色的光影中舉起高腳杯。

棕紅的頭髮。愛爾蘭的田野。白色鏤空花桌布拍打一個角。木瓜樹的葉子搔撩著一邊臉。點燃長鍊底下的手搖爐，煙霧開始瀰散在壇臺的周圍，模糊著過道上的身影。禱語向這邊飄來，她嗅到檀木的香味。一個女孩子的嗓聲特別嘹亮。

大家再站起來，秩序地從排椅間走出。在廊道上屈膝劃十字。在門口的水盤裡撩水點額。在奉獻箱裡放錢。在風琴的持續不間斷地陪伴聲中一個個出去。

神父門上門，要她下一次不妨進來一起，坐在後邊的角落也好。把一本小書放在她手裡，在她猶豫著的時候。

淺藍色的封面，印著一支點著的燭，書面大小正好握進掌心。聽道理的時間是禮拜六的下午五點，一個小時。

挺忙的呢，她抱歉地解釋。

那麼參加禮拜天彌撒過後的一班也成，神父又提議。

禮拜天清閒，晚點開店或者也不礙事，她想，只是心裡仍舊有點怯。

經過菜場的地攤，她給自己買了雙過膝的新襪子，鼓足勇氣。

神父又要她把小凳子往前拉一點，跟大家坐成一個圓圈。她低著頭，在左右和善的目光下照話做了。自己的腳現在和漂亮圓潤的涼鞋們排在一起了。

一共五個人，附近大學的女學生，一個總是遲到，脹紅了臉進來。可是神父的聲音從不急促；世界上，所有的人都是一樣的，在神的恩寵前。她把腳縮在凳底下，專心地聽，小聲地念和回答，輪到自己時。

說是開店前的準備時間不太夠，怕是老闆也不太喜歡自己這樣做，她又退卻了。

她把藍封皮的小書放進上衣裡邊的口袋，帶上籬笆門。陽光懶散地照著巷子，天氣開始有點熱。

第一個鈕扣鬆解開，用兩隻手臂端起鍋。溫開水倒進白麵粉中。禮拜天下午的客人比較少，老闆把店全交給她，自己和太太留在閣樓上打麻將。

兩手握緊了一枝長木匙，用力地和，把疙瘩在鍋邊壓平，試著麵的勁度。書的邊角隨著一來一回的動作觸著前胸的肋骨，當信的道理給我們帶來生活的安慰，神父說。愈和就愈不容易和，額頭出現了汗珠。

然後她用一塊溼布蓋在麵糰上，撿起臉盆和青菜。

潑在門口的菜水不一會就給吸進了碎石面。她扶著門框，就著溼手指，把落到前額的細髮撫到後邊，挺了挺有點痠麻的腰身。

九月的水源路，從路的盡頭汩汩漂來源底的涼意。

沒有行人，陽光緩慢從巷口移近。仍是簡單寂寞的偏街。前一陣鋪了柏油，填平了車輛輾出的兩條軌道。鞋底不再拐拐扭扭，甚至從底下蹦跳出小石子。

跨過門檻，手裡的菜盆放去櫥臺的架子，彎腰打開爐門。

不一會水就開。她弄小了火，讓它細細冒著白沫，用腕背抹去額頭的汗珠。

花椒八角和牛肉的香味逐漸瀰漫在狹窄的空間。

幾張方桌，幾張木凳子。她擰乾一塊抹布，盡量把桌面再擦一遍，手肘放在上邊不讓它黏答答地。雖然只有幾個老主顧。

那是幾個宿舍裡不回家的男學生，帶著女兒來買外賣的中年教授，都工作的一對年輕夫婦。

湯鍋裡的肉讓它再翻一次面；教授喜歡白切的肉腱。都是體面的客人，說話都加請字。

加碟水餃吧，先生。來碟干絲吧，先生。

她細聲詢問，把蔥花撒在麵上，澆一勺滾著的湯，抹去碗邊的漬跡，微笑端過去。

如果自己曾經多念點書有多好，她想。

日光緩慢來到門前，從長形的門框投入長形的亮光，在水氣裡跳動；在男學生的茸茸的毛衣的肩上跳動；在他面前的湯霧裡跳動。把眼鏡拿下來，放在桌跟前。輕聲吹著麵，索索地，吸進嘴裡；在他側臉的細毛上跳動。翻過去一頁書。樓上傳來洗牌的聲音。

她給自己倒了白開水。長光已經傾斜，要在那邊的桌腳消失。公路局車揚進來一些塵土，在光裡徘徊遲疑，沉落逐漸暗下的地面。

有點涼。她端起杯子，喝一口水，站起來，扭開頂燈；夜晚驟然降臨。

經過十面窗，十四張苦像，穿過綠色的廳堂；視線落在木瓜樹的後方。神父決定特別開一班夜間的道理課。

只有她一個人來。打烊以後走出還有點沾腳的柏油路，經過兩排新立起的鎂光路燈，空蕩蕩的公共汽車停車臺，櫥窗裡甜笑著女學生的照相館，從斜坡進入溫州街。

黝暗的巷子，隱約的牌聲在牆後繼續，伴著自己的腳步，窸窣在碎石上。

拐了一個彎，兩排屋簷的盡頭，一盞燈在竹籬的縫隙間忽明忽滅，她加快步子，塑膠底的鞋子開始發出啾蟲的聲音。

翻到第二十頁，在燈光底下。不離棄自己的終向，不失落超性的生命，不隱瞞自己的存在，不背棄自己的過去。

四十五度的燈光，逐漸模糊了的自語，低垂著的紅色的睫毛。第一次坐得這樣近，她看見他假牙後邊的鋼絲。

清水杯裡養著兩朵短莖的石竹，瓣影落在他移動的指間。隱隱約約，似乎傳來一種去蟲丸還是陳木的沉香，從黑罩衫的袖口裡邊。

停住了頌語，鉛筆壓到書頁裡，拿下眼鏡，抬起眼睫，露出透明的栗色的瞳仁。

請等一等，他對她微笑，站起身。

室內很靜，時鐘滴答在走。

石竹逐漸豔紅，在郁黃的燈光中。她直背坐在桌側，任由花的鮮色迎面席捲。豌豆花苗在白色的枕套上滋長，伸出捲曲的長鬚，爬出了枕套，爬上了床墊，爬下了床墊，爬上了桌面。她從桌邊收回十個指頭，貼住掌心握住。

香味愈來愈濃烈。她往前移了移坐椅的位置，讓前胸的肋骨抵著桌邊。

神父微笑出現在房門口，向她伸出一隻手。

來，他說，推大一點通往廚房的門，讓她跨過門檻。

方桌上放著兩只瓷杯，已經盛著黑色的飲料。

神父要她坐下。打開一個小瓶，拿近自己的鼻底深嗅了一次，在兩杯各點了幾滴、室內頓時瀰散了酒的香氣。

從牆角的小冰箱他再取出一個開了的罐頭。拿起一支匙，反過來。傾斜了罐頭，特別慢地從匙背倒入杯中。

黑色的水面浮起了白色的奶層。

把瓷杯連盤輕手推到她的面前。

猶豫了一會，在鼓勵和期待的微笑裡，她拿起杯子，才明白前一時的奇異的香味是從哪裡來。然後神父雙手用食指和中指輕輕揭開桌中央的紅格子布。沾著很多白粉的圓麵包露出來了。

她愈發記住當信的道理。一邊絞著白色肉餡，一邊默背著上個禮拜的新句子。就可以領洗了，也許聖誕節，神父鼓勵她，給她再切一小片裡邊有葡萄乾的麵包。

她倒不急，領洗以後就不能再來。

她已經學會怎樣用有鋸齒的長刀切一塊厚度均勻的麵包，怎樣把奶油適量地倒在水上而不散開，怎樣從冰涼的奶油底下喝到加酒的熱咖啡，第一次明白了安定感是什麼。

雨夜的時候，她撐一把很大的傘，踩著黑暗的水泡，雨絲落在她的傘上，落在漆黑的斜伸出來的屋簷上。竹籬後的燈光明明滅滅。

神父穿上黑皮鞋，晴天的時候，騎一輛二手菲利浦；穿上高統黑膠鞋，雨天的時候，撐一把花點的女用傘。去耕莘文教院拿信和包裹和雜誌，和從祖國來的航空版。每個禮拜一次。

給她一起拿回來一串淡藍色的有十字架的鍊珠，念完七件聖事的一晚，月亮特別大。神父扭熄了桌上的燈，只留著床几一盞照明的小光。

來，他說。

低頭隨袍的木香跨出門。水樣的月光。她的心跳起來。

空寂的庭院。沒有人。沒有貓竄過。沒有私語。

腳步聲。他們的腳步，細碎踩著石板的過徑。她盡量放輕步子。只有一個人的腳步聲了。有點冷。

看不清楚。金屬在搜索的的指間窸窣。她伸過來一隻臂，抱著自己的另一隻，讓開一點身，讓月光經過自己胸前，落在匙上。

抽出一把長形的，端詳了一會，放進匙洞。金屬摻擦轉動的聲音。

陳花的氣味。木質長椅排列在青色的弱光裡。

他撩起衣角，跨上臺壇，打開牆上燭形的燈。

走到屏風的旁邊，兩隻手臂整個兜住側角，把它抬起來，推到了一邊。回過來，彎下腰，再把琴凳也搬了過去。

鄭重地在矮凳上平攤好衣服的縐褶，高舉起雙手，祝福的姿勢，慢慢拉啟暗綠色的布幕。

她怔住在那裡。

弧形的木框閃爍著光輝，一條條長弦排列如銀的翼羽。夜光穿過屋頂的塑膠板，正落在豎琴的上邊。

側身背著她，紅色的鬈髮蓬飛起來，白襯底的寬袖飄揚起來。狂泉打在弦上，水珠在指間迸裂，琤琤琮琮。

時間中止。泉水開始濺在她的頭頸，她的胸背，她的心飄浮起。

北方的風跨入夜的堂室，迴盪如幽靈。燭形的燈光搖曳迎接，搖曳燭形的暗影。

琤琤琮琮，這是序曲，指法的練習。一手曲調輕婉的小歌，倒是比較愛彈的。

四月的晴朗天，一條大船航過愛爾維斯多，阿里阿里歐。

祖母愛唱的，他說。

她設法想像祖母是什麼樣子，在祖母一樣的溫和而又沙嘎的嗓音中。

棕紅的頭髮，棕紅的臉龐，透明的眼珠，圓厚的顴骨和下巴，個子矮矮胖胖的。

她努力地，專心地想。一條大船行過遙遠的河港。遙遠的人在岸上揮手。阿里阿里歐。

合照一樣出現在塑膠板底的朦朧的青光裡，並肩坐著，父親，母親，妹妹，和丈夫，她暗自吃了一驚。

父親沒有再回來，丈夫又是不見了的。

自己還沒有長大，父親就沒有再回來；父親從沒見過自己丈夫的。

圓臉戴著金絲邊的圓眼鏡，坐在遙遠的書房裡，窗子的格框投影在桌前腳底的地上，一格比一格長。

穿上藏青色的長褂，戴上黑色的呢帽，撩起長衣的一角，露出下襬內面的米黃色的氈毛。跨上車板的那一時，回轉頭，眼光落在簷下她們的身上。

騾子仰頸嘶叫，車輪吱呀吱呀地開始動搖。雪地印出紛亂的半圓形的凹跡。婦人扶著車把，隨前移動。輪跡旁邊印出一串改良腳的足印。

直到鈴聲消失在巷外某個拐角。

天已經暖和，薄雪的腳印一下就從底下汪出黑色的泥水。

這是她最後一次看見父親。

手指停住，重複撥一根弦，側耳傾聽，重複撥同一根弦，室內迴響同一個音。神父站起來，整個胸腔覆抱到琴架上，轉動頂頭一個鈕。

她用手背揉了揉眼睛。

舉手按住呢帽的邊緣，從緣底回看她們。氈毛大褂蹣跚爬上車，褂角拖在車板外。矮胖的身子一下就陷進墊裡不見了。

去北平了。去南京了。去上海了。去漢口了。

母親關上沉重的大門，一個人走回廚房。薄雪的庭院留下去來兩串腳印。

鈴聲在灰濛的巷中遠去，逐漸不見了呢帽的背影。

青光中的重現，坐在母親的身邊，面對她微笑示意，仍是和氣的圓臉。

重新蹣跚地坐下，阿里阿里，側耳傾聽，阿里歐。這樣的音才對，噓出一口氣。哪樣的音都對，她想。

無阻地大船再一次啟航，在青光中，從黑暗的廳堂。

她看見自己穿著男生制服去上學，戰爭已經開始。

青色的天空，黑色的飛機，劃過來。她幫忙把棉被在兩株椿樹（**按：三七五頁為椿樹，原文如此**）之間攤開。妹妹在被縫裡躲貓貓，探出一個頭。

飛機翻過一點身，斜成銀色的十字遠去。灰濛的陽光仍舊刺眼。用掌心遮住眼，三人站在院中。騾車走後雪就快化完，現在屋脊的瓦縫已經長出了一撮一撮的青草了。

晴朗的四月天。南牆側的李花首先要開放，接下就是斜對面的玉蘭和巷頭的杏子。然後是河岸一排粗幹的碧桃，一團團櫻紅色的重瓣。早晨的霧逐漸稀薄，在花與無葉的枝間漂遊。從霧的散開處他向她走來，微笑舉起手。讀書人都是靠不住的，母親說。可是第一次見他她就喜歡他。河霧底下看不見水。沒有水聲。四周很靜。你可以聽到一隊人和車走來，穿著土黃色軍裝，從眼前經過。腿綁得像粗木樁。堤岸很窄，往這邊側一點身讓他們過去。桃花靜靜在開。第一次見他她就喜歡他。

一株接一株花樹盛放。戰爭接著戰爭不再中止。

穿著男裝，和同學們擠上火車。曬棉被的天井在車尾搖晃，飛動起來，奔跑起來。穿駛過灰蒼的野地，零落的矮樹，乾枯的山脈。天暗時在橋樁前停住，嘶嘶冒著煙氣。所有的燈火都熄滅了，人聲都肅靜了，吐著鼻息在黑暗中等待。

用手按著前胸，裡邊的口袋給縫進了錢。不敢把頭伸出車廂。漆黑的夜。天井已在車尾不見。遠火在燃燒，軍機低低飛過。壅塞的道路。壅塞的車廂。沉默的驚懼的人臉。母親局促著改良腳在天井奔走。騾子驅動前腿。車夫舉起鞭，重重抖在半空。

輪痕腳痕愈印愈慌亂了。

小說裡描寫戰爭總是多麼地奮勇，多麼地英雄，自動要報名上前線，敵人來一個殺一個，來兩個殺一雙。從戰壕裡跳出，突破重圍。勝利的號角響了。

不是的，不是的。戰爭不是這樣的。

火車無聲地駛過寒冷的河面，駛過去夜光的荒原；妹妹、母親、瓦房、天井、騾車，花樹的河岸。打綁腿的一隊士兵在渾茫的霧裡不見。

還有年齡、青春、學業、愛情等等，當你突然明白這些是什麼的時候。

戰爭、戰爭，但是戰爭好在是要過去的。總算是過去了，她以為。

她下了船，來到一排日式木屋的宿舍。他已先到，在榕樹底下向她微笑招手。

她知道他會回來的。

他總是把事情照顧得很好。

箱子暫時擱放在腳旁的泥地上，掌心揉著一團溼軟的手絹。很潮的天氣，站著也會流汗。榕樹的氣根掛在無風的空中。他撩開氣根，迎面走過來，抹去額頭的汗跡，向她伸出手。

從附近的菜場她買回來一個白土做的小爐，周邊箍著三圈光亮的銅條，很好看的。

草叢裡找來兩塊紅磚，就把爐子架在門前的泥地上。

舊報紙擰成麻花的形狀，放進爐底的小門，劃亮一支火柴。用摺扇輕輕地左右地搧。煙從三十六個洞眼裡冒出來。她往後退了一兩步，用手捂住鼻子；還是第一次引煤球。

乘燒透的時間，她在公用水龍頭底下淘乾淨了米，加一點紅豆，然後把鍋坐在小爐上，讓它慢慢地煮。下課的鈴聲不久就要吹哨似地響起。

報紙變成彎彎曲曲的灰條，花絮一樣的飛升上天空。

他就會穿過黃昏的斜光，撩開榕樹的氣根，向她微笑招手走來。

好在愛情還可以等待。

她用一支木勺，把飯粒攪了攪，讓紅豆均勻分布在開始黏的湯中，準備等會就起鍋，進門就炒菜。

這時她又聽見了槍聲。

起先她還以為哪家放爆竹，劈劈地在遠處慶祝。可是一輛掛滿樹枝的卡車從眼前開過。她趕緊回屋走，手裡還拿著勺。

巷子太窄，車身搔刮著門前的矮樹，枝葉紛紛折落。車後架著機關槍，圍站了穿憲兵制服的人。匆匆一眨在他們臉上她又看到熟悉的面目；戰爭並沒有結束。

不要出去。他終於回來，比平日晚一些，回身關緊前門。不要出去。黑暗裡，在臥室的床上，她聽見子彈穿越遠處的天空。

她掀開被，光腳觸到水泥地面，一陣寒涼隨蜷曲的趾頭爬上來。她沿牆再檢查一遍鎖扣。探照燈在窗頂掃過來掃過去，屋裡一下亮一下暗。腳拇指踩到一小塊硬東西，卡在指縫裡。她扶著椅背，抬起一隻腳，把它弄出。

回來時她看見他蜷在床邊，似乎仍舊在睡。她盡量放輕動作。現在子彈迸裂在巷面。噓，他轉過頭說。

有人開始對這排宿舍扔石子。開始屯集一點麵粉，一點鹽和糖，把它們分裝成方便攜帶的小口袋。

節日似的炮聲，不曾間斷，巷子偶然有軍事演習，小學已經暫時關閉。

他從外邊回來，沉默著，帶回很多報紙，一個人坐在飯桌的燈下看。

白石灰爐搬到後簷，離公用水龍頭比較遠。從菜場匆匆回來她留意路旁的防空洞。都是不行的。兩頭通氣的這種土壕，只能給小學生們放學玩官兵捉強盜的。

石頭打中某家一面窗，刺破耳膜地裂了。

六年級的一個女老師，臺灣人，要他們到她淡水河邊的母親家躲一躲。

她收拾了一點衣物，第二天，在戒嚴令頒下前，由女老師帶著，繞過鐵絲網和砂包，穿過市區，來到近河的兩層樓房。最裡頭的一間寢室，窗閂好，門關好。

黑暗的白天和夜晚一樣寒，每個角落都溼漉漉的，摸在兩個指間一層水，霉雨的天氣。

靜聽尖銳的哨聲，沉悶的炮聲，沉重地壓過去路面的車輪聲。爆竹似的槍聲變成輕脆的嗒嗒。

有時候，這些聲音都沒有，他們就聽見樓上女老師和母親或者其他人的講話聲，鼻音很重的臺語。

以及腳底踩在木板和木板嘰吱的聲音，從某一頭慢慢傳過來，在門口停下。扣門。暫停呼吸。

不是請願團，不是工作隊，不是憲兵隊。

那是女老師的母親請他們去陽臺透透氣。很夜了。

黑暗的街，游魂的人，一群過來一群過去。木板架成篝火在不遠的地方燃燒。有一隊暗影向這邊移動。看不見人的臉，但是你聽見踏步的聲音。像閱兵的隊伍經過陽臺，整齊地進入霧茫的那頭。篝火靜靜燒，眾人再回來。爬上電桿。電線像蜘蛛網一樣飄落。消火栓拔起來，沒有水花。卡車開過來，人撿收起地上的東西，爬進後車，開走了。人影又蜂擁過來。拆散的大門，木板，招牌，扔到火頭上，重新燃燒燃燒。

她只知道榕樹前邊的宿舍；這一帶她還沒來過。

女老師搬回家住，給他們帶來今天和昨天的報紙。

不採取輕視任何人的原則，報上這樣說。

一日二日三日，六日七日八日，篝火繼續燒。

他們把報紙在桌上按日期排好，等待下一張，失去了時間感，朦朧的凸花玻璃後邊，探照燈掃過去天空，從左窗框到右窗框，每隔三十秒亮一次。

腳底索索搓擦在頭頂，搓擦在木板地上，從廊的某端傳過來，輕輕扣門，他們才知道，吃飯的時間或者夜已到。

炮彈在空中爆裂成煙花，流星似的火點，照亮了石灰做的水門。他們看不見河水，從他的身體傳來似有似無的溫暖，撫抱了自己。

時間漫長，從黑暗的水門背後逐漸現出了天光，一層層明亮。四周變得暈紅而暖熱了。梅雨後的第一次日出。

多好看的天色，他說。他們再多看些，然後走下重回暗室。

三月十日，社會版的下角，一對情侶感到前途無望，在河口自殺，期待潮水將自己沖去大海，但是漲潮時兩具人體在港口遲疑，和其他屍身纏抱在一起。

水色愈來愈渾，鞭打著人體。

鞭打著區分不出白天和夜晚的夢。啊，啊，在夢裡驚呼。她半側起身，用力搖他。

沉重地醒過來，從被裡伸出一隻手，抓緊了她。

往一條狹巷裡跑。後面有人追趕。跑，跑。迎面阻來一片牆，要自己飛過去，飛過去。飛不過去。變成一隻鳥，飛了過去。追趕的人聲沒有了，火光沒有了，重新變回來。在一條街上走，兩邊排列了沒有窗子的房子。踩到一條黑色的皮帶，蹲下撿起它。變成一條蛇，纏住自己腳。飛起來快飛起來。努力掀動著翅膀。沒有了翅膀。啊啊真可怕。夢像蛇像泥沼要把你吸進去吸進去。

你一臉都是汗。她說。

從泥沼裡醒過來這樣又一次。

這回他夢見了父親，捆在三床棉被裡，像粽子一樣，在環抱的港口漂盪。鞭打著黑色的岸壁。鞭打著溼冷的腳底。包圍過來包圍過來黑色的水。真可怕。

他說，用被蒙住自己的臉。

她緊閉眼睛，努力地期望。有一天，等戰爭過去了。一切都要重新開始重新開始。

水門後邊出現這一天的天色，多麼好看。她站在他身邊。從他肩頭傳來溫暖的人體的氣味。花樹靜靜在開。他們繼續沿著堤岸走，等人和車過去以後。逐漸進入這一頭的霧裡。

逐漸變小變弱街火一天熄滅了。人群不再圍上來。他們從陽臺走下到屋子裡，打開窗戶，讓外邊的空氣換進。

收拾好簡單的行李，把屋裡整理乾淨，向女老師的母親道謝。回來這一排日式木房。

戰爭總算是結束，她以為。重新把爐子搬去前門的紅磚上。

經過菜場地攤她想買塊窗簾布；後邊茅草地上現在有一排軍營，有人向這邊張望。

攤開一塊藍花的和一塊橘紅色團花的，猶豫著，不知選哪塊好，價格是同樣的。

或者他喜歡比較亮一點的。

可是，他沒有回來。一天出了門，像父親一樣，沒有回轉來。

她依框站在門口，夜從巷底緩慢向這邊移近。她把飯從爐上拿進屋子，用一塊布繞鍋包好，菜用紗罩罩好。

屋裡逐漸看不清，她扭開頂上沒有罩的燈泡，把摺成棍形的晚報平鋪開。燈光散漫。一對情人穿上最好看的衣服，攜手走過漸暗的山路，來到林間水泉旁的旅社，對服下農藥。

她闔上報，抬頭望了望時間，從抽屜拿出一件毛衣。

一間接一間空寂的教室。沒有念書的聲音。黑板上沒有字。沒有燈。教員休息室前有一盞燈。黑暗的長室，桌面隔著過道整齊排列。沿這邊的桌角列著一摺一摺白底黑字的名卡。他的名字排在靠窗的自己面前，只隔著一層玻璃。

彎起指節，輕輕敲窗，沒有人。她沿廊道走到前邊的門。敲門，也沒有人。榕樹底下站著穿暗色外套的人，兩手放在口袋裡。

但是她迫切地想坐到那名卡的後邊。

穿暗色外套的人向她走來。

或許因為那桌的抽屜裡留有給你的字條，來不及回家告訴。應該坐到那名卡的後邊。用力敲門。暗色外套向這邊走來。

沿著廊壁往後退，經過他的名字，開始跑。

愈跑愈快，氣根在臉上撩，枝葉在臉上刮，黑暗的樹林。他或許已經先回家，坐在飯桌的光暈底下，攤開還沒看完的報，在等待。

山泉流經旅社。巴拉松傾倒在榻榻米上。燒壞了一大片蓆子吶，老闆娘說。

她應該早注意他平日的言行和交往的，在飯桌上和他說點話。在還沒睡的晚上，剛醒起來的早晨，和他聊聊學校的事。或者去野外玩玩。——或者生個小孩。已經有這樣的打算，總以為還有時間呢。

戰爭，戰爭，中國為什麼有那麼多的戰爭。

戰爭轟然進行，她和他和父親母親妹妹若不是常在分離，就是從這一地轉到另一地。低語，收拾，沉默的急走，奔跑，躲藏。連好好說幾句話的時間都沒有。炸彈在洞壁外爆炸，她閉眼靠著冰涼而戰慄的壁石。有一天，等戰爭過去了，一切都要重新開始重新開始。

連續出現兩個土黃色中山裝，問她很多關於他的事，問到後邊軍營悠悠吹起了熄燈號。聽著聽著她就走了神，心裡在兩個問題上打轉：是回去了呢還是抓去了呢？

對方穿著寬腳的長褲，黑色的皮鞋。放在另一個膝頭上的腿一顛一顛，露出黑色有金線的尼龍襪，和褲管之間長著灰白色汗毛的腿踝。

最近有什麼特別的事嗎？灰汗毛說。

她端正地坐在桌旁，低頭在腦裡努力地搜找線索。

從牆角的霉痕伸出一條裂縫。沿著底邊走。往上斜著走。消失在椅的背後。

霉縫在煙裡逐漸恍惚。她努力地尋找，特別地，特別的，特別的事。

列車的車輪，向前駛，沒有聲音；草原的聲音，河水的聲音，車隊的聲音。靜止的水面，黑黝的車廂，混濁的鼻息吹在臉上。低飛的軍機。突然閃下一線強光，她驚醒過來——

其實，她是一點都不知道他的。

一個好人，在小學做六年級的級任老師，從不打學生，下課就回家，睡前喜歡喝一碗加白糖的紅豆稀飯，就這樣了。

想想看，想想看。灰白汗毛在褲管的邊緣探頭。灰白色的報架燒成灰，飛揚起來，小卷小卷的。

她咳了一聲，用手背遮住唇角。

為什麼人人都要去不見呢？

有一天她去街上走，中飯和晚飯都沒吃，天黑了還沒回來。有一天她一直哭一直哭，哭到用抹布擦眼睛，辣子擦進了眼皮。她用水一直沖，忘記了為什麼哭。

教務處的張先生坐在牆縫前，說等宿舍的人可真不少。婉轉地拉長句子的瞬間，她恍然覺悟，原來自己一無所有。

她在水源路的底端找到一間小房間，主要是離店近。由朋友的同鄉介紹的這工作一直不是自己要的。如果多念點書有多好，她想。

老闆娘教她怎樣節用水。先洗菜，再洗肉，以後還可以用來洗碗。碗底摸到手裡油一點也不礙事。

又教她用刀背把韭菜攏齊了。先切去硬梗，曲起左手的五個指節，一節節退下來切，又快又細又安全。

把切碎的韭菜、油渣一齊攏到肉餡裡，鋁鍋抱緊在胸前，用雙長筷用力攪。

不做這些事的時候，她就換上一件沒有油味的乾淨衣服，乘上羅斯福路的公共汽車，在延平北路下。

順著水門筆直的牆影往前走。壁石很厚，壁腳長著一撮一撮的茅草。另一邊水在擊打。聲音有點遙遠。

原來日光中的樓房是很好看的。灰淨淨的水泥牆，茶紅色的屋瓦，墨綠色的大門。門頂還伸出來半株合歡樹，開著毛茸茸的紅球花。

然後她抬起頭，看到了那二樓的陽臺。

一件事接一件事做下來，從不休手。老闆覺得她牢靠，都交給她照料，自己上樓去。

一大早她就到店裡，打開兩扇對併的木板，用一根鐵棍撐起遮陽的油布，穿上灰藍色的圍裙，拿出長筷長勺和漏斗。有一天，自己要開個比這好的店她想。

稀薄的早光在爐煙裡翻抖。她看見很會做麵食的母親，獨自坐在大方桌旁。流蘇罩裡的燈光照著一半的黃臉，和放在桌面的一隻黃手膀。燈光愈來愈暗，自己慢慢睡著了。第二天再看見，又已經梳好頭，用一支鐵桿從爐門灰裡撥出麵引子，拿在兩指間，還是燙手的呢。輕輕吹了吹，炭灰和霧氣飛揚在臉側的斜光裡。

呢帽的背影早就不見。

騾車的鈴聲在某個不見的街底迴響。

他坐起來，出汗的額角抵著床柱，跟她說起了自己的父親。那是第二次的惡夢以後。

挺高壯的軍醫，戰爭中得了傷寒症，身上紮著三條棉被給放在木板車上運回來。兩隻腳太長，伸在木板外邊，騾車一動腳就一悠的。又這樣悠著送出去，這回是頭兜在外邊，全部包在軍用口袋裡。

黑白放大照就放在菜籃中，帶來帶去。擱在廚房的木架上。吃飯的時候在籃裡對他們笑。

曾經撿回來一條小黃狗，迷失在軍醫所旁邊的，讓他養了一陣。後來掉進了四合院的水井。鄰居把一大包明礬撒在井裡，整個水面都是泡泡，嘶嘶地冒了好幾天。

也說起了常在一起的朋友。常做的事。鎮上的糖丸店，瓜果店。橋底的鋸木店，土磚廠。

他乾脆坐直了上半身，不再回去睡，用被頭纏緊了兩隻手，一邊說。

她聽著聽著。

彎背的男子坐在書房，窗影一格比一格遙長。和婦人坐在很大的方桌旁。流蘇燈罩染黃了兩人各一半的臉，各自擱在桌面的一隻手膀。

兩人說著話，聽不見聲音，偶然動一下郁黃的手膀。

燈光擰小了，房裡更暗了。光點飄動起來，螢火來到自己和妹妹的帳前。撩開半面帳，溫熱的鼻息吹到臉上。

棉被在兩棵椿樹之間攤開，妹妹在被縫裡躲迷藏。快出來，快出來，遙遠的母親在呼喚，再不出來就打了。被面翻動，牡丹盛開。

呢帽回轉頭，舉起祝福的手。金絲眼鏡在帽的邊緣在初融的雪光裡折閃。灰白的報燼飄上青瓦。三十六個煤孔吐出更多煙。灰白汗毛的小腿一顛一顛。

十天前她什麼都不知道，十天後她知道了他小時候的事。可是，現在跟這灰毛腿去說父親，說小黃狗，不會太奇怪了麼，人家要說你神經病的。

有什麼用，交代了童年就走了。都是一樣的，無論怎樣的走法。走了就是走了，走了還有什麼用。人家不會因為你走了就如何如何的。

氈毛大褂的一角拖在車板外，情侶纏著的腳掛在榻榻米的紙門外，口袋裡的父親的頭悠蕩在木板車外。

晴朗的四月以後的第四句歌詞已經忘記。母親和妹妹留在北方。祖母在港岸呼喚，百多歲的人了。

從事神職是祖母的期望，而自己，原先倒是想做一名酒店的豎琴手的。

阿里阿里歐，大船再一次揚帆航過港口，航過去黝黯寒涼的河面。向她微笑招手，在青光中。航過去銀羽的琴弦。

她知道他會回來的，她早就知道的。

她以為窗簾弄好以後就去買個桌子，幾把好用的椅子。面對軍營的小房可以做成書房。篝火就會熄，人群就會散，建立溫馨的家園是首要的責任。

她還以為他跟她想得差不多呢。

她也許會反對，也許要猶豫一陣。可是，如果他開口，她終究會同意，會跟著去的。這點他是知道的。

她還以為戰爭過去了就好了，誰知道戰爭一過去原來什麼都一起過去。

反倒是戰爭把他們兩個人拉在一起；她倒懷念起戰爭了。

牆外火在燒，人聲忽遠忽近，河水鞭打著水門，周圍是等待中的黑暗。

他摸索著，握住她的腰，把她擁過來，對她特別溫柔。空氣很溼悶。從他的頸際她嗅到一種熟悉的樹木的氣味，在壓抑著的喘息聲中。

過後他把被在她頸的周圍重新掖好，握住她被裡的手，另一隻從頭頂繞過來，用手背的部分搓著她的頰。

炮火在毛花玻璃上朦朧地爆裂，朦朧地閃爍。每隔三十秒鐘他們對見一次面。

其實他開口了。

其實他開口了；在十個不曾相離的日夜，在河水拍打著床腳的暗室，在手掌搓撫著臉頰的安靜時間，所有的詢問，所有的暗示，所有的考慮，所有的掙扎——都在痛苦而絕望地進行著。

然後，他做下了決定。都是為她好。

琴聲潺湲，從前時的激昂變成這時的低咽。除了微亮的長方形的空壇，其餘都是黑暗的，沉隱在不可挽救的時間裡。

細泉落在聖堂的木頂，落在二樓的瓦頂，落在庭院，落在井面。小黃狗溼淋淋給撈上來，沒有人哭。大家都散了。鋸木廠和磚頭廠都拆了。木板車吱呀吱呀地遠去了。

嗓子有點啞，不再往下唱。很遠有一種回聲來迎接。

那是小學上課了。學生從鄰近的巷子擁來。糾察隊隊員們已經先到訓導處。別上紅底黑字的臂章，從櫃後拿出長木棍，雄糾糾地站去街中央。一根根接好，別動，行人車輛都得在棍後停住。十字路口大家排好隊，跨開步子，一二、一二。

哨聲尖響，從溫州街的瓦頂向前邁進，帶著未唱完的歌，帶去漂蕩著父親擁抱著情人的海港，帶去祖母家。

十個沒有日夜的日夜。北方的某個邊城。曬著冬衣的庭院。棉被上盛開著的牡丹。白堊土的牆壁。瓦上的茅草。白嘴灰身的鴿子停在父親的手背。一個圓短的指頭壓住下唇，長哨直入天際。

愛爾蘭，多麼遙遠的地方。

看過去她的爐火，沸水中翻滾的麵條。捲起指節，一片片切落下的肉片。

客人走盡才會恍惚起來，眼眶周圍浮出一層水氣，像個初戀的人；一個愛情故事還沒講完哪。

門推開，穿著藏青色外套的男子走進來。獨自一個人，坐下在角落的桌旁。縮著肩，從嘴裡呼出一口暖氣，搓著手掌心。

她用漏勺量了一份麵，伸進冒著細沫的湯鍋。

從小櫃裡的瓷碟撥出一點蔥花，撒在整齊排列的肉片上，熱騰騰地放到桌面。

他抬起頭，微笑接過碗，移到自己跟前。把椅子往前挪了挪，從竹筒撿出一雙筷子。

已經沒有車輛經過門外，只有筷子偶然碰到碗邊，和索索吃麵的聲音。半條尾的一隻小壁虎，從櫃後溜出來，靜靜趴在牆的邊緣。

側面倒是有點像呢。

這樣突然回來，假裝客人似地叫碗麵，慢慢地吃，讓自己慢慢地發現，給自己一個驚喜，也未必是不可能的。

輕輕吹著麵上的霧氣。從口袋拿出一方白水絹，擦著鼻的兩翼。

從早春的霧氣裡現出眉目，向她微笑走來。

她拿起鋁蓋，蓋上湯鍋。霧氣不見了。現在壁虎斜趴在天花板頂了。

擦乾淨了手和臉，站起身穿上外套。

一陣冷風吹灌進來，當他開門離去的時候。

每個桌子重新擦一次。椅子反過面，倒扣在桌上。

把裝著剩麵的鋁鍋暫時放在地上，從外邊再加一層鎖。金屬在寂巷裡咔嚓地碰響。她用力往前拉一次，確定是扣好了，再讓鎖沉重地落回木板門面。

鎂光的路燈有層紅暈，全身都給浸在紅染料裡，一柱走過一柱的時候。兩隻手小心兜著鍋的把柄，湯水可別滴到了鞋子。

我給妳拿吧——

一個熟悉的聲音說。

一個肩開始溫暖地擦著這一邊肩。

她知道他會回來的。

遲疑著，讓他接過鍋。手碰到自己的，一陣溫熱。

這幾年都好，他說。

她低下頭，嗯了一聲，算是回答，心裡還是有點氣。

騰出一隻手，伸過來，摸索到她的腰。她一陣羞，在黑暗裡紅起了臉。

那是十多年前的事了。

她停下步子，回轉過頭。空寂的街道靜靜鋪在自己的身後，浸在紅色的燈光中。除了燈柱投下的細長而規則的影子，除了自己什麼人也沒有。

她把鍋柄卡在腰際，伸手掠了掠頭髮，換過這邊來，再拿穩了。塑膠的鞋底重新啾蟲似地響起。黑暗的水源路，從底端吹來水的涼意。聽說在十多年以前，那原是槍斃人的地方。

編輯說明與誌謝

這套選集的編輯，像是一則則尋人啟事。在尋找三十多位作家的過程中，編輯的不只是作品，而是時間本身。要謝謝所有回覆的作者，不論是透過電子郵件、電話甚至是在臉書大海撈針，都在聯繫上的一刻，感到失去的時光被找回來了。當然這些作品都曾經發表、出版過，但要以「白色恐怖文學」這樣的計畫去思考與並置，把所有作品放在同一個時鐘裡啟動，特別感受到時光的艱難。

艱難其一，許多作家早已逝去或者已聽不清楚出版社打去的電話，因此要謝謝第二代甚至第三代親友的協助。艱難其二，這些作品來自不同年代、不同出版社，編輯原則殊異，除了必須重新打字，也必須重新建立編輯原則。要特別感謝東年先生，知道收錄的篇幅可能有限，願意重新修訂作品。最後，也謝謝麥田、印刻、聯合文學與前衛等出版社的慷慨，提供文字檔、書籍與協助合約處理。

選集的編輯體例有以下幾個原則：

一、保留原作品分節方式。有的用國字，有的用阿拉伯數字，在整個讀過原作後，認為當時作家選用分節的編號形式有其意義，因此不刻意統一分節方式。

二、校訂原則。早期的作品會用「着、脚、却、猪、鷄、羣」等字，會統一改為「著、腳、卻、豬、雞、群」等字。原則上，有部分仍使用春山出版的統一字如臺、嘆、拚命、愈來愈等，因為有部分作品內部用字有不一致情形，為減少閱讀上的混亂，仍一定程度以出版社的統一字校訂。但如儘量、盡量，惡夢、噩夢，偶爾、偶而，思維、思惟等，因不涉及對錯，且出現次數較少，仍以作者用字為主。至於數字如廿、卅等的使用，考量此種寫法有一定的時代性，大多保留。副詞地、的使用，則不統一，保留每個作者的用法。

三、加注編按。如無法確定是否為錯誤，如吳濁流用喜氣揚揚，施明正將泰源寫作泰原，並不直接修改，而是加注編按說明原文如此。

四、日文翻譯。吳濁流〈波茨坦科長〉、邱永漢〈香港〉為從日文翻譯的作品，其中〈香港〉已參考日文版重新校訂，在此也謝謝授權譯稿的朱佩蘭老師。

最後，此次選集書名來自策蘭的詩「Corona」，為北島翻譯版本。將詩的最後幾句節錄如下：

是石頭要開花的時候了，
時間動盪有顆跳動的心。
是過去成為此刻的時候了。
是時候了。

原來時鐘就是心。

莊瑞琳／春山出版總編輯

讓過去成為此刻：臺灣白色恐怖小說選

作品清單

卷一　血的預感

郭松棻　月印
吳濁流　波茨坦科長
葉石濤　臺灣男子簡阿淘〔節選〕
邱永漢　香港
李　渝　夜琴

卷二　眾聲歸來

朱天心　從前從前有個浦島太郎
李　昂　虎姑婆
楊　照　一九八九・圳上的血凍
藍博洲　臺北戀人〔節選〕
陳垣三　浦尾的春天
黃　凡　賴索
東　年　去年冬天〔節選〕
黃崇凱　狄克森片語

卷三　國家從來不請問

舞　鶴　逃兵二哥
施明正　渴死者、喝尿者
李　喬　告密者
林央敏　男女關係正常化
瓦歷斯・諾幹　城市殘酷〔節選〕
林雙不　臺灣人五誡
苦　苓　黑衣先生傳
吳錦發　消失的男性
楊青矗　李秋乾覆C・T・情書
平　路　玉米田之死
劉大任　浮游群落〔節選〕

卷四　白色的賦格

宋澤萊　糶穀日記
黃春明　蘋果的滋味
拓拔斯・塔瑪匹瑪（漢名田雅各）　尋找名字
陳若曦　老人
蔣曉雲　回家
賴香吟　暮色將至

臺灣白色恐怖小說選　大事記

製表　陳文琳・莊瑞琳

年分	重要作品	歷史事件	文學、文化事件
一九四〇		二月十一日日本臺灣總督府修訂戶口規則，鼓勵臺灣人改從日本姓名。	
一九四五		五月三十一日美軍大規模轟炸臺北，是為「臺北大空襲」。 八月十五日二戰結束。國民政府接收臺灣，九月一日成立臺灣省行政長官公署。 十一月一日，行政長官公署與警備總司令部共同組織臺灣省接收委員會，全面展開日產之接收與處理工作。	九月《一陽周報》創刊（一九四五年九月至十一月），楊逵為主編。 十月，臺灣行政長官公署發行《臺灣新生報》。 十月《民報》創刊（一九四五年十月至一九四七年二月），林茂生創辦。 十一月《政經報》創刊（一九四五年十一月至一九四七年二月），陳逸松為主編。 十一月《新新月刊》（一九四五年十一月至一九四七年一月），黃金穗為主編。
一九四六		夏天中共建立「臺灣省工作委員會」，中共地下黨在臺灣進行反國民黨的地下鬥爭。	一月《人民導報》創刊（一九四六年一月至一九四七年二月），由王添灯主辦。

			二月二十日《中華日報》創刊。龍瑛宗擔任日文版文藝欄主編，直至十月二十五日行政長官公署正式宣布廢除報紙日文版文藝欄（二月至十月）。 七月《臺灣評論》創刊（一九四六年七月至十月），李純青主編。 九月《臺灣文化》創刊（一九四六年九月至一九四七年二月），由蘇新主編。
一九四七		一月一日臺灣行政長官公署公布《臺灣省公有耕地放租辦法》。 二二八事件爆發。 三月二日謝雪紅在臺中號召民眾，攻占臺中警局與公賣局臺中分局。後成立著名的「二七部隊」，與國民黨軍對抗，十二日退守至埔里，預備在山裡進行游擊戰，但未成功。謝雪紅於五月輾轉至香港再到中國，終生未再返臺。	八月，《臺灣新生報》增闢橋副刊，由歌雷主編。發刊於一九四七年八月一日至一九四九年四月十一日為止，總共出刊了二二三期。 十月《自立晚報》創刊，最初由大陸報人顧培根、首任發行人周莊伯等人創辦。
一九四八	五月吳濁流〈波茨坦科長〉首次以日文〈ポツダム科長〉於臺北學友書局出版。	五月十日《動員戡亂時期臨時條款》公布實施。	
一九四九		四月一日國共雙方在北京進行和談，南京一共十一所專科學校包括中央大學、金陵大學、政治大學與戲劇專科學校等，超過五千人向代總統李宗仁請願，當時南京已經進行戒嚴狀態，學生遊行至光華門，與國防部軍官收容總隊產生衝突，雙方互毆，有學生被毆打送醫不治，是為「四一慘案」。	四月十一日《臺灣新生報》橋副刊因「四六事件」，主編歌雷與多位執筆作家如楊逵遭到逮捕，橋副刊被迫停刊。

		臺灣發生「四六事件」。起因於三月二十日晚上臺大與師院兩學生單車雙載遭第四分局（今大安分局）警察取締，後引發三月下旬一連串學生罷課事件。臺灣省主席兼警備總司令陳誠下令壓制學生運動，於四月六日凌晨逮捕臺大、省立師範學院（今臺灣師範大學）學生三百多位，其中遭起訴的一共十九位。其後又以各種罪名「二度逮捕」事件當時未被起訴的學生。 五月十九日由臺灣省主席兼警備總司令陳誠頒布戒嚴令，於隔日開始實施。 五月二十四日《懲治叛亂條例》公布，六月二十一日施行。 八月中共地下黨因「光明報事件」曝光，情治機關開始追緝地下黨員，開啟五〇年代初期白色恐怖。後來殘餘勢力分別轉進鹿窟與桃竹苗山區，一九五三年才覆亡。 十二月七日國民政府遷往臺北。	十一月胡適、雷震等人創刊《自由中國》。
一九五〇		六月十三日《戡亂時期檢肅匪諜條例》公布施行。 六月十五日教育部頒布《戡亂建國實施綱要》，以「三民主義」教育為授課核心。 六月二十五日韓戰爆發，美軍介入臺海，國共內戰情勢凍結。	二月《中國時報》由余紀忠創辦，原為《徵信新聞》，於一九五五年創刊人間副刊，一九六一年更名《徵信新聞報》，一九六八年九月一日正式更名為《中國時報》。 九月五日《民眾日報》由李瑞標於基隆創立，後由李哲朗擔任董事長，於一九七八年將報社遷往高雄。與《臺灣時報》、《臺灣新聞報》並稱「南臺灣三大報」。
一九五一		一九五一年至一九六五年，臺灣進入「美援時代」。	九月十六日由王惕吾創立《聯合報》。一九五三年十一月由林海音

		五月十七日第一批政治犯被押至火燒島，警備總部「新生訓導處」在火燒島成立。 六月七日國民黨政府公布《耕地三七五減租條例》。 柯旗化（1929.1.1～2002.1.16） 一九五一年七月三十一日被捕，被認定思想左傾。一九五一至五三年、一九六一至七六年，兩度入獄且在綠島服刑多年。一九六〇年出版《新英文法》，再版一百四十三版，成為維繫家庭經濟的重要來源。 葉石濤（1925.11.1～2008.12.11） 九月二十日被保密局逮捕，後遭判「知匪不報」處有期徒刑五年，被關三年後減刑出獄。	接任《聯合報》副刊主編。
一九五二		十二月二十九日凌晨軍警包圍鹿窟，逮捕因疑為中共支持的武裝基地之成員，時間前後長達四個月，牽連兩百多人，經判決死刑者三十五人，有期徒刑者百人。「鹿窟事件」是一九五〇年代最大的政治事件。	
一九五三		一月二十六日國民黨政府公布《實施耕者有其田條例》。	
一九五四		完成從高中到專科學校的軍訓教育實施，軍訓教官進駐校園。	二月皇冠文化出版公司成立，創辦人為平鑫濤。 三月《幼獅文藝》創刊，由馮放民、鄧綏甯、瘂弦與朱橋等人所拓展。
一九五五	八月至十一月邱永漢〈香港〉首次發表於日本《大眾文藝》，並於同年獲直木賞。中文版本一九九六年由允晨文化出版。		
一九六〇		九月四日警備總部以涉嫌叛亂，逮捕雷震等人，是為「雷震案」。	九月《自由中國》被勒令停刊。

一九六一		施明正（1935.12.25～1988.8.22）因胞弟施明德「叛亂」案受牽連而入獄，在獄中開始寫作。於一九六五年出獄。一九八八年絕食聲援胞弟施明德四個多月，導致心肺衰竭致死。	
一九六四			四月，吳濁流獨資創刊《臺灣文藝》。
一九六八		臺灣警備總司令軍法處及國防部軍法局的所屬單位和看守所遷入軍法學校舊址，通稱「景美軍法看守所」，為現今「景美人權文化園區」的前身。	
一九七〇		二月八日發生「泰源事件」，部分政治犯與泰源監獄分駐軍共謀發動的監獄革命，受鎮壓而失敗。	
一九七一		七月九日，時任美國總統安全事務助理季辛吉前往巴基斯坦後，祕密轉訪中國。 十月二十六日由時任中華民國總統蔣介石宣布臺灣退出聯合國。	八月二十五日《臺灣時報》創立，吳基福為首任董事長，夏曉華為首任發行人。總社位於高雄。
		釣魚臺問題引發留美學生抗議示威，是為「保釣運動」。	
一九七二	十二月二十日至三十一日黃春明〈蘋果的滋味〉首次發表於《中國時報》人間副刊。	國民黨政府在火燒島興建的「綠洲山莊」落成，將泰源監獄與各軍事監獄的政治犯集中關押至「綠洲山莊」，避免類似泰源事件的反抗再發生。	
一九七三		十一月，行政院長蔣經國提出未來五年要進行九大建設，後改稱十大建設。	
一九七四			三月沈登恩等人創立遠景出版社。
一九七五		四月五日蔣介石過世。公布罪犯減刑條例，部分政治犯因此減刑出獄。	八月《臺灣政論》被勒令永久停刊，發行人為黃信介，共發行五期，十二月停刊。

一九七六	劉大任完稿《浮游群落》，先後於香港《七十年代》、紐約《新土》和臺北《亞洲人》雜誌等連載，一九八二年由香港臻善首次出版《浮游群落》，臺灣則由遠景一九八五年出版。		九月遠流出版社成立，創辦人王榮文，一九八一年二月改組為遠流出版事業股份有限公司。
一九七七	十二月二十六日陳若曦〈老人〉首次發表於《聯合報》副刊。	十一月十九日爆發「中壢事件」。國民黨於桃園縣長選舉中作票，致許信良落選，引發群眾不滿，包圍桃園縣警察局，造成警民衝突。	
一九七八	十月二十五日宋澤萊〈糶穀日記〉首次發表於《福爾摩沙的明天》，前衛叢刊第二期。	八月前高雄縣長余登發與其子余瑞言涉嫌匪諜案被捕，黨外人士抨擊政府的逮捕行動是為了阻止黨外運動進行全國性串聯。 十二月十六日，美國宣布與中國建交，與臺灣斷交，並廢止《中美共同防禦條約》，於一九八〇年一月一日起生效。美國改通過《臺灣關係法》，一九七九年一月一日生效。	
一九七九	黃凡〈賴索〉獲第二屆時報文學獎首獎，此為黃凡第一篇發表的作品。	一月二十二日黨外運動領袖許信良、黃信介等人在余登發的故鄉橋頭組織民眾示威，要求釋放余登發父子，是為「橋頭事件」。余登發父子在事後被釋放，而時任桃園縣長許信良遭臺灣省政府停職。	七月許信良應黃信介之聘擔任美麗島雜誌社社長，呂秀蓮擔任副社長，張俊宏任總編輯，八月《美麗島》雜誌創刊，同年十二月被勒令停刊。

		十二月十日國際人權日，當天美麗島雜誌社成員在高雄市組織群眾進行的遊行與演講，遭不明人士挑釁，鎮暴部隊繼之與群眾爆發衝突，是為「美麗島事件」。 十二月十三日起林義雄、林弘宣、呂秀蓮、施明德、黃信介、姚嘉文、陳菊、張俊宏、蘇秋鎮、紀萬生、魏廷朝等人因美麗島事件而陸續遭逮捕。	
一九八〇	三月東年《去年冬天》完稿；一九八三年三月八日起於紐約《世界日報》連載；一九九五年於聯合文學出版。 十二月施明正〈渴死者〉首次發表於《臺灣文藝》革新號十七期（七十期）。	二月二十八日林宅血案[1]，林義雄母親遭殺害，他的女兒兩死一重傷。 三月十八日起美麗島案件開始進行九天的軍事審訊，被稱為「美麗島大審」。	四月《自由時報》創立，原名《自由日報》。原為吳阿明所創，後轉予林榮三。其前身為一九四六年《臺東導報》，歷經多次轉手與更名，一九六一年《臺東新報》至《遠東日報》；一九七八年《自強日報》；一九八七年正式更名《自由時報》。
一九八一		七月二日旅美學人陳文成因金援美麗島雜誌社而遭警備總部約談，隔日陳文成陳屍臺大校園。[2]	
一九八二	十月李喬〈告密者〉首次發表於《文學界》第四期，收錄於一九八三年《臺灣政治小說選》。 十二月施明正〈喝尿者〉首次發表於《臺灣文藝》革新號二十五期（七十八期）。		一月《文學界》創刊，由葉石濤為首的南臺灣藝文界人士所創辦。 九月前衛出版社成立，負責人林文欽。
一九八三	九月十七日至十八日平路〈玉米田之死〉首次發表於《聯合報》副刊。		七月《文訊》創刊。第一任總編輯為文工會黨工孫起明，一九八四年底由學者李瑞騰接任，一九九二年由封德屏擔任至今。 李喬、高天生合編《臺灣政治小說

			選》，開拓八〇年代「政治小說」的議論層面。
一九八四	七月二十一日至三十日郭松棻〈月印〉首次發表於《中國時報》人間副刊。	六月、七月、十月在土城海山煤礦、三峽海山一坑、瑞芳煤山煤礦發生重大礦災，造成至少兩百七十人死亡。 十月十五日華裔美籍作家劉宜良在舊金山遭槍殺，凶手是中華民國國防部情報局僱用的黑道分子陳啟禮、吳敦與董桂森，美國聯邦政府對此案展開調查，是為「江南案」。 十二月臺灣原住民權利促進會成立，向國民黨政府提出「正名」要求，此後展開長達十一年的原住民正名請願運動，內容包含修改「山地同胞」的稱呼，也要求回復部落傳統姓名使用以及恢復地方命名等。	十一月《聯合文學》創刊。
一九八五	十一月吳錦發〈消失的男性〉首次發表於《文學界》十六期。		十一月《人間》雜誌創刊，發行人為陳映真。
一九八六	一月五日至七日李渝〈夜琴〉首次發表於《中國時報》人間副刊。 一九八六年林雙不〈臺灣人五誡〉收錄於《決戰星期五》，前衛出版。	一月二十五日發生「湯英伸案」。鄒族青年湯英伸因被雇主扣留身分證，並超時工作，在酒後殺害了雇主夫婦以及一名兩歲女兒，此事件引發社會關注原住民地位與勞動的結構性問題。 九月二十八日民進黨成立，其行動綱領包含「定二二八為和平日」與「公布二二八真相」。	九月一日由宋澤萊、王世勛、吳晟、林雙不、林文欽、豐原三民書局負責人利錦祥與記者高天生等人出資創辦《臺灣新文化》，內容含括臺灣社會當時的各種議題，如「新文化評論」、「反對運動」、「農民運動」、「臺灣文學」、「勞工運動」、「新思潮譯介」等，共發行二十期，維持一年八個月的營運。
一九八七	七月十五日楊青矗〈李秋乾覆C・T・情書〉出自《給臺灣的情書》，敦理出版，初版為一九八七年三月一日，書名為《覆李昂的情書》，七月再版時更名。	一月十日，婦女運動團體、人權團體、宗教團體與政治團體等三十個民間單位，到龍山寺與華西街示威遊行靜坐，以「彩虹專案」為名，聯合發表聲明「反對販賣人口——關懷雛妓」，為「販賣人口與山地雛妓」發聲。此為社運團體首次以關懷雛妓問題走上街頭。	六月聯合文學出版社成立，發行人張寶琴。

	十月苦苓〈黑衣先生傳〉首次發表於《臺灣新文化》第十三期，收錄於一九八八年《外省故鄉》，希代出版。	二月四日，鄭南榕、陳永興、李勝雄等人成立「二二八和平日促進會」，發起「二二八公義和平運動」。 七月十五日蔣經國總統宣布解除「臺灣省戒嚴令」。 十月十四日將經國總統於國民黨中常會通過大陸探親決議案；十一月二日由紅十字會正式受理探親登記與信函轉投。第一天登記人數高達一三三四人，開放六個月內，登記人數高達十四萬人。 「原住民權利促進會」更名為「原住民族權利促進會」，除卻恢復傳統姓氏與正名運動，尚展開一連串「原住民族運動」，包括打破吳鳳神話、反核運動、還我土地運動及自治訴求運動。	
一九八八	林央敏〈男女關係正常化〉收錄於《大統領千秋》，前衛出版，一九八七年三月二十二日完稿。 五月二十二日葉石濤〈吃豬皮的日子〉首次發表於《臺灣時報》。	一月十三日蔣經國過世。 二月，蘭嶼達悟族人組織「雅美青年聯誼會」，發起「二二〇驅逐惡靈」反核廢料運動。 五月二十日由雲林縣農權會主導下，帶領南部農民前往臺北請願，主要訴求內容有全面辦理農保及農眷保、降低肥料售價、增加稻米收購價格與面積、廢除農會總幹事遴選、改革農田水利會、成立農業部與農地自由使用。是臺灣解嚴後大規模的農民運動，是為「五二〇事件」。 原權會結合原運團體與臺灣基督教長老教會組成「臺灣原住民還我土地運動聯盟」，號召首次「還我土地運動」，至一九九三年止，共發起三波還我土地運動。 九月，原權會、原住民大專生及長老教會原住民牧者等，前往嘉義火車站吳鳳銅像前抗議，訴求「打破吳鳳神話」，並	一月報禁解除，報紙增為六大張。 一月二十一日《自立早報》創立，是臺灣解除報禁後第一份新辦日刊綜合性報紙。 農星出版公司成立於臺中，負責人吳怡芬。

		拉倒銅像，引發一連串衝突。	
一九八九	三月二十日葉石濤〈鹿窟哀歌〉首次發表於《臺灣時報》。 七月二日葉石濤〈邂逅〉首次發表於《自由時報》。 八月十二日葉石濤〈約談〉首次發表於《自立早報》。	四月七日，鄭南榕於《自由時代周刊》總編輯室自焚。 六月四日中國北京天安門廣場發生六四事件。 八月十九日首座二二八紀念碑在嘉義落成。	
一九九〇	五月十日至十一日瓦歷斯・諾幹〈都是銅像惹的禍〉首次發表於《民眾日報》。 十一月二十八日至三十日朱天心〈從前從前有個浦島太郎〉首次發表於《中國時報》人間副刊。	二月二十八日立法院首次為二二八受難者默哀，新版的高中歷史教科書首次提到二二八事件。五月二十日李登輝總統指示成立「二二八事件專案小組」。 三月十六日至三月二十二臺灣各地學生集結於中正紀念堂（今自由廣場）發起靜坐抗議，要求「解散國民大會」、「廢除臨時條款」、「召開國是會議」與「提出民主改革時間表」等訴求，是為「野百合學運」。 十月劉宜良（江南）的遺孀崔蓉芝與中華民國政府在美國達成庭外和解，中華民國政府賠償崔蓉芝一百四十五萬美元。	
一九九一	十二月舞鶴〈逃兵二哥〉首次發表於《文學臺灣》創刊號。	二月花蓮地方法院林火炎因被告稱自己為原住民，故判決書上首度以「原住民」稱呼山胞。 五月一日《動員戡亂時期臨時條款》廢止。 五月九日發生「獨臺會案」。調查局幹員進入清華大學逮捕歷史研究所碩士廖偉程、文史工作者陳正然、民進黨黨員王秀惠與傳道士林銀福，指控他們受史明支持，在臺灣建立「獨立臺灣會」。	十二月《文學臺灣》季刊創刊。為九〇年代本土文學與本土論述的重要據點。

		五月二十日「獨臺會案」引發萬人大遊行，提出「撤除思想警察」、「揮別白色恐怖」主張，迫使立法院在七天內先後廢止《懲治叛亂條例》和《戡亂時期檢肅匪諜條例》。	
一九九二	拓拔斯・塔瑪匹瑪（漢名田雅各）〈尋找名字〉收錄於《情人與妓女》，晨星出版。	二月二十日行政院公布《二二八事件研究報告》。 三月十四日與四月三十日，原運團體前往陽明山中山樓向國民大會抗議要求正名。 五月，繼「反政治迫害聯盟」而起的「一百行動聯盟」經過多月抗爭，迫使立法院修法，廢除以思想言論治人於罪的刑法第一百條。	
一九九三	七月五日蔣曉雲〈回家〉以〈楊敬遠回家〉首次發表於《聯合報》副刊，後二〇〇九年改寫成〈回家〉，收錄於二〇一一年《桃花井》，印刻出版。	五月二十八日曾梅蘭先生偶然發現六張犁白色恐怖受難人的亂葬崗。 七月二十五日臺灣政治受難者聯誼會成立「白色恐怖時代受難平反權益委員會」。 八月四日，民進黨出面邀集聯誼總會、互助會、臺權會、政治受難老兵聯盟等團體，在臺大校友會館舉行「白色恐怖案件平反委員會」成立大會。	
一九九四		二月二十五日監察院通過監察委員黃越欽和張德銘的「陳文成命案死因」覆查申請之提案，這是監察院重新調查案件的首例。 八月一日國民大會修憲將憲法增修條文之「山胞」，改成「原住民」。	二月二十日「行政院二二八事件研究小組」的研究報告《二二八事件研究報告》由時報出版。
一九九五		一月二十八日總統公布《戒嚴時期人民受損權利回復條例》。 二月二十八日臺北新公園二二八紀念碑落成；落成典禮上，	

	李登輝總統正式公開向受難者及家屬道歉。 四月七日《二二八事件處理及補償條例》開始實施。 十月二十一日「二二八事件紀念基金會」成立，十二月十八日開始受理受難者申請補償案件。 修訂《姓名條例》第一條，原住民可以恢復傳統姓名。於二〇〇一年與二〇〇三年再修正條文，讓原住民有多種注記姓名的方式。並將「原住民因改漢姓造成家族姓氏誤植」列為改姓要件之一，匡正過去草率賦姓的錯誤。
一九九六	二月二十八日二二八和平紀念日在臺北新公園正式揭碑，市長陳水扁將臺北新公園改名為「二二八和平紀念公園」。 三月，第一次總統直選。
一九九七	七月二十一日國民大會修憲將憲法增修條文之「原住民」修正為「原住民族」。 九月二十六日政治受難者在臺大校友會館集會，成立以平反為宗旨的「五〇年代白色恐怖案件平反促進會」，推動白色恐怖的平反與補償立法。
一九九八	總統公布《戒嚴時期不當叛亂暨匪諜審判案件補償條例》。
一九九九	四月一日「戒嚴時期不當叛亂暨匪諜審判案件補償基金會」會務開始運作。 九月二十一日發生規模七點三大地震。十多個縣市共兩千多人喪生，逾十萬戶房屋倒塌，災損總計超過三千五百億元。 十二月十日以鄭南榕自焚廣場「自由時代雜誌社」為址的「鄭南榕紀念館」啟用。

		十二月十日「綠島人權紀念碑」落成。	
二〇〇〇	李昂〈虎姑婆〉收錄於《自傳の小說》，皇冠出版。	臺灣第一次政黨輪替。 八月二十五日「馬場町紀念公園」落成。 十二月二十九日「鹿窟事件紀念碑」落成。	
二〇〇一		二月二十三日行政院核定綠島的軍事監獄與相關建物劃入「綠島人權紀念園區」。	
二〇〇二		七月二十九日制定《二二八事件受難者及其家屬申請回復名譽作業要點》。 十二月十日世界人權日綠島人權紀念園區與景美人權紀念園區正式啟用，景美人權紀念園區登錄為歷史建築。其間，兩個園區歷經三次更名。[3]	二月《臺灣監獄島：柯旗化回憶錄》中文版由柯旗化長子柯志明彙整修訂後出版。
二〇〇三	六月瓦歷斯・諾幹〈櫻花鉤吻鮭〉首次發表於《幼獅文藝》五九四期。 九月楊照〈一九八九・圳上的血凍〉首次發表於《印刻文學生活誌》創刊號。	一月十一日臺北市六張犁「戒嚴時期政治受難者紀念公園」落成。 十一月二十一日公布《戒嚴時期不當叛亂暨匪諜審判案件受裁判者及其家屬申請回復名譽作業要點》。	四月印刻文學生活雜誌公司成立，負責人為張書銘，八月《印刻文學生活誌》出版創刊前號。
二〇〇四	八月十九日瓦歷斯・諾幹〈遺失的拼圖〉首次發表於《聯合報》副刊。		
二〇〇五	十月陳桓三〈浦尾的春天〉首次發表於《文學臺灣》五十六期。	六月廢除國民大會。 七月三十一日國防部公布「清查戒嚴時期叛亂暨匪諜審判案件專案」，一九四五年至一九九四年間約有一六一三二人次的政治案件。	

二〇〇六			二二八紀念基金會出版《二二八事件責任歸屬研究報告》。
二〇〇七		二月二十八日「二二八國家紀念館」掛牌，二〇一一年二月二十八日「二二八國家紀念館」開館營運。 十二月民間人士因為政府的不作為而自立組織，成立「臺灣民間真相與和解促進會」。	
二〇〇八	三月賴香吟〈暮色將至〉首次發表於《印刻文學生活誌》。		
二〇〇九		八月莫拉克風災，共造成六百餘人死亡，近二十人失蹤。	
二〇一〇		文建會（今文化部）主委盛治仁宣布，未來組織改造後將設置「國家人權博物館」。此回應了臺灣民間真相與和解促進會發起的連署要求。	九月《獄中家書：柯旗化坐監書信集》由謝仕淵編撰，國立臺灣歷史博物館出版。
二〇一一		七月十四日「國家檔案內含政治受難者私人文書申請返還要點」生效實施，檔案管理局依此點清查出一百七十七份政治受難者的私人文書，目前正陸續通知家屬領回中。 十二月十日「國家人權博物館」籌備處掛牌成立，管理綠島、景美人權文化園區。	
二〇一四	藍博洲《臺北戀人》於印刻出版。	三月十八日至四月十日，由臺灣學生與公民團體共同發起社會運動，占領立法院議場，反對國民黨單方面決議通過《海峽兩岸服務貿易協議》。是為「三一八學運」。 九月八日「戒嚴時期不當叛亂暨匪諜審判案件補償基金會」結束運作，總受理案件為一萬零六十二件。	
二〇一五		因一〇三課綱將白色恐怖自公民與社會科課綱刪除，改成概括性的人權侵害說明，引發爭議。	二月真促會與衛城出版合作出版《無法送達的遺書》。

			十月真促會與衛城出版合作出版《記憶與遺忘的鬥爭：臺灣轉型正義階段報告》共三卷。
二〇一七	黃崇凱〈狄克森片語〉收錄於《文藝春秋》，衛城出版。		
二〇一八		三月十五日「國家人權博物館」正式成立，兩處園區分別改成「白色恐怖綠島紀念園區」與「白色恐怖景美紀念園區」。 五月三十一日促進轉型正義委員會成立。	

參考來源：

《PeoPo公民新聞》，林羿萱〈訴說「原」委——臺灣原住民議題與運動回顧〉：https://www.pe〇p〇.〇rg/news/249697
中華日報新聞網：http://cdns.c〇m.tw/news.php?n_id=1&nc_id=62499
《民報》，邱萬興〈紀念三十九年前，臺灣史上首次關懷雛妓運動〉：https://www.pe〇plenews.tw/news/e4e91a38-d879-4c3b-99ef-f566f5bd664e
胡慕情《黏土》（新北市：衛城出版，二〇一五）。
國立臺灣文學館：https://www.nmtl.g〇v.tw/
陳芳明，《臺灣新文學史》（臺北：聯經出版，二〇一一）。
臺灣大百科全書：http://nrch.culture.tw/twpedia.aspx?id=11168
臺灣民間真相與和解促進會，《記憶與遺忘的鬥爭：臺灣轉型正義階段報告》（新北市：衛城出版，二〇一五）。
臺灣社會人文電子影音數位博物館計畫〈原住民運動到原住民族運動〉：http://pr〇j1.sinica.edu.tw/~vide〇/main/pe〇ple/5-tribe/tribe3-all.html
《觀察》：https://www.〇bserver-taipei.c〇m/article.php?id=1697